詩及其象徵

李癸雲 —— 著

論叢總序

李瑞騰

　　台灣現代新詩之有「詩學」，從張我軍猛烈攻擊舊體的那個年代就已存在；其後1950年代的新詩論戰，以迄1970年代之批判現代詩，累積了大量的「詩學」文獻。在學院門牆之內，從「新文藝及其習作」發展到分類開課（現代詩、現代散文、現代小說），從點綴性到類似「台灣新詩學」成為研究所的課程；從中文系生出一個文藝創作組，到台灣文學獨立設系設所，「台灣詩學」無疑已自成體系，其知識已學科化。

　　這個發展歷程非常需要清理並展開論述，我最近重讀《現代文學》第46期之「現代詩回顧專號」（1972年3月）和《中外文學》第25期之「詩專號」（1974年6月），深感前賢已不斷整地、奠基、築室，我們怎麼可以荒於嬉而毀於隨呢？我想起1980年代兩次「現代詩學研討會」之策辦（1984、1986），想起「台灣詩學季刊社」成立時（1992）提出的「挖深織廣，詩寫台灣經驗；剖情析采，論說現代詩學」，想起「台灣現代詩史研討會」之隆重召開（1995），作為愛詩人，我確曾在某些時刻，以具體的行動參與了台灣現代詩學的建構；也看到朋友們在各自的崗位上付出了他們的努力，如林明德、渡也等人在彰師大兩年舉辦一次的「現代詩學研討會」（1993-），趙衛民等人在淡江大學主持編印《藍星詩學》季刊（1999），孟樊在國北教大推動的《當代詩學》學報

（2005-），都累積不少成果。

　　《台灣詩學季刊》原就創作與評論並重，在推展過程中，先是在十周年過後發展成《台灣詩學學刊》（2003），再來是另辦《吹鼓吹詩論壇》（2005），一社雙刊，分進合擊，除社務委員外，論壇更有多名同仁，陣容堅強。我在創社一年之後接下社長一職，社務有白靈幫忙、同仁協力，編務五年一輪，推動順利、發展快速。一直到2010年年初，我到台南擔任台灣文學館館長，除卸下社長一職，且暫停社籍；去年，蕭蕭社長和白靈幾次相邀回社，且盼我能有所作為，我建議強化論述，編印「臺灣詩學論叢」，獲得大家同意，乃有此編輯出版計劃的推出。

　　我們的約稿函上說，這一套書將收入「有關台灣現代詩的專書、論集，或詩話」；叢書有總序，各本有自序，內文可分輯，最後可附錄個人之詩學年表等。希望每隔一段時間可以出個幾本。我們社務委員都有現代新詩的論述能力，期待「臺灣詩學論叢」能在學刊及論壇之外，成為台灣現代詩學重鎮，朝跨領域整合的大方向前進。

▌自序

「什麼是有意義的詩論？」

這個問題始終在我的研究生涯裡迴盪著。近年來大學改革，為求頂尖與競爭力，學術成果被分類，依期刊等級分出所謂的優劣高下，再以論文篇數來評估教授的成就。因此，進行研究工作時，通常該問的問題是：「什麼樣的論文可以被核心期刊接受？」「什麼樣的論文具備國際性視野與跨領域對話？」。

「什麼是有意義的詩論？」這種問題是不合時宜的。然而，每次稿約一來，我就「偷偷」自問。我總想從研究對象裡找出一些與「人」的處境或生命際遇相關的部分，想去問他們為何寫作？為何如此書寫？書寫有何意義？更甚者，我希望在探討詩人書寫對象時，同時也解決自己對人與人生的問題思索。這樣的研究動機（或言問題意識）似乎是缺乏純然的客觀化與科學性，也遠離了當代熱鬧的意識型態與文化霸權之批判現場。

這樣自顧自的往前走，竟也能收到若干回響。林瑞明老師（林梵）多次表達讚賞，肯定我指出他自己沒意識到但確實深層存在的寫作心理。零雨女士認為我以「異質轉譯」闡釋其詩作，道中了她對寫詩的期許。至於魯迅、商禽、海子和葉紅，他們已遠離塵世喧囂，但這些討論其某個寫作問題的篇章，在各式國內外學術場合上，卻仍激起交流浪花。而從高中起就喜歡李格弟所填之詞的我，

大學時遇到夏宇，如今討論夏宇噪音和李格弟靡靡之音的詩歌裂合問題，正是安置我自身縈繞不去之音樂記憶的方式。

　　我所喜愛的現代心理學大師榮格（Carl G. Jung），關注現代人個體化的問題，他研究「人及其象徵」，就是在探討人與內在無意識的關係。人是永恒的課題，而詩充滿象徵，本書的研究旨趣即在此。

　　一本書能順利出版，必須致謝的對象眾多。感謝國科會（科技部）提供經費，充實研究後援；感謝歷屆研究助理的協助與切磋；感謝清華大學優質的教研環境；感謝每次投稿期刊，審查委員惠予的意見與建議；感謝李瑞騰老師的叢書策畫、秀威出版、秉學編校；感謝親愛的清大台文所同事們與行政助理，這幾年大家互吐苦水，彼此砥礪，如同兄弟姐妹眾多的和樂大家庭。最後，最該感謝的是外子，他每個周末都奉命帶著孩子去打球，把家留給我安靜寫論文。幾年下來，曾經有球友以同情的語氣問他是否為單親爸爸？逼得我必須利用偶爾接送孩子的機會，進球場晃晃，製造在場證明。而兒子從幼稚園起就泡在球場的意外收穫，則是練就了一身好球技，並且朝向專業羽球選手生涯之路邁進。將來他若有所成就，必須回頭感謝媽媽因辛勤寫作這本書，而讓他找到人生目標。

目次

輯一

詩的療癒

詩人自殺・精神分裂・烈火詩語
——再探海子詩作的死亡書寫

摘要

「死亡」，對海子而言有其弔詭面貌：海子不斷書寫死亡，死亡成為詩中符號，應取代真正的死亡欲念，卻在精神分裂與意識混淆之中，死亡跨越修辭成為實體。然而，海子死後，「死亡」符號又復活，此時它反而成功的取代詩人實際的死亡，超脫昇華成為殉詩的象徵。本文試以精神分析式的探問來理解海子之死，希望能回歸其作為個體的特殊心靈面貌，避免如眾多評述般直接將詩人之死化約為殉詩。同時透過「精神分裂」的心理學意義延展思考詩歌語言的獨特性，藉此呼應海子的詩歌抱負與死亡敘述美學。

關鍵詞：海子、自殺詩人、精神分裂、死亡書寫、當代中國詩人

泥土反覆死亡
原始的力量反覆死亡
卻吐露了詩歌[1]

——海子〈太陽‧土地篇〉節錄

一、前言　「詩人之死」的詮釋面向

海子，本名查海生，1964年3月26日出生於安徽省懷寧縣的高河查灣，1989年3月26日在河北省介於山海關與龍家營之間的一段鐵路臥軌自殺，年僅25歲，死後被診斷為精神分裂。他留下的臨死遺言是：「我是中國政法大學哲學教研室教師，我叫查海生，我的死與任何人無關。」詩人西川所編的《海子詩全集》是目前收錄海子最完整詩作的出版品。

海子的自殺，引發「連鎖效應」，更成為某種歷史與美學的象徵[2]，並由此展開關於「詩人之死」的思考與詮釋。在中國詩界，明顯的殉詩說法如吳曉東、謝凌嵐合著的〈詩人之死〉，他們提出唯有真正的詩人在思考生存的本質，甚而不惜「以身殉道」。因此，其基本論點為：詩人的自殺必然是驚心動魄的，因為本質上自殺標誌著詩人對生存終極原因的探究，也展現詩人對存在方式的最有力度與震憾性的逼問和否定。「從某種意義上講，詩人的自殺，

---

[1]　海子著，西川編：《海子詩全集》（北京：作家出版社，2010初版五刷），頁653。
[2]　劉成才曾為文統計與分析：「據統計，海子的山海關臥軌自殺，開啟了中國當代先鋒詩人自殺的序幕。1990年，詩人方向服毒自殺；1991年戈麥在圓明園附近投水自殺；1994年，顧城吊頸自殺；1996年徐遲跳樓自殺；2004年，殷謙吞毒藥自殺；2007年，餘地刀割頸動脈和食管而亡；至今已有30幾位詩人自殺。詩人多多和詩論家唐曉渡分別曾經有一首詩和一篇詩論題目為〈從死亡的方向看〉，這一系列現象顯示，死亡——哲學意義上的死亡——已經構成了中國當代詩歌，甚至是所有時代詩歌的一個潛在的深刻性哲學意義命題。」（114）

象徵著詩人生命價值的最大限度的實現和確證。[3]」

　　中國詩界之外，奚密在〈詩人之死——當代中國與台灣的詩與社會〉一文 也討論到海子，卻不直接化約詩人之死為「殉詩」，而立論於更廣闊深遠的觀察，將「死亡」視為當代詩歌的「母題」，具有深層的象徵意義。她指出，這深層意義於台灣，詩人傾向於書寫死亡來表達與批判高度發展的都市文明對人性的扭曲；在中國，人們之所以在海子死後將他推崇成一位殉詩者，甚至聖人，她以為起因於中國當代文壇的詩歌崇拜現象，而此現象源自政治壓力。「外在的壓抑令被壓抑的詩人產生英雄感。詩歌不再只是一種個人創作與心靈的事業，它已被提升為一個最崇高的理想，一種值得為它犧牲的宗教信仰。[4]」王德威也曾撰〈詩人之死〉一文探索自殺與寫作意義之命題，此文基本觀點為：「在自殺與寫作之間，在身體的自毀與文本意義的崩落之間，存在著無可規避的辯證。[5]」然後將辯證性的討論指向歷史反思的層面，「自殺、寫作與（後）現代性，在過去四十年間的中國文學史裡，形成了極複雜的對話關係。這一現象不應被簡化為現成的話語，而需要細膩的歷史的反思與觀察。[6]」所以此文的研究視野擴大為檢視兩岸政治社會的處境，進行中國現代文化及其身體政治間千絲萬縷辯證關係的抽絲剝繭。

　　奚密與王德威兩人的觀點指出自殺是一種個人與國家（歷史）間的對話關係，因此個體文本所隱喻的「國族寓言」，必須放在文

---

[3]　〈詩人之死〉，收入崔衛平主編：《不死的海子》（北京：中國文聯出版社，1999），頁51。
[4]　奚密：〈詩人之死——當代中國與台灣的詩與社會〉，《現當代詩文錄》（臺北：聯合文學，1998，頁227-263），頁242。
[5]　王德威：《歷史與怪獸：歷史，暴力，敘事》（臺北：麥田，2004）頁158
[6]　同上註，頁162。

化裡理解並檢視其深層意義。這種研究縱深在討論當代文學時，方能以小見大，顯影時代輪廓的完整面容。然而，在理解了歷史文化象徵之後，本文認為回返詩人心靈個體的殊異性，展開個體精神現實與創作意念的再閱讀，有其必要性。因為不論源於殉詩情懷或歷史背景，「詩人之死」，或具體一點說，「詩人海子的自殺」，在沉重而龐大的象徵涵義浮現之後，海子詩作的隱微特質與獨特美學是否容易被忽略？而海子在詩中不斷書寫死亡，死亡於他本人，究竟展現什麼意義？

　　當筆者展開海子詩作前行研究的觀察時，發現將海子與死亡連結的命題裡，有兩種迥異卻各具典型的基本傾向，如古大勇對中國學界爭論「詩人自殺究竟有什麼意義？」所作的整理：「一種觀點是肯定海子作為一個純粹的詩人之死的形而上意義，另一種觀點是認定海子作為一個普通人之死的形而下意義。[7]」第一種觀點如前述吳曉東、謝凌嵐的論點，「一種深刻的危機早已潛伏在我們所駐足的這個時代，而海子的死把這種危機的體驗和自覺推向極致。……中國詩壇的後來者當會記取海子這種前無古人的『特殊功業』的！[8]」或者如李超的看法：「死亡是詩人的宿命，也是詩人至尊。[9]」以及肖鷹後設式的從文學史角度詮釋海子作品與死亡被視為整體表現的原因：「作為新時期第一個自盡的詩人，海子無可逃避的承擔了『為詩而死』的意義，自我放棄的行動卻成為『向死而生』的壯舉。[10]」在這層形而上的意義裡，眾家論者將海子的自

7　古大勇：〈詩人自殺究竟有什麼意義——由詩人海子自殺的兩種代表觀點說起〉（《淮北煤碳師範學院學報（哲學社會科學版）》第28卷第1期，2007年2月），頁10。
8　吳曉東、謝凌嵐：〈詩人之死〉，頁52-53。
9　李超：〈形而上死〉，收入崔衛平主編，《不死的海子》（北京：中國文聯出版社，1999），頁60-61。
10　肖鷹：〈向死亡存在〉，收入崔衛平主編，《不死的海子》（北京：中國文聯出版

殺置入象徵系統,使死亡成為詩歌創作的必然。第二種觀點則相對於詩人自殺的超脫、壯舉、功業等詮釋角度,反而看到詩人自殺的個人困境,強調詩人個人化的特徵,主張討論海子必須回到海子自身問題上,如韓東提出:「如果說海子是為了詩歌而死的,那一定說明他的創造力已面臨絕境。死是一個解脫,而非任何意義上的昇華。[11]」

　　以上兩種極端的詮釋差異甚鉅,因此古大勇在整理之後,提出必須從一個豐富的多維度層面來理解海子自殺事件可能具有的原因及意義,方能真實呈現「詩人之死」。古文所論及的面向,有兩個前此未有的觀點,一是提出海子的「自殺譜系」在本質上應該屬於西方文化的,傾向個性文化,並尋求對自我靈魂與世界的拯救,因為海子從西方詩人與文化中吸收眾多養分。二是從人格心理學談論心理的對立衝突,「當少數人由於社會文化環境與個人遭遇而使他們的心靈蒙受巨大創傷時,他們的『內在中心衝突』常被推出正常範圍,變得更加緊張尖銳,就有可能出現精神分裂異常人格,自我意識發生障礙。由雙重人格走向人格解體,嚴重的會走向自殺。[12]」

　　筆者認為古文確實做到多元維度的辯證一個詩人之死的複雜因素,援引心理分析的理論也給予筆者研究啟發,然而其文對於心理分析的討論過於淺薄,學理的解釋則流於籠統概約,並缺乏對海子詩作的驗證討論。因此本文將以精神分析式的探問來理解海子之死,希望能回歸其作為個體的特殊心靈面貌,同時由心理學的「精

社,1999),頁230。
[11] 韓東:〈海子,行動〉,收入崔衛平主編,《不死的海子》(北京:中國文聯出版社,1999),頁253。
[12] 同註7,頁14。

神分裂」延展思考詩歌語言的獨特性，藉此呼應海子的詩歌抱負與死亡敘述。這一探索路徑，並無意於海子詩作裡窺探其死亡之線索，因為死亡書寫或許是詩人抵抗真正死亡慾念的方式，而是意圖從詩人的精神病理之理解，回返詩作以解釋海子所選擇的死亡書寫策略。

二、自殺──精神分裂──詩語

> 穀物和她的外殼啊　只有言說和詩歌
> 拋下了我們　直入核心
> 一首陌生的詩鳴叫又寂靜[13]
>
> ──海子〈太陽・土地篇〉節錄

（一）海子自殺成因

　　王德威曾經觀察現代中國作家的自殺案例，如沈從文、老舍等，發現背後的主要原因為政治[14]。然而，到了二十世紀末、二十一世紀初，華文作家的自殺案例更為多見，自殺的主因也不全然與政治社會相關，反而多與精神病症有關[15]。美國精神醫學教授傑米森（Kay Redfield Jamison）曾以臨床精神醫學和科學分析方法研究自殺議題的專著《夜，驟然而降：了解自殺》分析統計出現代人自殺最常見的因素就是精神疾病。而在各種精神疾病中，幾種與自殺

---

[13]　《海子詩全集》，頁658。
[14]　王德威：〈詩人之死〉，頁159。
[15]　在中國有精神疾病困擾的自殺作家如顧城（躁鬱症）、海子（精神分裂），註1所述30多位詩人自殺，個別原因待查；在台灣，深受情緒困擾的自殺作家如三毛（憂鬱症）葉紅（憂鬱症）、袁哲生（躁鬱症）、黃國峻（憂鬱症）、黃宜君（憂鬱症）、李性蓁（憂鬱症）等。

有特別強烈的關聯，包括：精緒疾患（憂鬱症和躁鬱症）、精神分裂、邊緣型和反社會型人格疾患等。[16]

海子死後被診斷為「精神分裂」，傳記資料則顯示他生前便已發病，在後人將他視為宗教狂熱般的詩人英雄、典範化他的詩作之前，文學研究者應先了解詩人內在所承受的混亂與痛苦，死亡也許對詩人而言是某種完成，自殺所透露的痛苦解脫也不該被忽略。

「詩人之死」一旦被符號化，「死亡」便成為象徵，個體的精神現象可能便被取代。誠如海子好友西川所作的陳述：「海子去世以後，理論界大多是從形而上的角度來對海子加以判斷。我不否認海子自殺有其形而上的原因，更不否認海子之死對於我們這個時代的精神意義，但若我們僅把海子框定在一種形而上的光環之內，則我們便也不能洞見海子其人其詩，長此以往，海子便也真會成為一個幻象。[17]」因此，西川歸納了幾點海子自殺的具體原因，提供本文作為海子生命背景的理解資料。簡要列舉其說明要點如下：（一）自殺情結：「我想海子是在死亡意象、死亡幻象、死亡話題中沉浸太深了，這一切對海子形成了一種巨大的暗示。」（二）性格因素：「有時傷感，有時沉浸在痛苦之中不能自拔。」（三）生活方式：「海子的生活相當封閉。」（四）榮譽問題：「事實上1989年以前大部分青年詩人對海子的詩歌持保留態度。」（五）氣功問題：「他可能是在開大周天的時候出了問題，他開始出現幻聽，總覺得有人在他耳邊說話，搞得他無法寫作。……海子自殺後醫生對海子的死亡診斷為『精神分裂症』。」（六）自殺導火線：

---

[16] 傑米森著，易之新譯：《夜，驟然而降：了解自殺》（台北：天下文化，2000），頁109。

[17] 西川：〈死亡後記〉，收入《海子詩全集》，頁1157。

初戀女朋友的出現。（七）寫作方式與寫作理想：「寫作就像一個黑洞，海子完全贊同這種看法。……荷爾德林最終發了瘋，而海子則以自殺結束了自己的生命；不知道這裡面有沒有一種命運的暗合？」[18]

　　詩人的性格、精神生活與外在因素皆可能是自殺的成因，如果對照海子在死前兩天（1989年3月24、25日）的精神狀態，恐怕混亂失序的心靈實況更可能是自殺導火線。他在這兩天曾寫了臨死遺言之外的五封遺書，內容多次提及「精神分裂」、「自殺」、「幻聽」、「昏迷」、「死亡」，如3月24日晚上寫的二封遺書中寫著：「今晚，我十分清醒地意識到：是ｘｘ和ｘｘ這兩個道教巫徒使我耳朵裡充滿了幻聽，大部分的聲音都是他倆的聲音，他們大概在上個星期四那天就使我突然昏迷，弄開我的心眼，我的所謂『心眼通』和『天耳通』就是他們造成的。還是有關朋友告訴我，我也是這樣感到的，他們想使我精神分裂，或自殺。」「我的幻聽到心聲中大部分的陰暗內容都是他們灌輸的。現在我的神智十分清醒。」3月25日又寫了三封，內容仍重複著：「如我精神分裂、或自殺、或突然死亡，一定要找XX學院XX報仇，但首先必須學好氣功。」[19]

（二）精神分裂之主客體混淆

　　將以上海子的自述話語，置入精神醫學所歸納之精神分裂病徵裡審視，將會明顯的發現某些症狀符合診斷時重要依據的「首級症狀」。這些症狀代表自我界線的障礙，包括（1）思想被廣播，思

---

[18]　同上註，1158-1165。
[19]　以上遺書內容可參見余徐剛：《天才詩人──海子》（台北：寶瓶，2007），頁311-312。

想插入，思想被剝奪，病人往往覺得自己的思想不是屬於自己所擁有，而會被外界廣播、剝奪及插入；（2）被影響及控制的經驗，即病人覺得自己的感覺、衝動、思考、行為及身體感覺受到外界的力量影響或控制，包括被控制妄想，被迫的行動，身體被動的經驗等症狀；（3）特殊的幻聽：包括持續論斷性的幻聽、交談性幻聽、思想成音等。[20]這些首要症狀明顯浮現於海子的遺書裡，他認為陰暗思想來自於「他者的灌輸」、被道教巫徒強行打開「心眼」「天眼」、被動的受人支配、幻聽、思想成音，海子甚至自覺到自己陷入「精神分裂」狀態。

　　探討精神疾病的成因，除了神經醫學學理，還應參照患者的社會人際關係與基因遺傳等等面向，最重要的是主體對客體的認知關係。佛洛依德（Sigmund Freud）視精神病[21]（psychosis）裡的「精神分裂症為一種在面對嚴重挫折或與他人衝突時的退行反應（regression），這種從客體關係返回自體情慾時期（autoerotic stage）的退化，表示同時從客體表徵與外在人群兩者的情緒傾注中退縮，這說明了精神分裂症病患自閉退縮的表現。佛洛依德假設病患隨後將投注再次傾注於自己或自我上。[22]」佛洛依德將精神官能症視為自我與本我之間的衝突，而精神病則是自我與外在世界的衝突，精神分裂患者否定現實，並在自我內在重構現實。然而後起的精神醫學家卻修正佛氏看法，如費登（Paul Federn）不同意佛洛

---

[20]　李明濱主編：《實用精神醫學》（台北：台大醫學院，1999），頁124。
[21]　根據佛洛依德的定義，精神病與精神官能症（neurosis）不同，是一種嚴重的精神疾病，病人的思考、感情反應、記憶、溝通、對現實的了解、行為都有障礙，而且有退化、妄想、幻覺等症狀。包括精神分裂症、情感性精神病等。（佛洛依德著，葉頌壽譯：《精神分析引論・精神分析新論》台北：志文，1997，頁251。）
[22]　葛林・嘉寶（Gabbard, Glen O. M.D.）著，李宇宙等人譯：《動力取向精神醫學——臨床應用與實務》（台北：心靈工坊，2007），頁263-264。

依德關於精神分裂症是對客體投注的退縮之看法，相對的，費登認為是對自我界線的去投注。「他注意到精神分裂症患者缺乏界線來區分內在與外在世界，因為他們已經不再投注於心理上的自我界線。[23]」不管是客體和外在人群被主體忽略和解消，或是主體內在心理的「自我界線」被泯除，精神分裂症患者主客混淆的現象明顯，他們解離了現實，遭受內在混亂的困擾，妄想、幻聽、焦躁不安、人際關係失序。佛洛依德甚至認為精神分裂病患在自我之內重構一個「現實」。

除了主客體認同的混淆，傑米森在探討精神分裂症與自殺的關係時，她進一步解釋：「精神分裂會蹂躪感官、理智、情緒，進而影響行為，可說是致命而痛苦。它真是個惡毒的疾病，百分之十的患者最終死於自殺（百分之三十到四十的精神分裂病人，至少會企圖自殺一次）。幻覺和妄想只是精神分裂之所以可怕的部分原因（所謂幻覺是指覺知到某些其實不存在的東西，所謂妄想是指即使有無可辯駁的證據證明為非，卻仍堅持其錯誤的信念）。病人的所見所感常常轉化成黑暗、無形的恐懼。[24]」這些醫學病理的說明讓我們具體了解到海子生前的陰暗心靈與恐懼，以及求死之動機。因為他感知持續被「聲音」侵擾、遭受「惡徒」的迫害，而死亡逼身而來……

（三）自殺方式與詩歌事業？

至於海子選擇自殺方式的原因也值得探討，社會學家涂爾幹（Émile Durkheim）在一八九七年出版的《自殺論》一書曾提到各

---

[23] 同上，頁265。
[24] 傑米森：《夜，驟然而降：了解自殺》，頁129。

種民族各有其最喜愛的死法，而且很少會改變。傑米森則認為自殺的方式與殘酷程度，受到精神病理的種類與嚴重程度的影響。社會學的討論關注於社會民情與生活文化，醫學角度則是著重在病人的求死意念與病情輕重。那麼海子選擇臥軌基於何種原因，難以明確考察，因為中國是鐵路發達的國家？或是要進行某種死亡儀式？還是因為這是激烈而無可挽回的自殺方法，能澈底擺脫黑暗、完全死亡？不論如何，臥軌的詩人多少有些壯烈的意味，因此許多學者由詩探人，找到了線索，賦予超越性的想像。如海子在〈祖國（或以夢為馬）〉一詩中有以下的詩句，成為研究者推測其死因的證據。

> 我的事業 就是要成為太陽的一生
>
> 他從古至今──「日」──他無比輝煌無比光明
>
> 和所有以夢為馬的詩人一樣
>
> 最後我被黃昏的眾神抬入不朽的太陽
>
> 太陽是我的名字
>
> 太陽是我的一生
>
> 太陽的山頂埋葬 詩歌的屍體──千年王國和我
>
> 騎著五千年鳳凰和名字叫「馬」的龍──我必將失敗
>
> 但詩歌本身以太陽必將勝利[25]

以詩句來對照海子的真實死亡，竟有聯想與疊映之處。海子的死亡時間是在1989年3月26日黃昏時分，李子良據此引用葉舒憲的

---

[25] 〈祖國（或以夢為馬）〉節錄，《海子詩全集》，頁435-436。

中國神話宇宙觀的原型模式研究來解釋海子死亡時間的選擇：「海子之所以選擇黃昏時分自殺，是因為意在死而復活，遵從著古老的『太一』[26]宗教儀式，這與海子所說的『我選擇永恆的事業』，『我的事業就是要成為太陽的一生』，『最後我被黃昏的眾神抬入不朽的太陽』是契合的。[27]」換言之，這個看法認為海子自殺是為了讓詩成為太陽，在黃昏死亡便能「死而復生」，而選擇臥軌的這段鐵路，「山海」關到「龍」家營之地名，也能因此與詩句產生聯想。

這樣的看法提供了一種解釋，然而並無法完全交待海子自殺的真正心理動機。在詩歌藝術層面，海子實體慘烈的死亡被理解成一個完整而形而上的象徵意義，讓個體之死成為一種群體想像，對詩人可能是一種肯定。然而，在個人生命的關照上，若直接將死亡置入引號，忽略了詩人面對死亡時的複雜情緒，顯然又過於超越，忽略真相，缺乏血肉。

（四）詩歌語言之精神分裂性

我們可以再問的是，精神分裂確實對於自殺行為有著深遠的影響，而詩人的身分又有何特殊之處？傑米森曾長期研究精神疾病與藝術家創造力關係[28]，她指出：「沒有節制的思想和行為會把人帶向導致死亡的極端經驗，可是有些藝術家和冒險家卻覺得別無選擇，非做不可。對很多人來說，生活在極端或節制之中，這兩者拉扯力量是很激烈的。[29]」根據其研究統計，關於自殺比例研究，頂

---

[26] 即死而復活的儀式。
[27] 李子良，〈從「太陽王子」到「太陽王」──海子的詩觀、詩歌理想及死亡儀式〉（《飛天論》，頁124。
[28] 如其專著《瘋狂天才》（Touched with Fire）（台北，心靈工坊，2002年）。
[29] 傑米森，《夜，驟然而降：了解自殺》，頁202。

尖科學家、作曲家和企業家的自殺率比一般人高出五倍，作家（尤其是詩人）的自殺率更高。病症與創作的關係，究竟孰因孰果，很難界說。也許是因為藝術家的心靈通常較為敏感，陷入創作狂熱時，不僅有某種「新生」之感，同時會有某種「死亡」意識夾纏（完成的作品誕生，也是作者母體的割裂）。另一方面，在失序的精神氛圍裡，人們是否更能穿透現實、洞見真相，進而提煉出藝術結晶。雖然傑米森由於引證的藝術家過於眾多繁雜，無法說明其間的差異性，其整理歸納仍說明了一個現象，即藝術家自主性的選擇極端情緒，即使那是危險而致命的心靈狀態，長久下來，便容易精神崩潰，產生自殺危機。

　　創作與自殺有隱形的鍊結，詩語和詩人更是其中最顯著的表現。克莉絲蒂娃（Julia Kristeva）的《詩語的革命》（Revolution in Poetic Language）曾極富創見與說服力的指出，精神分裂與詩歌語言間有一種潛在共通的的隱密關聯。她先對說話主體的發言過程進行探究，創作場域則是她所區分的主體兩個面向——「記號界」（the semiotic）和「象徵界」[30]（the symbolic）——分裂、互動、矛盾、角力的場域。她觀察了馬拉梅等現代主義詩人的作品後即聲明詩歌語言如同社會中的革命份子，向象徵的意義秩序挑戰，然而，對於社會賴以穩定的意義象徵系統而言，這樣的斷裂或躁狂可能被視為失常或瘋狂，一如精神病患的語言。因此，克氏論述提醒讀者，精神疾病的界定，原本即是從語言與主體是否斷裂的關係來加以論斷，然而，詩語言本身一旦淪為被檢視的實體時，就可能被

---

[30]　「記號界」指壓抑在潛意識的慾望，所以有些學者譯為「慾流系統」；「象徵界」則是指「他者關係的一種社會功效，乃透過生理（包括性別）差異與具體的歷史性家庭結構的客觀規範所建立起來的」（潘恩 236）。兩者的說明，詳見克莉絲蒂娃《詩語的革命》的第一編"The Seiotic and the Symbolic"，p21-24.

視為「一種具有社會歷史性功能的表意實踐，並非只是自我分析的論述或精神分析沙發的替代品」[31]。所以，即使詩語所提供的表達方式，不僅深具語言的異質性，其抵制象徵系統的意義，與類似精神分裂病症的主客體界線混淆的心理呈現，都讓它的「革命」潛能成為可能，詩語所承載的表意實踐仍要獨立於詩人精神狀態的檢視之外。

　　然而，克莉絲蒂娃的命題——「詩歌的革命」，的確有意以詩語來作為一種革命的功能，因為「表意過程可以捏塑主體和意識形態」，若欲粉碎意識型態的語言建制，使用的方式如同「主流社會所謂的『靈聖』（the sacred），以及現代性抵制的所謂『精神分裂』（schizophrenia）。[32]」因此藝術作品若要釋放出記號母性空間（chora）[33]的力量，「就要爆破、刺透、變形、改造以及轉化主體和社會所設立的邊界，並且了解可藉由這種打破、分解符號（sign）之實踐，並採取解析記號學（semanalysis）來撕開其表述的面紗，以發現身體內部的表意過程。[34]」

　　從另一種角度來思考，克莉絲蒂娃刻意區別「表意實踐」（signifying practice）與「精神病症」的原因在於，唯有如此，詩語才能凸顯藝術創作的價值，透過語言的解構與重構，叛逃於現有的意識型態，最終抵達更具真實性與原始性的語言空間。而「精神分

---

[31] Julia Kristeva. Revolution in Poetic Language. Trans.Margaret Waller.New Yok：Columbia University Press,1984.p51.

[32] 同上註，p16.

[33] 克氏從柏拉圖的「子宮」概念和亞里斯多德的「絨毛膜」說法發展出「母性空間」（chora）的觀念，在「母性空間」裡，象徵界尚未釐清界線，記號語言卻早已發揮功能了，如嬰孩生命在其中滋生並運動。對於主體而言，「母性空間」是一處理想場域，由於是生命的創始地，可能保有「完整」與「整體」的原始狀態（生命一旦誕生，象徵系統開始作用，自我與主體分裂）。

[34] 同註31，p103.

裂」的語言則只是一種記錄，成為檢視主體心理實況的病歷表，不具藝術創作者的革命動機，也喪失主動性。而這樣的立論，前提在於藝術創作者（詩人）是自主的、有意識的、自覺性的讓詩歌文本與真實而原始的心理作出區隔，否則克莉絲蒂娃的立論便流於假設。換言之，作品與心理的這條界線是由誰來設立？詩人？評論家？對創作者而言，若原本便不設防，或者刻意讓潛意識的混亂成為文本，視寫作為心靈翻譯，那麼「藝術」力量便不存在嗎？詩語與心語的界限泯除，「革命」便無法進行？

在精神分裂的病癥發作時，原本自我與外在的界線解消，此時提筆寫作，忠實反映，詩語與精神病症的論述是可能疊合的，藝術化的過程可能讓「記號界」的內容在無形中流露出來。因此，筆者認為克氏的論點提供堅實的分裂主體基礎，然而，精神分裂病症的詩人所創作的精神分析式的詩語，是否更具革命性？並不必然在詩語與病語之間畫下涇渭之分。

筆者之所以如此大膽的觀察與假設，意圖以病症僭越文本，甚至泯除其間界線，違逆了克莉絲蒂娃「詩語革命」所強調的跨界革命性，一切源於整理與提煉海子詩觀時，強烈感受到海子對原始力量之珍視。海子所嚮往並秉持的「詩歌理想」，不是理性巧妙的語言經營，而是個體內在原始力量的湧現。他曾在〈詩學：一份提綱〉一文揭示：「人，都活在原始力量的周圍。」但是雪萊（Percy Bysshe Shelley）、愛倫·坡（Edgar Allan Poe）、荷爾德林（Friedrich Hölderlin）[35]等詩人，「都活在這種原始力量的中心，或靠近中心的地方，他們的詩歌即是和這個原始力量的戰鬥、和解、不間斷的

---

[35] 根據傑米森的《瘋狂天才》附錄三，這些詩人都曾罹患精神疾病，曾自殺或住院治療。

對話與同一。[36]」偉大的詩人，「他們可以利用自身潛伏的巨大的原發性的原始力量（悲劇性的生涯和生存、天才和魔鬼、地獄深淵、瘋狂的創造與毀滅、欲望與死亡、血、性與宿命，整個代表民族的潛伏性）來為主體服務。[37]」他更具體的進一步定義：「偉大的詩歌，不是感性的詩歌，也不是抒情的詩歌，不是原始材料的片斷流動，而是主體人類在某一瞬間突入自身的宏偉──是主體人類在原始力量中的一次性詩歌行動。[38]」

　　海子在這裡所談的「原始」與克氏所論之「母性空間」是可以相互參照的。原始力量是在自身潛伏的，是一種本質的內容，偉大的詩歌便是要展現這些原始力量。大眾都活在原始力量的周圍，他與他所推崇的詩人因在原始力量之中心，書寫因而得以偉大。透過精神顛狂的狀態，海子的詩語不僅往那理想化的記號母性空間前進，不僅以精神分裂作為詩的表意方式，他的詩歌行動為讀者提出更深刻而獨特的體悟，即主體人類如何以詩歌行動展現自身內在的宏偉。即使那內在的宏偉是醫學視野裡的幻想與重構，海子試著揣摩並安頓其中的死亡驅力，最後以身實踐，面對死亡。

三、烈火詩語，死亡敘述

> 從荷爾德林我懂得，詩歌是一場烈火，而不是修辭練習。詩歌不是視覺。甚至不是語言。她是精神的安靜而神祕的中心。她不在修辭中做窩。她只是一個安靜的本質，不需要那

---

[36] 海子：〈詩學：一份提綱〉，《海子詩全集》，頁1043。
[37] 同上註。
[38] 同上註，頁1048。

些俗人來擾亂她。[39]

——海子〈我熱愛的詩人——荷爾德林〉

　　接續上節的海子詩觀，此節欲解析海子詩作死亡敘述的實踐。
海子用熱情和生命在寫詩，語言是烈火，火燒得愈炙熱，詩作愈是
燦爛發光，而詩人卻提早燃燒殆盡。以上所論之詩人死因與病症，
現在討論作品時，可以隱退成背景底色，轉而關注獨特的心靈所書
寫出來的死亡主題，究竟有何涵義？死亡書寫如何成為詩人自我救
贖的策略，以及死亡敘述與詩人自殺現實的疊影？

　　海子在詩中反覆、具體的談到死亡，死亡敘述幾乎成為他的
詩風主旋律。中國學者對海子詩作中的「死亡」已有多方的討論，
其中高碧珍曾作一整體的歸納，把海子涉及死亡的詩歌歸為五類：
傾心死亡的詩篇、遙想死亡的詩篇、沉浸死亡的詩篇、沉思死亡的
詩篇、揮霍死亡的詩篇[40]，顯現死亡主題在海子整體詩作中的重要
性。因為海子的死亡敘述過於繁多，本文雖然難以在有限篇幅裡全
面解析其作品，只能細剖幾首強烈表現「死亡意義」的代表性詩
作，並加以探討說明，然而在這幾首詩的表述裡，已可揣摩海子死
亡書寫的美學實踐。

　　沿著海子死亡書寫的軌跡，可以發覺其越演越烈的死亡侵逼、
黑夜籠罩、心靈失序的意識，語言的使用也越來越富象徵性。在
〈亞洲銅〉（1984年10月）裡，他將死亡視為一種生命本質，如同
基因或家族的延續，自然而原始：

---

[39]　《海子詩全集》，頁1071。
[40]　高碧珍：〈疲倦、憂傷和天才——論海子的死亡情結〉（《楚雄師範學院學報》第21
　　卷第2期，2006年2月，頁34-37）。

亞洲銅，亞洲銅

祖父死在這裡，父親死在這裡，我也將死在這裡

你是唯一的一塊埋人的地方[41]

——節錄自〈亞洲銅〉

　　奚密認為此詩表現了：「死亡和生命、腐敗和更新本是一環之兩極，循環交替不已。強調死亡正是強調人來自土地的根源，與詩題相呼應：人埋在地裡，正如深藏的銅礦一樣，是其自然的歸宿。[42]」筆者基本上認同這樣的看法，但是死亡在這首詩裡已透露出矛盾的意義，它既是安詳的面貌，又是一種必然的凋零，安靜與荒涼的情緒並陳。死亡對海子而言，既是本源也是毀滅。以下這首詩，死亡具有相同的意義。

老鄉們，誰能在海上見到你們真是幸福

我們全都背叛自己的故鄉

我們會把幸福當成祖傳的職業

放下手中痛苦的詩篇

今天的白浪真大！老鄉們，它高過你們的糧倉

如果我中止訴說，如果我意外地忘卻了你

把我自己的故鄉拋在一邊

---

[41] 《海子詩全集》，頁3。

[42] 奚密：〈海子「亞洲銅」探析〉，《現當代詩文錄》（臺北：聯合文學，1998，頁281-296），頁284。

我連自己都放棄 更不會回到秋收 農民的家中

在七月我總能突然回到荒涼
趕上最後一次
我戴上帽子 穿上泳裝 安靜地死亡
在七月我總能突然回到荒涼[43]

——〈七月的大海〉

　　「死亡」是一種休息，如生命回歸海洋，但是這樣的七月好「荒涼」，死亡同時展現其死寂的真貌。此外，此詩還透露了兩個訊息，「痛苦的詩篇」和重複的「總能」。因為鄉愁，詩人有一種回歸的渴望，甚至是一種回歸死亡的潛在欲望。詩就是他訴說鄉愁或痛苦的方式，所以詩篇遍布痛苦，希冀解脫轉而努力「幸福」。「總能」意謂著無奈的意識重複，不由自主的勾連至荒涼心境。還可以注意的是，海子前期詩作裡對於敘述主體「我」或「詩人」的身分常已夾纏著死亡意識，如〈燕子和蛇（組詩）〉裡第二首詩「三位姑娘」中寫道：「燈，我是火災／燕子交叉地／穿過／詩人的胳膊／落入家具的間間新房／只當詩人就是笨馬／過早地死在□上[44]」。這首詩意旨朦朧，揣摩詩行脈絡，燕子指涉的是女子，前述「三隻肉體的燕子」呼應著題目的「三位姑娘」。「我」與「詩人」身分交疊，笨拙的面對「新婚夜」，難以控制內在的慾望火勢，而無法駕馭愛情與慾念的詩人如同過早死亡的笨馬。「死亡」是詩人的修辭用語，同時透顯詩人趨死之意念，在面對理性難以掌

---

[43] 《海子詩全集》，頁183。此詩未註明時間，但收入「第一編1983-1986短詩」輯中。
[44] 《海子詩全集》，頁55-56。此詩未註明時間，但收入「第一編1983-1986短詩」輯中，原稿中有脫字，「死在□中」。

控的事物時，其躍上詩行，提早確認了作為一種解決之道，以及解釋主體的方法。

　　死亡安靜的、隨時的存在，並反覆出現，讓詩人之眼所見皆是死亡。死亡意識不僅抽象而超脫的出現，有時甚至化為具體的形象，如黑暗，如深水：

　　　黎明以前的深水殺死了我。

　　　月光照耀仲夏之夜的脖子
　　　秋天收割的脖子。我的百姓

　　　秋天收起八九尺的水
　　　水深殺我，河流的丈夫
　　　收起我的黎明之前的頭[45]

　　　　　　　　　　——節錄自〈黎明〉，1986年6月20日

　　黎明前的黑暗最為深沉，黎明前的深水就像死神的化身，在詩中成為死亡主體，殺死了「我」。此詩時序錯雜、意象主客混淆、物化與變形的手法豐富，「仲夏之夜」的脖子遭到「秋天」收割，秋天（肅殺）又成為死亡的象徵，再以水深殺我，之後「河流的丈夫」（河岸？），將我的斷頭收拾。此詩的暗示性非常強烈，死亡的面目也越來越猙獰，並採取主動地位。

　　海子正面書寫死亡的詩作，也多有此類物象人心轉化的效果，畫面荒謬奇特，死亡以具體的形象呈現：

---

[45]　《海子詩全集》，頁162。

漆黑的夜裡有一種笑聲笑斷我墳墓的木板
你可知道，這是一片埋葬老虎的土地

正當水面上渡過一隻火紅的老虎
你的笑聲使河流漂浮
的老虎
斷了兩根骨頭
正在這條河流開始在存有笑聲的黑夜裡結冰
斷腿的老虎順河而下，來到我的
窗前

一塊埋葬老虎的木板
被一種笑聲笑斷兩截[46]

——〈死亡之詩（之一）〉

　　詩中的「我」已死，所以已入墳墓，然而，「我」又復活，
被一種笑聲喚醒，笑聲解放了死亡。「老虎」象徵死亡，死亡本被
埋葬，現在「傾墓而出」，在渡河之際，「你的笑聲」使它斷裂，
然而仍無法阻止死亡，斷腿的老虎破冰、順流，再次來到「我的窗
前」，「我」勢必再死一次。我死亡時，死亡同時也死亡，當我復
活，死亡也復活，兩者再次遭遇。這首詩意義飽滿，象徵強烈，復
活與二度死亡在詩中成為可能。死亡以「老虎」的凶猛形象出現。
詩中「你的笑聲」所指為何？此笑聲能解放死亡，卻避免不了死亡。

---

[46]　《海子詩全集》，頁158。此詩未註明時間，但收入「第一編1983-1986短詩」輯中。

「你的笑聲」也許可以理解為書寫，書寫能重新喚醒生命和死亡。當「死亡」被書寫，詩中的死亡成為符號，代替了真正的死亡，如拉崗（Jacques　Lacan）所言：「因此，符號（symbol）[47]藉由物的謀殺來顯明自身」[48]。然而，書寫死亡，並不能真正解消死亡。

　　根據海子生前的日記內容，他曾說：「我差一點自殺了，……但那是另一個我——另一具屍體……我曾以多種方式結束了他的生命。但我活了下來……我又生活在聖潔之中。」「我曾以多種方式結束了他的生命」[49]，「我」之中，分裂出「他」，在書寫中，每次被殺死的是「他」，而「我」則是不死的書寫主體。書寫本身即是一種主體的分裂，海子一次一次在詩中上演死亡，每次書寫，都完成一次精神性的死亡。然而，分裂性不只停留於敘述主體，其詩作意象的跳躍與分裂性也頗為明顯。如以下這首詩：

　　　雨夜偷牛的人

　　　把我從人類

　　　身體中偷走

　　　我仍在沉睡

　　　我被帶到身體之外

　　　葵花之外，我是世界上

　　　第一頭母牛（死的皇后）

---

[47] 在拉崗的理論裡，其所談論的symbol，中譯為符號，而sign則譯為記號。然而「記號」之中文譯名雖與克莉絲蒂娃的semiotic相同，指涉涵義卻大相逕庭，克氏說法詳見本文註[30]，拉崗所指的sign則是「對某人呈現某事物」（伊凡斯，伊凡斯（Evans,Dylan）著，劉紀蕙等人譯：《拉岡精神分析辭彙》，台北：巨流，2009，頁306）。

[48] Jacques Lacan. *Ecrits:A Selection. Trans.*Alan Sheridan. London:Tavistock,1977.p104.

[49] 轉引西川：〈懷念〉（《海子詩全集》，頁7）所述海子在1986年11月18日的日記內容。

我覺得自己很美

　　我仍在沉睡

　　　　　　　——節錄自〈死亡之詩（之二）〉[50] 159-160

　　這首詩的副標是為：「給凡·高（即梵谷）的小敘事：自殺過程」，海子雖是模擬梵谷的臨死心境，敘述語言卻是他自己的建構。奚密曾解此詩：「這首詩最突出之處倒不是意象的跳躍或奇異的聯想，而是隨著詩的展開，意象之間的內外，大小、主客、彼此的對立關係愈來愈模糊曖昧，甚至消散瓦解。」[51]筆者同意此詩已成為意識流動的紀實，「我」一分為二，沉睡中的與身體之外的，並化身為第一頭母牛、死的皇后。在〈死亡之詩（之二）〉裡，海子將己身置入梵谷的自殺心境，混同為「我」，而在〈太陽和野花——給AP〉裡，則完全自我暴露，後設式的寫作正在寫作的海子。

　　去看看他　　去看看海子

　　他可能更加痛苦

　　他在寫一首孤獨的而絕望的詩歌

　　　死亡的詩歌

　　他寫道：

　　平原上

　　流過我的骨頭

......

我會給你唸詩：

太陽是他自己的頭

野花是她自己的詩[52]

——1988年5月16日夜

　　此詩主客關係混淆，喪失固定的認同位置，真實作者（現實裡的海子）－敘述者（敘述第一層的「我」）－符號海子（詩中之「海子」與「他」）－詩中之詩的敘述者（敘述第二層的「我」）在詩行間流動著，既是層層疊映的同一人，又變換成不同敘述角度的「他者」。詩人首先打破的是詩裡詩外的文學界線，讓真實與想像無分別，再來則是讓人稱、名字、代名詞等指涉特定主體的意義失效，說話主體騷動不安，難以確認。這首詩是海子重新修改許多舊作而成，透露了其後期短詩裡傾向於多重聲音的敘述方式。

　　到海子自殺前十二天所寫的〈春天，十個海子〉一詩，其死亡敘述裡的敘述主體已迸裂四散：

春天，十個海子全部復活

在光明的景色中

嘲笑這一個野蠻而悲傷的海子

你這麼長久地沉睡究竟為了什麼？

春天，十個海子低低地怒吼

---

[52] 《海子詩全集》，頁453-454，此詩在寫作時間之後，註明「刪86年以來許多舊詩稿而得」。

圍著你和我跳舞，唱歌
扯亂你的黑頭髮，騎上你飛奔而去，塵土飛揚
你被劈開的疼痛在大地彌漫

在春天，野蠻而悲傷的海子
就剩下這一個，最後一個
這是一個黑夜的孩子，沉浸於冬天，傾心死亡
不能自拔，熱愛著空虛而寒冷的鄉村

那裡的穀物高高堆起，遮住了窗戶
他們把一半用於一家六口人的嘴，吃和胃
一半用於農業，他們自己的繁殖

大風從東刮到西，從北刮到南，無視黑夜和黎明
你所說的曙光究竟是什麼意思[53]

——1989年3月14日凌晨3-4點

　　首句便有驚心動魄的破題，有十個海子（詩人直接現身）死去
後復活，還有一個沉睡中的野蠻而悲傷的海子。這些分裂的主體，
開始對話、互動，甚而暴力欺凌。這個還未死去的海子相較而言喪
失活力，因為他仍有所眷戀。這個存活於人間的海子彷彿已死去，
沉浸冬天、傾心死亡、不解曙光，而曾死去的那十個海子卻能「在
光明的景色中」復活。生死在此詩中是一種弔詭。

---

[53] 《海子詩全集》，頁540-541。

海子詩中的死亡由安詳的面目，轉向惡狠、猙獰，最後，死亡就在「我」之中，死亡成為生命的來源。海子的死亡觀點，在許道軍的解釋下，有其兩面性：「雖然海子的死亡哲學的終極目的也是追求人的不死與不朽，但它強求真實的『死亡再生』，就會讓他為追求真實而從『幻象的死亡』走向『真正的死亡。』[54]」依此看法，海子死亡書寫的特殊性即已浮現，他意欲通過書寫死亡、建構死亡潛在的「再生」可能性，以隔離現實裡的趨死意識、毀滅衝動，然而，由於幻象與現實之混淆，「再生」從詩中躍出，召喚海子，終於走向真實的死亡。

　　海子的長詩作品所辯證的死亡議題最為繁複，語言使用最為放肆淋漓，最能實踐他的「烈火詩語」。〈太陽〉系列作品尤然，最能看出海子的詩歌企圖，以及詩人的生命觀，也最能呈現生命臨終前的精神狀態。「大多時候，他足不出戶，可他的幻想、幻覺、思考的觸鬚，卻極度活躍，神遊天堂、地獄、太陽、世界的末日、宇宙的盡頭、歷史的縱深、個人的前生與死亡等等，他虛擬的生活幾乎是無限的，最終『用腦過度而不能寫作』（駱一禾語）。另一方面，他又要通過詩歌的形式去尋覓生命的終極意義，平息生命內部的恐懼、衝突和分裂，探討個人的永久存在。他的人部分詩歌，尤其是《太陽・七部書》，有一個潛在主題，那就是『土火爭鬥』，『死中求生』，習慣死亡、熱愛死亡，最終超越死亡。[55]」這段海子生活與作品的評述說明了〈太陽〉系列組詩所探討的死亡意義，強烈表露出「再生」、「永生」的主題。

---

[54] 許道軍：〈「幻象的死亡」和「真正的死亡」──論海子的死亡哲學〉（《巢湖學院學報》第6卷第5期，2004年，頁62-67），頁62。
[55] 同上註，頁63。

請把我埋入秋天以後的山谷

埋入與世隔絕的秋天

讓黃昏的山谷像王子的屍首

青年王子的屍首永遠坐在我臉上

我就是死亡和永生的少女[56]

——節錄自〈太陽·土地篇〉節錄，1987年8月

　　海子最終並沒有完成全部的〈太陽〉組詩，留下殘稿，然而詩中生死交搏的雄渾氣象卻讓這一系列詩作真正達致不朽。如詩中所言「我就是死亡和永生的少女」，一位死去卻永生，臉上有屍首，軀體卻是清新青春少女的詩人。

　　最後，海子自殺的方式，如前所述，有學者認為是一種「儀式」的完成。而且，此儀式曾在詩中「被書寫」，依此觀點，海子的死亡敘述同時具備「模擬」與「演練」的意義。如〈太陽〉詩中有：「我的太陽之輪從頭顱從軀體從肝臟轟轟碾過」、「那時我已被時間鋸開／兩頭流著血，碾成了碎片」，這些詩語在詩人死後讀來都像是預言式讖語。

　　海子烈火詩語所展開的死亡敘述是紛繁多樣的，除了眾人所論之形而上的意義、生命與詩歌的「死而復活」意識之外，本文認為「死亡」在海子詩中的具象化特徵、分裂主體的多重敘述角度，以及死亡之召喚性與再生誘惑，更是其死亡書寫的重要特質。而此死亡書寫的美學實踐應返回海子之精神病徵加以理解，死亡與詩人間的複雜弔詭關係，不只是詩語的，也是私語的。

---

[56]　《海子詩全集》，頁647。

四、結語

> 從明天起，做一個幸福的人
>
> 餵馬，劈柴，周遊世界
>
> 從明天起，關心糧食和蔬菜
>
> 我有一所房子，面朝大海，春暖花開[57]
>
> ——節錄自〈面朝大海，春暖花開〉，1989年1月13日

　　這首詩是海子在自殺前兩個月所寫，也是海子最受歡迎的詩作，並成為其標誌，被選入中學課本當教材，卻被認為可能是被人誤解最多的一首詩[58]。因為此詩表面以溫暖語調訴說生命願景，詩行洋溢著幸福與光明，深層音調裡的「隱遁」色彩因而容易受到忽略。在走向生命盡頭前，詩人大多數的詩作是痛苦的心靈記錄，而此詩的「面朝大海，春暖花開」究竟是未來願景？還是放棄此世後，對來世的想像？或是掩飾在美麗修辭底下的灰暗心志？研究者永遠無法真確解出詩人在詩裡所埋藏的心靈密碼，詩語的曖昧與神祕，一如人類心靈之幽微奧深。但是，文學研究可以試著接近，逐步拼湊，真正多元維度的讀一位詩人，「面朝海子」，抽絲剝繭。

　　本文則試著從精神分析的角度，補充對海子自殺的潛在心靈因素的探討，希望還原海子脆弱的心靈實況，解釋其詩美學的建構與特質，避免將「詩人之死」直接化約為英勇的殉詩。

---

[57] 《海子詩全集》，頁504。

[58] 見楊澤平〈懷念海子〉之文：「在海子留存的300多首抒情詩中，〈面朝大海，春暖花開〉是被人們傳頌得最多的詩篇，同時也是被人誤解得最多的一首詩。……作品的『深層音調』則帶有『隱遁』色彩的意象畫面，流露出了詩人內心深處受到傷害而對『塵世』產生的冷漠與厭倦心態。」（《溫州日報‧甌越副刊》，2009年4月11日）

在本論文的研究動機展開並論述的同時，筆者發現「死亡」符號之多變面貌。筆者欲將「詩人之死」從隱含政治反抗性的詩歌英雄符號落實為個體心靈探索，還原符號背後主體的血肉。然而海子不斷書寫死亡，死亡成為詩中符號，應取代真正的死亡欲念，卻在精神分裂與意識混淆之中，死亡跨越修辭成為實體。而海子死後，「死亡」符號又復活，此時它反而成功的取代了詩人實際的死亡，超脫昇華成為詩界殉詩的象徵。

此外，本文試圖溝通文學與疾病間的隱形交錯路徑，「精神分裂」不僅是心靈失序的病症，也是詩歌語言的革命潛質，兩者同時交集於海子身上時，更展示出詩人如何以死亡書寫來安頓內在死亡驅力，以詩作為原始力量爆發的中心，從現實中歧出，另構一種現實。創作即是一種主體的分裂，詩人海子面臨的是多重的分裂，主客世界、文本內外的界線混淆，讓他的詩語如烈火般燒炙心靈，留下傷痕斑斑的傑作。筆者一方面嘗試跨學科研究，一方面則提醒自己學科間的分野：「文學的典型性永遠不應該與醫學的現實性相混淆。……藝術和醫學又相互補充，成為——永無止境的——邊緣學科和交叉文化的人的科學[59]。」希望以此段文字作為本文研究方法的砥礪。

---

[59] 波蘭特（Weila Borland）：〈文學與疾病——比較文學研究的幾個方面〉，葉舒憲主編：《文學與治療》（北京：社會科學文獻，1999），頁271。

引用書目

海子著，西川編：《海子詩全集》，北京：作家出版社，2010初版五刷。

潘恩（Payne, Michael）著，李奭學譯：《閱讀理論：拉康、德希達與克麗絲蒂娃導讀》，台北：國立編譯館，1996。

佛洛依德著，葉頌壽譯：《精神分析引論‧精神分析新論》台北：志文，1997。

奚密：《現當代詩文錄》，台北：聯合文學，1998。

波蘭特（Bolante, Weila）：〈文學與疾病──比較文學研究的幾個方面〉，葉舒憲主編：《文學與治療》，北京：社會科學文獻，1999，頁255-272。

崔衛平主編：《不死的海子》，北京：中國文聯出版社，1999。

李明濱主編：《實用精神醫學》，台北：台大醫學院，1999。

傑米森（Jamison, Kay Redfield）著，易之新譯：《夜，驟然而降：了解自殺》，台北：天下文化，2000。

拉康（Lacan, Jacques）著，褚孝泉譯：《拉康選集》，上海：上海三聯書局，2001。

傑米森（Jamison, Kay Redfield）著，王雅茵，易之新譯：《瘋狂天才》，台北，心靈工坊，2002年。

王德威：《歷史與怪獸：歷史，暴力，敘事》，臺北：麥田，2004。

嘉寶（Gabbard, Glen O. M.D.）著，李宇宙等人譯：《動力取向精神醫學──臨床應用與實務》，台北：心靈工坊，2007。

余徐剛：《天才詩人──海子》，台北：寶瓶，2007。

涂爾幹著，馮韻文譯：《自殺論》台北：五南，2008。

伊凡斯（Evans, Dylan）著，劉紀蕙等人譯：《拉岡精神分析辭彙》，台北：巨流，2009。

許道軍：〈「幻象的死亡」和「真正的死亡」──論海子的死亡哲學〉，《巢湖學院學報》第6卷第5期，2004，頁62-67。

高碧珍：〈疲倦、憂傷和天才——論海子的死亡情結〉，《楚雄師範學院學報》第21卷第2期，2006年2月，頁34-48。

古大勇：〈詩人自殺究竟有什麼意義——由詩人海子自殺的兩種代表觀點說起〉，《淮北煤碳師範學院學報（哲學社會科學版）》第28卷第1期，2007年2月，頁10-14。

李子良：〈從「太陽王子」到「太陽王」——海子的詩觀、詩歌理想及死亡儀式〉，《飛天論壇》19期，2009，頁122-124。

楊澤平：〈懷念海子〉，《溫州日報‧甌越副刊》，2009年4月11日。

劉成才：〈「幻象」與「流放」雙翼中的向死飛翔——海子詩歌精神向度的一種解讀〉，《江西科技師範學院學報》第4期，2010年8月，頁114-117。

Jacques Lacan. *Ecrits:A Selection*. Trans.Alan Sheridan. London:Tavistock,1977.

Julia Kristeva. *Revolution in Poetic Language*. Trans.Margaret Waller. New Yok: Columbia University Press,1984.

文學作為精神療癒之實踐
──以臺灣女詩人葉紅為研究對象

摘要

　　本文探討臺灣女詩人葉紅（1953-2004）詩作中的死亡書寫，試著說明其死亡觀點，以及「死亡」在其詩中之意義。基於其詩作中精神療癒與死亡書寫間的連結，本文進一步解釋詩人如何透過經營死亡意象，讓寫詩成為生命出口。

　　在葉紅的例證中，「文學作為精神療癒」的確實踐於抒解詩人的抑鬱，並且避免主體在抑鬱狀態下失語。同時，葉紅的死亡書寫也表現出自我挽救的意圖，讓死亡符號盡情在詩中表演，期能分裂並區隔憂鬱病症的死亡驅力。但是，詩人最終聲明死亡之不可抗力，文字無法取代藥物等實際醫療。然而，回返文學作品本身的價值與意義，文學生命是另一種形式的詩人生命延續，讀者可以再次超越詩人之死，回返詩人生前的死亡敘述。

關鍵詞：葉紅、憂鬱症、寫作意義、死亡書寫、精神療癒

一、前言

葉紅，本名黃玉鳳，1953年2月18日出生於臺北，四川渠縣人，畢業於中國文化大學舞蹈系。曾任耕莘實驗劇團行政總監、耕莘寫作會執行秘書、秘書長、副理事長、《旦兮》雜誌主編、河童出版社社長等職。1990年加入耕莘寫作會，1992年開始寫詩，曾出版四本詩集及一本散文集，詩作曾入選多種重要選集，2001年移居上海後，創作量大減。因長年患有憂鬱症，2004年6月18日於上海寓所自殺辭世。後葉紅家屬贊助基金，成立每年舉辦的「葉紅女性詩獎」，以紀念葉紅。

本文的研究動機起於討論臺灣當代女詩人與憂鬱症關係時，發現「第一屆葉紅女性詩獎」同時舉辦一場名為：「詩、病、愛、希望：憂鬱是不是一條不可抗拒的路」座談會，讓曾罹患憂鬱症的女詩人[1]現身說法。在面對「憂鬱症真的是女性詩人的宿命嗎？」此一問題時，顏艾琳回答：「我相信是！」[2]筆者循此線索，展開憂鬱病症－詩語－女性書寫的研究，曾為文探討這幾位女詩人憂鬱書寫之特殊性與意義。除此，筆者在研究過程也發現另一個文學研究之母題——文學創作對心理治療之意義，因此希望延伸再論。

關於寫作對心理健康之影響，在許多健康常識性的醫學報導裡，[3]經常論及如改善記憶或睡眠、安定並放鬆神經系統、提高免

---

[1] 出席這場座談會的女詩人有朵思、顏艾琳、鹿苹和江文瑜。

[2] 陳希林報導，〈憂鬱症纏身？女詩人現身說法〉，《聯合報》（臺灣），2006年5月23日，第5版。

[3] 這類報導如彭健禮報導，〈治療精障病友，藝術當藥方〉，《自由時報》（臺灣），2009年4月6日（http://www.libertytimes.com.tw/2009/new/apr/6/today-north7.htm），2013年5月23日下載；蘇湘雲報導，〈年長者常閱讀、寫作，可維持大腦

疫細胞的活性、加速術後傷口之癒合等。這些報導立論於一個簡單的前提：人有渴望溝通的本能，寫作讓情感得以抒發，便有助於心理健康。除了寫作，閱讀行為也有療癒效果，因為作品內在的情感會對讀者經驗進行召喚，讓閱讀過程產生「類心理治療效應」。

這種寫作效力，在臺灣當代女詩人裡有不少的實際印證案例。最明顯的例子是朵思，她對詩在寫作上的自我療效，提出說明。「這種相當接近於醫學上所謂的『自我醫療』的抒解方式，如果以文字的形式來加以比較的話，最好的應該是詩」。[4] 據此她積極創作，試圖自我治療。「病態而無法解脫的生命掙扎，生死抉擇韌性的挑釁，我嘗試著把精神醫學溶入於詩，使兩者相互結合，終而意外得到療癒自己，並產生迎擊各種困頓的力量。」[5]

然而，對於同樣罹患憂鬱症，生前曾接受精神治療，最後卻自殺辭世的女詩人葉紅而言，雖然寫詩對她意義深遠，如其自述：「寫作這件事，讓我心裡深藏的很多東西藉助著文字展露出來。寫作讓我自由地在意識和潛意識中穿梭；許多長期被壓抑的——有些是不熟悉的、不認識的感覺，都轟然釋放了。過去我給自己的規範太多，我擺脫了它們。……寫作以後家人說我變了，我沒辯解」，[6] 寫作能改變生命，能釋放壓抑的情感，卻未能取代實際醫療，或解決精神病症的困擾，葉紅仍然走上自盡之途。關於憂鬱情緒與死亡陰影對詩人的影響，我們可發現葉紅生前出版的三冊詩集，尤其是最後一本詩集《瀕臨崩潰的字眼感覺有風》，漫卷可見

健康〉，《臺灣新生報》（臺灣），2012年11月26日（http://www.tssdnews.com.tw/?FID=12&CID=172630），2013年5月23日下載。

4　朵思，〈詩作的自我詮釋〉，《創世紀詩雜誌》，95、96（臺北：1993），頁94。

5　朵思，《心痕索驥》（臺北：創世紀雜誌社，1994），〈後記〉，頁132。

6　葉紅，〈迷惑的百合——葉紅自述〉，《文訊》，228（臺北：2004），頁117。

死亡、夜晚、黑暗或廢墟等意象，如同鄭慧如敏銳的察覺：「夜，是葉紅的詩作中不可或缺的襯底。」[7]葉紅常以死亡的心理狀態作為一種抒情方式。

自殺若是意謂對生命的反叛，葉紅卻在書寫裡隱藏「死裡逃生」的意念。她詩作裡的「死亡」，具有深刻的辯證性，她曾試圖以書寫建立另一處永生的空間。文學作為一種象徵性、想像性的事物，具有逃逸於象徵秩序或理性語言的動能，所以葉紅得以透過寫作擺脫規範，並「自由地在意識和潛意識中穿梭」，讓文學裡的「象徵」或「世界」，成為與現實世界溝通的平行空間。葉紅已死，但不能因此宣判文學之精神療癒效益無用，不僅出於上述葉紅生前生命之改變，更因為討論此議題，仍必須考慮文學作品本身的生命。由此，本文欲探討葉紅的死亡書寫，試著整理「死亡」在其詩中之意義、說明葉紅詩作的死亡觀點。由此，再返回寫作與精神療癒連結的基礎上，試著說明詩人如何透過經營死亡意象，讓寫詩成為生命出口？寫詩對葉紅的意義究竟為何？最後，在文學作為精神療癒之實踐上，作出研究報告。

在進行步驟上，先介紹精神分析學說關於憂鬱症之死亡驅力的學理，並整理其中論及文學象徵之論述觀點，說明在憂鬱與死亡的連結關係裡，文學或藝術如何發揮其象徵性的效用。接著將以美國自白體[8]女詩人普拉絲（Sylvia Plath, 1932-1963）為參照，分析其自殺與死亡書寫，比較不同文化背景的死亡書寫，發現不同意義的死亡觀點，將有助於本研究對文化和個體差異之自覺，不致讓觀點輕

---

7 鄭慧如，〈序〉，收入葉紅，《瀕臨崩潰的字眼感覺有風》（臺北：河童出版社，2000），頁2。

8 「自白文學」在文學史中已有長遠的歷史，廣義而言，泛指作者在作品中對個人心理的表白以及對精神、內在經驗的剖析。

易歸納為統一的典型意義。第四節分析葉紅的死亡書寫，最後解析
其趨死之書寫對於精神療癒的意義何在。

二、憂鬱的死亡驅力與文學象徵的效用

> 因憂鬱而耗損的藝術家，同時也最能奮力抵抗團團包圍、要
> 自己放棄象徵的那層壓力……以迄死神逼近的一刻。[9]

　　本文採用精神分析學說的論點，以克里斯德瓦（Julia
Kristeva）[10]的《黑太陽：抑鬱症與憂鬱》（Soleil noir: Dépression et
mélancolie）作為理論依據，來理解與探問憂鬱症與死亡書寫之潛
在關連，並展開對話。精神分析學自二十世紀以來，除了提供精闢
的主體認知學理與各種精神病徵的臨床經驗歸納，更對於文學創作
的想像特質，持續提出許多深刻見解，洞見創作主體的神祕心靈
內容。

　　「死亡驅力」（death drive）[11]是佛洛依德（Sigmund Freud,
1856-1939）理論中最具有爭議性的概念之一，他在〈自我與本
我〉一文裡，對死亡驅力的基本解釋是：「出於以生物學為基礎的
理論上的考慮，我們假定存在死亡本能其目的是要把有機物帶回無

---

[9]　克里斯德瓦（Julia Kristeva）著，林惠玲譯，《黑太陽：抑鬱症與憂鬱》（臺北：遠
　　流出版社，2008），頁35。《黑太陽：抑鬱症與憂鬱》原著以法文 Soleil noir: Dépression
　　et mélancolie發表，1987年出版，中譯本直接由法文版翻譯。
[10]　克里斯德瓦原籍保加利亞，曾留學法國，師承巴特（Roland Barthes, 1915-1980）、
　　拉岡，後入籍法國。克里斯德瓦的研究範疇廣泛，她身兼思想家、精神分析理論學
　　者、臨床分析治療師、文學批評家以及小說作家，其特別受人注目的論述如抑鬱／
　　憂鬱與藝術文學間的關聯、賤斥理論、精神分析與信仰等。
[11]　或譯為死亡本能。

機物的狀態。」[12]因而，死亡驅力是一種具有攻擊性與毀滅性的心理活動。他進一步以憂鬱症為切入點，探討死亡驅力如何掌控患者，成為「超我」異常強勢的心理疾病，病症越嚴重，病人的自殺傾向越強烈：「以強力控制了意識的超我殘暴而激烈地攻擊自我，似乎要盡其可能施展其虐待的本性。根據我們對施虐狂的觀點，應該說破壞性因素緊緊的依附於超我，並轉而反對自我。現在死亡本能及其影響在超我中取得支配地位，如果自我不及時轉為躁狂症以抵制它的殘暴統治，它通常會成功地驅使自我走向死亡。」[13]為憂鬱症患者為何傾向自殺提供一種心理成因。

在佛洛依德解釋的基礎上，後起的精神分析學家提出修正的看法。譬如，拉岡（Jacques Lacan, 1901-1981）認為：「忽視佛洛依德理論中的死亡驅力是完全誤導他的教導」，[14]他的學說裡所描述的死亡驅力為：「對於失去之和諧的懷舊，渴望回到與母親懷中的前伊底帕斯黏著狀態，這是斷奶情結烙印在心靈的失落。」[15]其稍後的論述更將「死亡驅力聯結到自戀式的自殺傾向。」[16]不過，拉岡主張死亡驅力只是符號（symbol）[17]的重複傾向，與佛洛依德所論的死亡驅力與生理緊密相連不同。當「死亡」被書寫下來，詩中的死亡成為一種符號表達，某種程度上，「死亡」文字已取代「死

---

[12] 佛洛依德著，王嘉陵等編譯，《佛洛依德文集》（北京：東方出版社，1997），頁279。
[13] 同前引，頁288。
[14] 伊凡斯 （Dylan Evans）著，劉紀蕙等譯，《拉岡精神分析辭彙》（臺北：巨流圖書，2009），頁53。
[15] 同前引。
[16] 同前引。
[17] 同前引，頁306。在拉岡的理論裡，其所談論的symbol，中譯為符號，而sign則譯為記號。然而「記號」之中文譯名雖與克里斯德瓦的semiotic相同，指涉涵義卻大相逕庭。克氏說法詳見本文註25，拉岡所指的sign則是「對某人呈現某事物」。

亡」實體，這就是符號性的作用。所以拉岡聲明：「因此，符號藉由物的謀殺來顯明自身」。[18]

克里斯德瓦則綜合佛洛依德與拉岡的看法，提出死亡驅力在憂鬱心靈裡既是一種心理本能活動，又具有符號上的象徵涵義。因為憂鬱症者的焦慮會伴隨著心神分裂，並挑起精神分裂式的自我分裂，在這種情況下，可能會出現「一種面對死亡威脅而產生的趨向死亡反應。」[19]他給予的解釋是，

> 當死亡驅力偏斜，隨之而來的抑鬱情感可解釋為一種面臨碎散作用威脅的防禦反應。的確，憂傷重塑了某種自我層面上的情感整合，形成情感建構的保護。……是故，抑鬱情感修補了象徵秩序被迫失效與中繼的狀況，同時保護自我，以免進一步陷於自殺。只不過這層保護十分薄弱，抑鬱式地否認象徵秩序的意義，也破壞了該否定行為的意義，並導致主體在毫無碎裂痛楚下自殺。個體藉此與原初的碎裂重新合而為一，既致命且愉快，有如「沉浸於汪洋中」。[20]

這段論點補充了佛洛依德的主體分裂說法，更細膩的點明主體的矛盾和防禦本能，而拉岡停留在符號層的「死亡」，也成為克里斯德瓦解釋自殺行為的隱藏動機──回復原初的圓滿生命。所以「自殺之前所感受到的放鬆感，或許傳達的是原初的退行現象。個體藉由自我否定或麻木無感的意識，將死亡轉向自我，再次領轄從前

---

[18] Jacques Lacan, *Ecrits: A Selection*, trans. Alan Sheridan （London: Tavistock, 1977）, p. 104. 此段文字由筆者中譯。

[19] 克里斯德瓦著，林惠玲譯，《黑太陽：抑鬱症與憂鬱》，頁47。

[20] 同前引，頁47-48。

失去的、沒有旁人的無界域樂園，一個充盈、無人能及的幻境。」[21]

　　綜言之，關於自殺行為或現象，先前以「逃避」或「解脫」等尋常理由說明，經過精神分析學對憂鬱心靈的自殺渴望，提出上述複雜的心理成因的解釋後，揭露其更深層與象徵性的意義。「自殺並非偽裝的爭戰行動，而反倒是與憂傷的融合。甚而，自殺越過憂傷，與不可能的愛，一個永無法企及、總在彼處、如空無或死亡的許諾融合。」[22]即使給予了深切的解釋，精神分析學家們（多為臨床心理醫師）似乎對於預防或化解憂鬱患者的自殺欲念，所能提出的解決方式有限。如克里斯德瓦從許多案例研究中觀察到，抑鬱症者渴望重返原始樂園的心理狀態，常凝聚在「殺死自己」此一傾向上，不管是心理上的自殺，死亡符號的重複訴說，甚至是真實的殺死自己。[23]

　　克里斯德瓦認為深受抑鬱症所苦的人，原初認同脆弱，不足以穩定其他認同機制，必須有賴「昇華」方式來調適，即：「透過曲調、韻律、字義的多層涵義，透過這種拆解、重組符號、所謂詩的形式，似乎是種不確定、卻恰當的方式，是確保物的唯一『容器』」。[24]她從臨床治療與文學作品分析中發現，創造力和想像力對心理健康具有關鍵性的作用。

　　由於文學創作是一種將身體或心理經驗符號化的行為，它已不再是情感的原貌，而是被象徵化的藝術，所以，書寫成為具體可溝通的記錄，容許「表徵式」（the semiotic）與「象徵式」（the

---

[21]　同前引，頁48。
[22]　同前引，頁39。
[23]　「憂鬱的女人……以道德上、心理上一次又一次對自己的攻擊，致使自己耗損殆盡。而這一切，並沒有使她得到足夠的（否定式）快感。一直要到（朝自己）致命一擊的那一刻來臨，這死去的女人才終於與她未殺死的同一結為一體。」同前引，頁59。
[24]　同前引，頁41。

symbolic）[25]的內容同時存在。以克里斯德瓦的話來說，就是在文學中，「讀者可以感受得到（我喜歡這本書，因為它傳達了憂傷，痛楚或欣喜），然而該情感已經過控制，置於一旁，已被克服。」[26]所以，讀者在作品裡可以找到如前言所述之「類心理治療效應」，文學研究者也可從作品裡，抽絲剝繭的找出符號底下的潛在情感。

文學具有抒解憂鬱的效用，即源於患者「表徵式」裡的內容得以聯結至「象徵式」的語言，主體覓得溝通之可能。

> 我（克里斯德瓦）認為戰勝憂傷的關鍵在於自我不再認同失去的對象，而能認同第三者——父親，形式，秩序結構。……它確保了主體進入符號與創造的世界。此象徵勝利背後的父親，並非伊底帕斯父親，而是「想像的父」。……只有在兩種父親角色和諧融合的基礎上，在溝通中使用的抽象、任意符號才幸運地，能夠與各種個人史前認同中的情感意義聯結。而原本可能罹患抑鬱症者的無生命言語，由此才得以從與他人的緊密關係中產生活化的意義。[27]

這是確保心靈健康的機轉，想像的象徵秩序建立起來，主體不再茫然失所，一切皆有意義，原始的失落情緒便能由此表述出來，並找到詮釋的方式。

---

[25] 「表徵式」，或譯為「記號界」，意指壓抑在潛意識的慾望；「象徵式」或譯為「象徵界」，意指「他者關係的一種社會功效，乃透過生理（包括性別）差異與具體的歷史性家庭結構的客觀規範所建立起來的」潘恩（Michael Payne）著，李奭學譯，《閱讀理論：拉康、德希達與克麗絲蒂娃導讀》（臺北：國立編譯館，1996），頁236-237。

[26] 克里斯德瓦著，林惠玲譯，《黑太陽：抑鬱症與憂鬱》，頁51。

[27] 同前引，頁52-53。

本於對想像性建構的肯定，克里斯德瓦認為藝術創作或宗教論述，這些具有想像虛構本質的事物，可以在外在象徵秩序崩潰時（發病時，指義系統失效），仍能成為模擬再現象徵秩序的場域，提供主體在此建構個體的象徵世界，特別是文學富有寓意的表現手法。克里斯德瓦對於文學有高度的評價，「文學（及宗教）擬現具有真實上及想像上近於淨化和清洩的效果，乃幾千年來應用於所有社會的治療方法。如果精神分析師認為他們的方式更有效，特別是在加強主體認知的潛能上，那麼，他們也得力於上述文學宗教的治療方法，藉由更為重視各種以昇華作用解決危機之道，進而成為清晰明辨、克服抑鬱症的良方，而非僅成為中和型抗抑鬱劑。」[28]由此，我們可以理解為何克里斯德瓦在討論憂鬱／抑鬱的問題時，希望從生理與象徵交會點來思考，雖然心理如何影響生理的過程不明，但是精神與想像上的療癒效果，確實發揮作用。

　　這種心理機轉或可說明葉紅寫作之後發現生命有所變化的原因，反映在她的自述中。

　　　　寫作這件事，讓我心裡深藏的很多東西藉助著文字展露出
　　　　來。寫作讓我自由地在意識和潛意識中穿梭；許多長期被壓
　　　　抑的──有些是不熟悉的、不認識的感覺，都轟然釋放了。
　　　　過去我給自己的規範太多，我擺脫了它們。[29]

　　葉紅開始寫作之後，憂鬱症的壓抑現象（以抑鬱來延緩心理的驅死動力），終於得以尋覓另一種表意方式（想像的秩序、符號化

---

[28]　同前引，頁53。
[29]　葉紅，〈迷惑的百合──葉紅自述〉，頁117。

的情感）來與世界溝通，她在這「創造出來的世界」裡，得以與現實世界對話，因而感到自由。

　　然而，寫作的自由與意義，並非只是鬆脫現實秩序的束縛，更能在「表徵式」語言與「象徵式」語言之間溝通自如，近於葉紅自言意識與潛意識中的穿梭，深層表達寫作者心靈底層的情感，即所謂「被壓抑的」、「不熟悉的、不認識的感覺」。連詩人自身也感訝異的內在陌生情感，正是得以抵制規格化語言系統的「憂鬱書寫」。潘斯基（Max Pensky）曾對《黑太陽》所論的憂鬱與書寫關係作出更進一步的解釋，他認為「正是憂鬱書寫可以抵抗這收編的體系，而『那空白的一頁』就是憂鬱書寫；從『失語』的寫作、從荒蕪中的不斷喪失的文字，我們得以回想憂鬱書寫意味著什麼。」[30]「空白的一頁」並非完全缺無，而是在看似「失語」、「荒蕪」或「喪失文字」的寫作過程裡，語言終可抵制外在收編，停止結構化，將書寫轉向那長久被壓抑與忽視的「空白」，讓主體未被收編的語言有表達與溝通的可能。

　　在詩集《瀕臨崩潰的字眼感覺有風》後記裡，葉紅表達她面對「詩語」與「失語」間的糾結。

　　　　在每一本詩集將要出版之際，我的「失語症」就必定發作。
　　　　夜，那麼寧靜，在視野遼闊的陽臺上，不知不覺地又渡過
　　　　了我整個生命中的兩小時；觸目所及的是一片燈海，由近
　　　　至遠，隨著明亮度的遞減，黑夜還是威力不減地籠罩著大

---

[30] 鄭聖勳，〈哀悼有時〉，收入劉人鵬、鄭聖勳、宋玉雯主編，《憂鬱的文化政治》（臺北：蜃樓出版社，2010），正文前頁18。

地。……。或許，我和夜，也在相互陪伴，卻不自知。[31]

　　詩集即將出版時，詩人「失語症」必定發作的原因，我們可將
之解釋為詩人使用語言的轉換。現實體制語言的「失語」，轉由展
示內在情感的想像語言發聲。至於詩人與黑暗相依存的敘述，隱隱
呼應「空白的一頁」的「威力」。葉紅找到一種溝通的方式，一種
鬆綁壓抑的力量，但是揮之不去的死亡驅力，仍如黑夜籠罩大地，
「我與夜」之相連，形成她的詩作鮮明的死亡意象。

　　根據以上之學理論點與葉紅的書寫自剖，本文接下來將延伸再
探：如果死亡驅力使得憂鬱症患者傾向死亡，而寫作得以讓本能和
情感象徵化，進而可能解消主體分裂所導致的自殺。那麼在憂鬱詩
人作品裡的「死亡」，具有什麼樣的符號性？死亡如何被詩人象徵
化與擬現？以下先以普拉絲為例說明。

三、寫作的危險？——以美國女詩人普拉絲為對照

　　普拉絲，1932年出生於美國波士頓，1950年進入史密斯學院
（Smith College）就讀，主修英文，1955年以最高榮譽（summa cum
laude）畢業，後獲獎學金至英國牛津大學（University of Oxford）就
讀。在牛津大學求學期間，邂逅詩人泰德・休斯（Ted Hughes），
兩人於1956年結婚。1963年，因長期受憂鬱症所苦，並經歷丈夫外
遇事件，於家中自殺身亡。普拉絲以半自傳性質的長篇小說《瓶
中美人》（The Bell Jar）、詩集《精靈》（Ariel）及《巨神像》

---

[31]　葉紅，《瀕臨崩潰的字眼感覺有風》，頁175。

（The Colossus）享譽文學界，並於1982年榮獲普立茲獎（Pulitzer Prize）。普拉絲的詩作充滿對存在的熱情與質疑，擅長描述內心衝突，尤其深入探討死亡和自我等主題。風格獨特，經常呈現複雜情感（痛苦、抑鬱、嘲諷、喜悅等）的交織，晚期作品更為深奧、神祕。奧地利女詩人巴赫曼（Ingeborg Bachmann）曾寫過一篇關於普拉絲的文章，題名為〈戰慄〉，文中將她的寫作與陰森、殘酷的宗教經驗相比擬，「此種疾病絕對是最恐怖的，有時以死亡作為結局。」[32]將普拉絲的書寫等同於心靈疾病，同時與外顯的憂鬱症形成內外夾纏的關係，最後兩者皆以「死亡」作結。

　　普拉絲自殺後，無疑替她的詩增添許多聯想意義，如愛情婚姻的絕望感、憂鬱陰暗的意識驅使等，讓其詩中的死亡敘述更顯出複雜微妙的意義。劉劍梅認為「死亡」主題到了普拉絲筆下，成為表現自我的一種獨特語言，「普拉絲在自己的詩裡，用死亡來營造寓言式的和超現實主義的藝術意境，其陰森、恐怖和虛無的感覺，像一幅幅抽象派的畫；而她擁抱死亡的行為文本，為這一藝術意境增添了更加神祕而深遠的氛圍。」[33]在許多書寫死亡的詩作中，普拉絲最為人熟知的一首詩〈拉撒若夫人〉（Lady Lazarus）表現得最為極致：

　　　死去　是一種藝術，和其他事物一樣。
　　　我尤其善於此道。

---

[32] 斯提凡·博爾曼 （Stefan Bollmann） 著，張蓓瑜譯，《寫作的女人生活危險》，（臺北：博雅書屋，2009），頁120。
[33] 劉劍梅，〈用死亡來征服世界〉，《新地文學》，7（臺北，2009），頁72。

我使它給人地獄一般的感受。

　　使它像真的一樣。

　　我想你可以說我是受了召喚。[34]

　　「拉撒若」（Lazarus）用的是《新約聖經》中的知名典故，根據〈約翰福音〉所載，耶穌行使神蹟，讓死去四天的拉撒若得以復活重生。聖經故事裡的拉撒若是男人，而普絲斯詩名和詩中敘述主體則是「拉撒若夫人」，可見她並不認為「男性死而復生」的象徵典範能適用於女性，她標明死亡主體是女性：「我是個含笑的女人／我才三十歲／像貓一樣可死九次。」[35]「上帝大人，撒旦老爺，／注意／注意了。／　／從灰燼中／我披著紅髮升起／像呼吸空氣般吞噬男人。」[36]詩中「我的死亡」是循環性的，反覆出現臻至純熟的藝術層次，死亡既神聖又具毀滅性，有毀滅的激情也有創造的熱情。

　　她在另一首知名的詩作〈爹地〉詩中，曾直言自殺的理由：「二十歲時我就試圖自殺／想回到，回到，回到你的身邊。／我以為屍骨也是一樣的。」[37]她將死亡視為另一種可回返至不可能時空的方式，是自我得以完整的方式，死亡未必是結束，可能是開始。「死亡」賦予了普拉絲的詩很大的能量，甚至，詩彷彿化作黑暗的魔法，用來召喚死神。在她生前最後幾天所寫的作品〈邊緣〉，更明確的預示即將展開的自殺行為：

---

[34]　陳黎、張芬齡譯，《四個英語現代詩人：拉金、休斯、普拉絲、奚尼》（花蓮：花蓮縣文化局，2005），頁147。

[35]　同前引，頁146。

[36]　同前引，頁149。

[37]　同前引，頁137。

這個女人已臻於完美。
她死去的。

身體帶著成就的微笑
希臘命運女神的幻像

……月亮沒有什麼值得哀傷，
自她屍骨的頭巾凝視。

她習於這類事情。
她的黑衣拖曳且沙沙作響。[38]

　　即使面對駭人又切身的死亡主題，詩的文字極其平靜，詩人仍然居於藝術家的位置，專注的經營意象的效能，彷彿在書寫另一個人的死亡。

　　普拉絲恣意的在詩中書寫死亡，或者說不斷的演練著死亡，在現實中，她也曾自殺多次，如果從精神分析的觀點而言，企圖自殺是一種求救的方式，那麼詩中的主體為何臣服於（或操弄著）死亡？憂鬱症趨向死亡的心理狀態如何牽涉著書寫與死亡的連結？如果詩中的死亡是一種象徵，那麼真實主體透過書寫得以抵制「真正的死亡」？或者死亡象徵最終跨越符號性，抵達現實？究竟真實的死亡與詩中的死亡如何分裂、疊映？這些探問之中，「詩語」與

---

[38] 同前引，頁158-159。

「失語」、「死亡」（符號）與「死亡」（真實）的深層幽微關係，更是令人關注。

　　自殺議題研究者，身兼普拉絲好友的艾爾・艾佛瑞茲（Al Alvarez）所著的《野蠻的上帝：自殺的人文研究》（The Savage God：A Study of Suicide）曾試圖對普拉絲的死因抽絲剝繭。他認為寫詩可能持續的促使普拉絲體內的死神成形，同時也釋放旺盛的生命力與創造力，她越是書寫死亡，她的想像世界變得越豐饒，這讓她賴以維生，所以她因寫詩而產生活著的力量，也因寫詩而實踐死亡。他對死亡與書寫的關係作了以下的闡述：「藝術不必然具有療癒作用，也並不一定會因為表達出自身的幻夢與異想便能從其中的煎熬中解脫。我們更常看到的反而是，藉由某種顛覆的創作邏輯，藝術家在形式上的表達動作，或許可以讓這些從內在發掘出來的東西更容易掌握。而他們在自己的作品中處理這些東西之後，也很可能發現他們會在真實生活中重複被他們書寫過的東西。……使他成為自己在鏡中所看到的那個形象。」[39]因此，寫作是危險的事，詩中的符號可能僭越成為實體。

　　若說這位女詩人之死肇因於憂鬱病症，成形於死亡敘述，也許結果於個人性格。普拉絲的前夫也是英國重要詩人休斯曾如此評論她：「她的某些東西會讓人想起自己讀過一些關於伊斯蘭宗教狂熱分子的報導，她擁有一種強烈的渴望，她渴望從所有的事物中得到極為強烈的東西，某種和精神、真實，或者強烈本身連結的方式，她有某種殘暴、極為原始的，或者說是極為女性的東西，她準備為

---

[39] 艾爾・艾佛瑞茲著，王慶蘋、華宇譯，《野蠻的上帝：自殺的人文研究》（臺北：心靈工坊，2005），頁58。

新生犧牲一切，甚至可以說視此犧牲為絕對必要。」[40] 休斯點出普拉絲那原始而強烈的精神需求是屬於女性特質，她的極端來自於「新生」之追求。

以上兩個觀點，詮釋了普拉絲之死是為了求救和返回完整的（父女──倫理）關係，她的死亡書寫具有弔詭性，既召喚死亡又驅逐死亡，透過詩作的不斷演練，她終於越過文字，與死亡結合。另一方面，普拉絲的極端主義藝術追求，除了個性使然，某種程度來自於憂鬱病症，受盡煎熬的心靈，寫作成為她能釋放並展演生命熱情的自由空間，在詩歌藝術中，她看見了另一種「新生」。

然而，普拉絲式的典型能否用以理解當代華語女詩人之死與死亡書寫？本文的研究對象葉紅雖然寫詩起步較晚，但勤於創作，曾出版三本詩集，獲得相當多的肯定，詩作具有獨特個人風格。在死亡書寫方面，相對於普拉絲自剖的強烈風格，她則是冷靜的描繪死亡，朝宗教救贖的道路作解釋，語言常是吞吐閃躲，充盈著寓言、佛家典故和細節。普拉絲的作品已被完整的討論，尤其針對其傳記作品（《瓶中美人》）的對照研究、她在自白體的詩史地位、死亡敘述的特質等，對於葉紅作品的討論則相對的不足。葉紅的整體文學成就雖難與普拉絲匹敵，然而，憂鬱－女詩人－自殺－死亡書寫，此一連結卻是雷同，因應時代、地域、文化等語境的不同、東西方死亡觀點的差異，從普拉絲到葉紅之討論將可看出其比較性的意義。

---

[40] 斯提凡・博爾曼著，張蓓瑜譯，《寫作的女人生活危險》，頁49。

四、頹倒於陰鬱的毀滅──葉紅的死亡書寫

> 憂鬱的舞步說
> 燈留下的黑應慢慢旋轉
> 等我的思念找到明天的溫柔
> 自殺在你不知荒涼的腳尖[41]

　　克里斯德瓦曾經認為佛洛依德在發現死亡驅力威力強大之時，將他的注意力從第一地誌（意識／前意識／潛意識）理論模式轉向第二地誌（想像的各種產物，如宗教、藝術、文學），是正確而幸運的。因為由此一轉，精神分析學說才能更正確的探知主體內容，因而讓「他在這些產物中找到死亡焦慮的模擬再現」，[42]精神分析更能深刻而整合的解讀潛意識的內容。精神分析與文學研究若交會於「死亡書寫」裡，便能解讀出最豐富的涵義，因為對死亡的書寫正是具現了主體的死亡意識，同時呈現作者對死亡的想像性，以文本中的死亡符號作為與真正死亡的拉扯。

　　歷來對葉紅的研究[43]焦點少有觸及詩人憂鬱病症與死亡書寫的相關面向，不過論者或多或少點出了些許徵兆（symbolic），標題如「在『幽冥深處』陷退」、「失去的天堂」、「顯在的消解，隱性的建構」等諸如此類的隱喻，間接指涉著葉紅的核心書寫命題。葉紅詩作的獨特性，一方面來自於她深入生命本質的探索，另一方

---

[41] 葉紅，《藏明之歌》（臺北：鴻泰出版社，1995），〈憂鬱的舞步說〉，頁48。

[42] 克里斯德瓦著，林惠玲譯，《黑太陽：抑鬱症與憂鬱》，頁56。

[43] 參見耕莘青年寫作協會秘書室整理，〈懷念葉紅特輯〉，《文訊》，228（台北：2004），頁116-123。

面則是幽微含蓄的語言美感。前者是詩人置身現實之外,在詩語中另起一處世界,以想像進行詩語世界的生命建構。向陽為葉紅的處女作寫序時,便已發現此特質:「葉紅似乎有意探問人在宗教、道德、規範、文化等『中心』的理性之外,某些幽微的、深沉的、偶或甚至是主宰的不可抵抗的『沉淪』。」[44]葉紅詩作所建構起來的世界不是桃花源,而是本相的剖陳。「葉紅的確是夠『殘酷』的。當人們深迷於酣歌醉舞的時候,她無情地剝落了生活的繁富和艷麗,使之露出殘敝凋零的本相,從而將人置於顫慄不已的失落之中。」[45]所以,整體而言,歷來對葉紅詩風的討論方向,如洪淑苓之觀察:「葉紅詩中的美,不是幸福的純美,而是帶著殘缺、追悔、決裂,甚至冷酷的美感。」[46]

解昆樺是目前為止唯一開啟葉紅之自殺與病症為研究視角的討論者,他的討論對象是葉紅的第三本詩集《瀕臨崩潰的字眼感覺有風》,他的研究恰好補足了葉紅語言美學之特殊性。他立足於這樣的連結:「如果說語言的死生與生命的死生(至少對葉紅而言),取得如此隱然存在的譬喻關係,在這中間是否存在一個語言病理發展的過程?」[47]解文解釋了葉紅詩語隱微暗示的原因在於精神病理的「失語」,「葉紅自我的意義虧空感自然與語言虧空脫不了關

---

[44] 向陽,〈在『幽冥深處』陷退並且挺進——葉紅詩集《藏明之歌》序〉,收入葉紅,《藏明之歌》,頁16。

[45] 黎山嶢,〈顯在的消解,隱性的建構:讀葉紅「凋零的睡眠」〉,收入葉紅,《廊下鋪著沉睡的夜》,頁154。

[46] 洪淑苓,〈零亂的青春——葉紅詩集〈廊下鋪著沉睡的夜〉評介〉,收入葉紅,《瀕臨崩潰的字眼感覺有風》,頁229。

[47] 解昆樺,《青春構詩:七〇年代新興詩社與1950年世代詩人的詩學建構策略》(苗栗:苗栗縣文化局,2007),〈輕量躁鬱:葉紅《瀕臨崩潰的字眼感覺有風》中以身為眼的詩(私)語言結構〉,頁446。

係」，[48]並試證以下論點：「對葉紅而言，語言不只是化鬱解愁的藥方，根本是一種力量，一種可以從內裡充滿肉身，以提供她走下去的力量。自然地，書寫也不僅只是謄寫文字的作業，書寫是一種治療，化解詩人自我語言病理的動作。」[49]解文雖開拓了葉紅研究的深度與寬度，但是「書寫是一種治療」的結論產生過於簡便，缺乏更深層的心理論據，流於慣有的文學價值性之肯定的窠臼。

筆者認為探析葉紅的死亡書寫——以死亡為主題的書寫，以及死亡意象的經營、死亡意識之展現的書寫——的樣貌，也許是更真切理解詩人心靈與憂鬱病症、書寫之於詩人的意義的重要路徑。

在葉紅的詩作裡，我們可以發現敘述主體面對生命時，常伴隨著死亡與新生的終極探索，生命總是交纏著複雜矛盾的二元觀，死亡常以撒旦、惡魔、黑夜、毀滅、墜落、沉淪等象徵出現，新生則常以超脫、了悟、燈、醒等用語表現。〈藏明之歌〉是一首典型的詩作：

半醒若寐
一朵紅雲趺坐蒲團上
綠影滿塘，托住它
搖搖晃晃

一池蓮花欣然綻放
似交待了仙蹤的神話
欣欣然

---

[48] 同前引，頁447。
[49] 同前引。

牽動了萎落之歌
嘆息是胸口的風
送走滿懷清香
顏色是落日的彩裳
退還或贈予
沒有太大的不同
身子和著莖骨沉入
當初生發的泥中
黑不能再黑
暗不能更暗

熄滅的形
揮散了自己的影子
而形滅多好
蓮
在心中點燈[50]

　　白靈直言此詩：「是一首『精神分析學的詩』……充滿原力、創造力與毀滅力」，[51]詩中的選材與想像皆在醒／寐、生／死、形／神、暗／明、沉／現等二極間擺盪。詩人認為生命之形滅，方能點亮心中的「蓮燈」。死亡以生命必然的結果，如蓮花欣然綻放間，便已預示萎落，身體終將沉入原始而黑暗的大地，最後一節，

---

50 葉紅，《藏明之歌》，〈藏明之歌〉，頁32-34。
51 白靈，〈靈・動・之・美──評葉紅六首詩〉，《幼獅文藝》，503（台北：1995），頁110。

念頭一轉，形、影皆滅時，也正是內心光亮的時刻。對於生滅，葉紅在此詩中傳達了接近宗教情懷的永生觀點。

形／神分離的思想頻繁出現於葉紅詩中，神形俱滅的死亡則是澈底的死亡。「我蹲伏／靜待已知的／神形俱滅／　／已盡的沙漏送來你的魂魄／即撐我入永不得彼岸」，[52]當一切俱滅，時間也到盡頭時，「我」連靈魂的歸宿也歸不得。

死亡也經常作為一種喻依，指涉世間事物，詠物的詩眼來自於詩人的心眼：

> 黑裡　披上璀璨的外衣
> 就沒打算再回頭
> 一滴清冷的淚
> 一顆炙熱的心
> 隕落　是決然的奔赴
>
> 圓睜眼瞳　在距離的此端
> 悄然留下那劃空而過的極限[53]

詩語的曖昧雙關讓這首詩的喻旨朦朧難分，當以自殺比擬流星的獻身時，我們賞歡星子身影之絕然，詩人觀星象之特殊，想像之新奇。然而翻轉之後，若解讀為借物擬人，作者將自殺視同光燦流星之隕落，在生命盡頭處得以驗收極限的生命軌跡，不免訝異於詩人選擇墜樓自盡的流星認同心態。在這種死亡思想籠罩下的詩眼，

---

52 葉紅，《藏明之歌》，〈雪狐〉，頁154-155。
53 同前引，〈流星〉，頁81。

觸物便發酵，而詠物詠人確實難以區別。又如〈心情〉一詩：

　　草尖上
　　一顆欲墜的淚
　　等待驟變
　　心情　危顫顫
　　俯視著自己粉碎後的
　　負擔[54]

　　這滴淚若理解為露水的譬喻，那麼此詩晶瑩剔透，真切生動。但是我們可以再深究，詩人以想像建構起來的詩語世界，事實上是詩人內在意識的投射，描寫露珠，可以是各式投射，端視書寫者的心靈角度，為何葉紅筆下的露珠如此沉重而顫危？甚至隱藏著墜身之必然性，因為重力的不可抗拒。死亡意識在葉紅詩中如影隨形，讀詩便如同解碼，必須來回於語言與意義間的斷層。
　　女詩人黃玉鳳將筆名取為「葉紅」，作為書寫時的另一個我，「葉紅」所被賦予的想像主體意涵，在〈落葉祭〉詩中有幽微線索可尋：

　　季節到了，青春
　　最後一絲零亂
　　要在寒風中　褪盡

---

[54]　葉紅，《廊下鋪著沉睡的夜》，〈心情〉，頁94。

刺骨的冰冷，可會

當胸剖出高漲的烈燄

一次焚成醉人的

紅

假裝

還有明天

假裝曾經顛狂的

昨天　尚未背離新綠[55]

　　當葉轉紅時，已是青春褪盡的季節，胸中滿溢的熱情遭遇外界
寒冷，正是葉最紅之際。即使葉紅醉人，瞻前顧後卻都是難堪，明
天將會凋落（已無明天），而昨日已逝（也無昨日），徒留新綠猶
存的假想。葉紅，人與詩恰恰都表現了位居生死交界點上的存在
意識。

　　生與死交界，但是，死亡陰影甚囂塵上，逼壓著生之領域。即
使生死仍可辯證，死亡或毀滅的勢力卻遠遠超過生存或希望。葉紅
詩作充斥著毀滅性思維，如〈愛之名〉觸目所見皆是死亡性意象：
「絕望的火炬在曠野中／哆嗦地塌陷出灰燼／漆黑　燃向宿命的終
點／緊閉雙目　燒灼／握一撮飛灰／等候」；[56]〈撒旦的夢魘〉詩
中傳達對暗黑意識如影隨形的無奈：「用生鏽的手／推開舊房門／
為點一盞燈／　／逼走不情願的　黑／誰知／來做伴的又會是什

---

[55]　同前引，〈落葉祭〉，頁108。
[56]　葉紅，《藏明之歌》，〈愛之名〉，頁108。

麼？」；[57]〈廢墟〉則有末日情懷：「眾神在世紀末的前夕，攜帶祭品／自喧嘩中隱退／　／幻覺起飛／以破裂的姿態／集體航向如日中天的／廢墟」；[58]〈亞麻仔〉訴說陰鬱的毀滅性思維足以傾倒堅固碉堡：「願你如灰燼般熄滅／如桶中水般蒸發／如亞麻仔般渺小，並如此消滅成虛無／　／一座堅固的碉堡／鑲著火焰，頹倒於／西方的陰鬱」；[59]〈情愛之說第二部〉甚而將愛情與病之幽暗相比擬，唯有痛苦方能芬芳，因為難逃自毀本能，「害怕隨時掩至的毀滅／我藏身於山林綠葉之中」。[60]

　　葉紅筆下的「死亡」終究以毀滅者的姿態籠罩其創作意識，無法開拓出普拉絲式的對話空間。葉紅與普拉絲同樣在詩作裡道出死亡的循環性：死後方得新生。但是葉紅從佛學角度論生命之輪迴，將肉體與精神分開，認為肉體死亡之後，魂魄之神方可抵達彼岸。其詩的宗教情懷在於渴望救贖，用以驅趕對死亡的抗拒與恐懼。而普拉絲同樣使用宗教典故，也帶著寓言的色彩，卻不畏懼死亡，她想像她將如《聖經》裡的使徒般「復活」，並且可演練死亡（「像貓一樣可死九次」），甚至在自殺前夕的作品裡，以死亡來成就自身的「完美」。普拉絲讓死亡書寫成為雕塑自我、反叛父權傳統文化的一種重要手段，[61]澈底實踐克里斯德瓦對文學想像性的期待，也符合所謂「表徵式」語言的意涵。但是葉紅並無意於抵抗父權，她默默的釋放內在的壓抑，並在其中發現死亡之陰影、恐懼之騷動，於是她專注於建構一處文字的想像世界，以文字來自我救贖。

---

[57] 葉紅，《廊下鋪著沉睡的夜》，〈撒旦的夢魘〉，頁74。
[58] 葉紅，《瀕臨崩潰的字眼感覺有風》，〈廢墟〉，頁69。
[59] 同前引，〈亞麻仔〉，頁70-71。
[60] 同前引，〈情愛之說第二部〉，頁153。
[61] 劉劍梅，〈用死亡來征服世界〉，頁72。

因此，普拉絲以強大的敘述主體在召喚死亡，同時自殺以成就此一「新生」的志業，葉紅則是以詩語在安置內在的死亡恐懼，然而仍頹倒於陰鬱之籠罩，最終在渴望「永生」的意圖裡自殺。

五、文學──詩歌──一種抗抑鬱劑？[62]

> 對深受憂鬱折磨的人而言，唯有寫作源於憂鬱、由憂鬱所催發時，寫出的憂鬱才有意義。[63]

雖然葉紅最終自殺，其留下來的憂鬱書寫卻具有研究的意義。上節所述其詩作散發死亡氣息，而趨死之書寫對於精神療癒的意義何在？葉紅以詩的想像建構起另一處象徵世界，究竟是平行於現實的暗黑意念（文學是一種反映），抑或是企圖與現實隔離，讓文學承接紛亂的表徵性語言，以讓主體不致茫然失語（文學是一種虛構與寄寓）？「文學作為精神療癒」如何實踐於葉紅的死亡書寫？以下是本文之討論結果。

如本文第二節所論，克里斯德瓦提出書寫的想像性建構能夠為憂鬱心靈另建一處象徵世界，以避免或平衡精神之脫序，此論點確實能在葉紅的死亡書寫裡得到部分的印證。

葉紅以寫詩自我整理，詩中滿溢著她欲藉詩歌中的自我形塑抵制死亡的意念。例如前文引述的〈愛之名〉一詩，底下的副標寫著：「為逾越死亡，愛　取了眾人的肉軀，就在此生點燃將被永世

---

[62] 此標題化用克里斯德瓦《黑太陽：抑鬱症與憂鬱》的第一章標題「精神分析：一種抗抑鬱劑」。

[63] 克里斯德瓦著，林惠玲譯，《黑太陽：抑鬱症與憂鬱》，頁29。

高擎的火炬」，詩人自覺必須找到一種方法來逾越死亡，她燃燒愛，她寫詩。而在〈撒旦的臉孔〉一詩，則對「逾越死亡」有清楚而辯證性的描述：

在地窖中摸索
幾近完美的臉孔
就快要捏塑完成
拋下黑暗的時刻終於盼到了

階梯頂端，倏地瀉下一道亮光
映現一張如微曦的面容
不十分真切
那雙令人悸動的眸……
忍不住，我輕喚：「使者！」
神祕的，他低聲：
「是撒旦！？」

藏起美麗卻未完成的面具
又一次我向幽冥深處陷退[64]

　　詩境透露出詩人的心靈如同久居黑暗的地窖，透過書寫的捏塑，一個完美的想像主體即將取代真實主體……，光來了，救贖的彷彿面容映現，卻發現撒旦隱身其中，「我」只好再次往更深的幽冥處陷退。

---

[64] 葉紅，《藏明之歌》，〈撒旦的臉孔〉，頁110-111。

此詩所列之黑暗／亮光、撒旦／使者、幽冥深處／階梯等二元對立元素，顯得矛盾而混淆，詩中「我」一方面欲拋下黑暗，沿梯趨光，一方面卻讓使者變身為撒旦，讓「我」陷入更深之幽冥。這種死亡意識，如同克里斯德瓦對死亡驅力的分析：「死亡驅力分裂自我為二，其一為受影響而不自覺的部分（即其潛意識成分），其二為抵抗死亡驅力的部分（即自認無可匹敵，無所不能的自我，否定去勢及死亡，幻想永生。）」[65]主體一方面趨向死亡，一方面又想像可以超越死亡。所以，在葉紅的死亡書寫裡，「死亡」此一符號，並不完全是潛意識恐懼的忠實再現，也可能是分裂自我所製造的幻象或虛構形象，而死亡的形象，既像使者，也像撒旦。

　　剖析完葉紅詩作的死亡意識之後，我們明白了她書寫死亡的目的在於意圖「捏塑一張完美的臉孔」，以想像作出逃離，她在現實之外，建構一處詩語世界，方能「藏身在陰影之中／不斷打亮自己」。[66]這個寫作意圖在幾位評論者的觀察中已有了闡釋，如前所述，解昆樺肯定其詩語力量，認為她的「書寫是一種治療」；鄭慧如則指出：「葉紅歌頌黑夜，經營不見贅肉的短詩，自創寓言來顧影心折骨驚的相知，樹立情隨腔轉的腹語風。而且幾乎一空依傍，純然取材自經驗和想像，以靈為詩。」[67]「從表面上看，他選擇短詩來安撫、舒展鬱結多時的情緒，運用別有興寄的寓言來自我導向、自我消解。」[68]然而，論者未再深論的是，在「治療」、「解消」、「導向」的意圖之後，葉紅看待生命的整體觀點？她最終如何安置主體與死亡的關係？

---

[65] 克里斯德瓦著，林惠玲譯，《黑太陽：抑鬱症與憂鬱》，頁54-55。
[66] 葉紅，《瀕臨崩潰的字眼感覺有風》，〈情愛之說第二部〉，頁160。
[67] 鄭慧如，〈序〉，收入葉紅，《瀕臨崩潰的字眼感覺有風》，頁2。
[68] 同前引，頁6。

本文在上節仔細整理葉紅詩作的死亡意義之後，發現她的語言已漫泛著毀滅性的思維、多以死亡為喻依觀看世界、將生／死與形／神分離，最終表露了死亡之「不可抗力」的悲劇性，以致她一意往「更深的幽冥處陷退」，同時，毀滅性的意象凌越了永生或救贖的理念。

　　總而言之，葉紅出道雖晚，一開始執筆書寫即讓生命產生變化（如前所述：內在紛亂得以釋放、自由地在意識和潛意識中穿梭、家人察覺她的改變、擺脫規範等），因為她確實讓文學的想像性緩和了抑鬱，詩歌實踐了「抗抑鬱劑」的功效，免除主體在抑鬱狀態的失語可能。同時，葉紅的死亡書寫也表現出自我挽救的意圖，她讓死亡符號盡情在詩中表演，期能以分裂並區隔憂鬱病症的死亡驅力，讓混亂的心靈掌握一條象徵理序的繩索，讓主體沿爬獲救。但是，詩人最終發現死亡之不可抗力，跳樓結束生命，使形／神、死／生、現實／象徵等各式分裂，重新合一。

　　在葉紅的例證裡，「文學作為精神療癒」僅實踐於其寫作意圖與詩作意義上，文字無法取代藥物等實際醫療行為。即使葉紅明知自己以「紅」為色所塗抹的語言是一種「夢囈」：「當某種道白打開鈕扣　並／守住那自流於奔放的狀態／獨來獨往恰似如此輕易／在言詞背離流亡之外／不管多麼微弱／胭脂終就是唇上的／永恆不甘褪色的載體。」[69]她輕巧而善喻的使用「胭脂」來說明寫作既像是夢囈又像是塗抹口紅，生動道出對「真實」的背反。但她「不管」也「不甘」這載體是否微弱而易逝，能自在讓潛意識奔流，便是一種自我價值的肯定。然而，回返文學作品本身的價值與意義，

---

[69] 葉紅，《廊下鋪著沉睡的夜》，〈夢囈〉，頁140。

「文學作為精神療癒」之實踐，可將關注焦點從作者轉移至讀者層面，閱讀的共感是另一種心靈安慰。甚至延伸來說，文學生命是另一種形式的詩人生命延續，讀者可以再次超越詩人之死，回返詩人生前的死亡敘述，讓詩人心靈再次復活，具現於閱讀者的意識之中。[70]

作品的「絕響」可能是讀者的「回響」。讀者在讀詩時，彷如已托住了詩人「鮮紅的一彈」，為詩人托住了「永生」：

> 而最後鮮紅的一彈
> 能否落在你心上？
> 如托住一切動念
> 為我
> 托住這永世的
> 絕響[71]

此外，寫作的意義並不限於精神病症的治療，葉紅走上寫作之路，便展開自我認同的追求，[72]而且寫作本身即具「快樂」質素，形同一種無形的「抗抑鬱劑」。關於這種寫作療癒的旁證，可舉單

---

[70] 陳謙在「葉紅作品及1950世代女詩人書寫研討會」的論文集〈序言〉裡，他說：「葉紅，在2004年選擇以自己的方式向我們暫別，但我們知道，他一直未曾離開，他沉靜的個性就像一隻紅蝴蝶般，雖是悄靜的飛舞，卻十足吸引我們興觀群怨的讚嘆。」陳謙編著，《葉紅作品及1950世代女詩人書寫研究》（臺北：河童出版社，2008），頁3。

[71] 葉紅，《藏明之歌》，〈絕響〉，頁40-41。

[72] 葉紅曾提到：「會走上寫作這條路的確有些意外。孩子稍大些，我開始照顧起家裡同住的三個老人——母親、婆婆、還有婆婆的婆婆。三天兩頭陪她們進出這個醫院那個醫院。……老人家陪到最後越陪越少，頂多換來一塊塊墓碑，養孩子養得再好，也是他未來的老婆受益。我很想擁有自己的『名片』……」。葉紅，〈迷惑的百合——葉紅自述〉，頁117。

德興對美國華裔女作家湯亭亭（Maxine Hong Kingston）的研究[73]為例說明。湯亭亭曾於1991年加州森林大火之後，無家可歸並且喪失沒有備份的手稿，從此心裡留下創傷。後來她在1993年成立一個退伍軍人寫作工作坊，嘗試讓越戰歸來的軍人以寫作面對戰爭的創傷以及療癒。單德興發現湯婷婷在教導他們寫作的過程中，不僅讓戰士們因寫作而能轉化或超越苦痛、得到平靜而快樂，她甚至同時治癒了自身的心結。這個稱為寫作療癒（writing therapy），或是療癒的寫作（therapy writing）的實踐，其心理意義即奠基於：讓壓抑的情感流瀉，然後以文字重新面對創傷，透過一次次組裝時篩洗，而得以淨化。

類似的治療效果也映現於葉紅身上，她曾以慕容華為筆名出版散文集《慕容絮語》，裡頭有一段文字如此寫著：「寫作，恆定是為著閱讀的人嗎？我的喃喃自語，是否已到了該要蛻變的時刻？您的探詢是一種支持。我不知道自己將懷抱著什麼樣的快樂，日日在文字的積木中尋覓，並因之起舞。」[74]葉紅寫作的快樂來自文字的重新排列、自我的重新定位。如果如同克里斯德瓦所言，憂鬱的特質之一是對外在象徵語言的「指義作用失效」，那麼找到寫作這種重新排列的「意義系統」，讓潛意識的流瀉有了指義功能，書寫主體便有「蛻變」的可能。

由此觀點，文學－詩語，仍然可以是一種「抗抑鬱劑」。

---

[73] 邱惠敏整理，「對話：禪與心靈療癒」座談會紀錄。（http://slv.ddc.edu.tw/zh-tw/projects/archive/3571），2013年5月23日下載。座談會由法鼓大學籌備處人生學院主辦（臺北：2009年4月3日），單德興、楊蓓對談。
[74] 葉紅，《慕容絮語》（臺北：河童出版社，2001），頁102。

六、結語

　　過去關於葉紅死亡書寫的討論似未完整，本文的意圖即在填補此處空白，同時試圖架起心理分析與詩歌研究之間的溝通橋樑。病患希冀以自殺來回返原初自我，讓碎裂的主體可以整合，這一點心理成因，無法以文學研究來實際檢驗葉紅自殺的真正原因。然而，克里斯德瓦提出的文學（宗教、藝術）的角色，則提供了適切的思維方向。在克里斯德瓦的看法裡，「憂鬱」與「死亡」，既是生理的，也是象徵的。病患希冀以自殺來回返原初自我，讓碎裂的主體可以整合，這一點心理成因，我們無法以文學研究來實際檢驗葉紅自殺的真正原因。然而，克里斯德瓦提出的文學（宗教、藝術）的角色，則提供了適切的思維方向，使文學研究得以從符號、象徵、想像等意義體系來討論作家的死亡書寫。

　　過去關於葉紅死亡書寫的討論仍未完整，本文的意圖即在填補此處空白，同時試圖架起心理分析與詩歌研究之間的溝通橋樑。在此同時，筆者提醒自己，不應將「死亡書寫」理解為具統一性的文學象徵，而應回到個體差異來討論「死亡」的不同象徵，即使同是憂鬱－女詩人－自殺－死亡書寫之背景，葉紅與普拉絲的典型也不同。普拉絲詩作裡的敘述主體強而有力量，能從死中復活，死亡是主體召喚來的；葉紅則表現出死亡的如影隨形，它既是黑暗的底色，也是毀滅性的勢力。普拉絲認為死亡與新生可以反覆來回，藝術得以讓人永生；葉紅則由東方（佛家）思維，認為生中包含死，而死亡隱藏著救贖，死到生是一條單向道。比起普拉絲，葉紅更渴望的是個體靈魂的永生，詩歌藝術只是媒介，不是目的。出於對救

贖或永世的相信，使得葉紅的死亡驅力強烈，企求分裂（形／神、死／生）之整合。

　　本文在第五節已分析文學作為精神療癒如何實踐於葉紅之書寫，並且肯定文學（詩語）是另一種形式的「抗抑鬱劑」。然而，「死亡」符號的象徵化並無法真正成功轉移女詩人的死亡驅力，文學的精神治療效果不能取代真正的抗抑鬱劑。正因為如此，書寫方能一直保持在想像與象徵的位置，不能陷於現實效用，同時顯明出文學研究與精神醫學之差別。本文的研究路徑即如傅柯（Michel Foucault）所言：「詩歌結構與心理學結構的解碼永遠也縮小不了它們之間的距離。然而它們彼此間卻極為接近，就像盡可能地接近了那個奠定了它的可能性一般；因為作品與瘋狂之間的那種意義連續性，只可能建立在使斷裂之絕對得以顯現的那個同一之謎上。」[75]詩歌研究之可能在於心靈理解之可能，詩歌與心理學因距離而得以比較，也因距離而得以「溝通」，兩者顯示同一種「謎」，卻不可能是同一。此外，文學生命也不同於肉體生命，「死亡」也許結束了詩人的生命，詩歌中的「死亡」卻印證著詩人「永世的絕響」。

---

[75]　德希達（Jacques Derrida）著，張寧譯，《書寫與差異》（臺北：麥田出版，2004），頁347。

引用書目

白靈，〈燃在心上的火焰—《藏明之歌》代跋〉，收入葉紅，《藏明之歌》，臺北：鴻泰出版社，1995，頁157-178。

白靈，〈靈·動·之·美—評葉紅六首詩〉，《幼獅文藝》，503，台北：1995，頁107-110。

朵思，〈詩作的自我詮釋〉，《創世紀詩雜誌》，95、96，臺北：1993，頁94-96。

_____，〈後記〉，《心痕索驥》，臺北：創世紀雜誌社，1994，頁131-132。

向陽，〈在『幽冥深處』陷退並且挺進—葉紅詩集《藏明之歌》序〉，收入葉紅，《藏明之歌》，臺北：鴻泰出版社，1995，頁13-19。

艾爾·艾佛瑞茲（Al Alvarez）著，王慶蘋、華宇譯，《野蠻的上帝：自殺的人文研究》，臺北：心靈工坊，2005。

伊凡斯（Dylan Evans）著，劉紀蕙等譯，《拉岡精神分析辭彙》，臺北：巨流圖書，2009。

佛洛依德（Sigmund Freud）著，王嘉陵等編譯，《佛洛依德文集》，北京：東方出版社，1997。

克里斯德瓦（Julia Kristeva）著，林惠玲譯，《黑太陽：抑鬱症與憂鬱》，臺北：遠流出版社，2008。

邱惠敏整理，「對話：禪與心靈療癒」座談會紀錄（www.ddc.edu.tw/zh-tw/projects/archive/3571），2013年5月23日下載。

洪淑苓，〈零亂的青春—葉紅詩集〈廊下鋪著沉睡的夜〉評介〉，收入葉紅，《瀕臨崩潰的字眼感覺有風》，臺北：河童出版社，2000，頁229-231。

陳希林報導，〈憂鬱症纏身？女詩人現身說法〉，《聯合報》（臺灣），2006年5月23日，第5版。

陳黎、張芬齡譯，《四個英語現代詩人：拉金、休斯、普拉絲、奚尼》，花蓮：花蓮縣文化局，2005。

陳謙編著，《葉紅作品及一九五〇世代女詩人書寫研究》，臺北：河童出版社，2008。

斯提凡‧博爾曼（Stefan Bollmann）著，張蓓瑜譯，《寫作的女人生活危險》，臺北：博雅書屋，2009。

葉紅，《藏明之歌》，臺北：鴻泰出版社，1995。

_____，《廊下舖著沉睡的夜》，臺北：河童出版社，1998。

_____，《瀕臨崩潰的字眼感覺有風》，臺北：河童出版社，2000。

_____，《慕容絮語》，臺北：河童出版社，2001。

_____，〈迷惑的百合—葉紅自述〉，《文訊》，228，臺北：2004，頁117。

解昆樺，《青春構詩：七〇年代新興詩社與1950年世代詩人的詩學建構策略》，苗栗：苗栗縣文化局，2007。

鄭慧如，〈序〉，收入葉紅，《瀕臨崩潰的字眼感覺有風》，臺北：河童出版社，2000，頁2-31。

鄭聖勳，〈哀悼有時〉，收入劉人鵬、鄭聖勳、宋玉雯主編，《憂鬱的文化政治》，臺北：蜃樓出版社，2010，正文前頁9-28。

黎山嶠，〈顯在的消解，隱性的建構：讀葉紅「凋零的睡眠」〉，收入葉紅，《廊下舖著沉睡的夜》，臺北：河童出版社，1998，頁154-159。

劉劍梅，〈用死亡來征服世界〉，《新地文學》，7，臺北：2009，頁71-82。

德希達（Jacques Derrida）著，張寧譯，《書寫與差異》，臺北：麥田出版，2004。

潘恩（Michael Payne）著，李奭學譯，《閱讀理論：拉康、德希達與克麗絲蒂娃導讀》，臺北：國立編譯館，1996。

Lacan, Jacques. *Ecrits: A Selection*, trans. Alan Sheridan. London: Tavistock, 1977.

戰爭‧囚禁‧逃亡
——試探商禽的戰爭創傷書寫

摘要

　　商禽的詩不僅為台灣詩壇勾勒了一幅奇異的風景，更是一幀個體心靈世界的栩栩特寫，得以映照出精神世界與書寫行為的關係，更帶出歷史事件對應小我存在的影響力。本文認為要解讀商禽詩作的核心意象、中心主題以及形式美學，必須從其戰爭陰影的創傷書寫開始。戰爭是商禽詩作裡巨大的「心理創傷」、反覆出現的母題，可佐以深入的精神分析知識來理解。寫詩於商禽的意義，不僅是許多論者所言的「逃離現實的手段」，也是一種「創傷再現」，寫詩是「治療」，而非「逃避」。換言之，商禽所慣常被理解的「超現實主義」，未必只是美學層次的問題，自動書寫其實是心靈記錄，詩作則是壓力表述，在「超越性」之外，更有「心理性」的意義。基於上述的研究立場，本文將依序討論跨學科研究的方法與意義、商禽戰爭創傷書寫的幾個面向、在「超現實」之外，還能如何討論其詩的特質，以及商禽詩歌美學的獨特之處。本文希望能透過既有的商禽詩作研究與精神分析學說的相互補充，嘗試開拓跨學科對話的研究路徑。

關鍵詞：商禽、戰爭、創傷書寫

緒論　商禽與戰爭陰影

　　商禽曾判定自己是一個「快樂想像缺乏症」[1]的患者，而作為讀者的筆者，若要以某種「心理病症」來理解他，則在詩行間感受到另一種病症，一種因戰爭壓力所致的心理陰影，導致其詩作裡佈滿深沉的精神創傷。商禽的作品為讀者展寫了一張因戰爭所罹患的「創傷後壓力症候群」[2]病歷表。

　　商禽詩作的相關評論已經豐碩而深刻，同時其獨特詩歌美學以及在台灣詩壇的位置和影響力，也有清楚的分析與定位。本文在此已無法再增添新的評價，然而，在縱觀這些研究資料時，許多論者皆提及關鍵要素──戰爭，卻大抵視戰爭為詩作主題的背景，並無直接討論商禽詩作與戰爭的關係。筆者認為戰爭不僅可作為理解詩人時代的背景，更應視為詩人反覆處理的「母題」，因為商禽詩中所透露的心理訊息何其沉重而明顯。瘂弦在主編《六十年代詩選》[3]時便意識到，「他（商禽）是我們之中最具超現實主義精神的一人」，因為他的詩是「一種形而上的且又是倫理學的神經敏感症的表現，一種瑪克思・夏考白式的奇異和幽默，使他的詩成為我們這個年代新的迷歌。」

　　由於詩的語言呈現常與非理性的潛意識同盟，難以清楚分界，

---

[1] 商禽，〈詩與人〉《商禽詩全集》（台北：印刻，2010初版二刷），頁26。

[2] 「一個人在過去曾有嚴重心靈創傷的經驗，雖然該事件已事過境遷，可是在當事人內心深處，卻烙下不可磨滅的傷痕，這種心靈創傷後的壓力（post-traumatic stress），通常在重大災害事件最常見。例如：參加越南戰爭的美國退伍軍人，迄今超過四十萬人，仍然強烈感受到戰爭帶給他們的壓力。」（葉重新，《心理學・第三版》台北：心理出版社，2004，頁422）。

[3] 《六十年代詩選》（高雄：大業，1961）。以下兩句話轉引自張默，〈我吻過你峽中之長髮〉《聯合文學》154期（1996年8月，頁154-162），頁155。

因此針對瘂弦這段評價，後人多從「超現實」來看商禽。筆者也同意理解商禽，必須同時理解超現實主義（Surrealism）的源起、主張與傳播方式，但是在超現實之外，屬於商禽自身的意識內容和表達方式是否才是真正的研究主體。戰爭和戰爭相關的意識表露，事實上是商禽不斷複述的母題，欲更深入探討詩人的創作樣貌，必須由此再探。

　　商禽的作品一方面展現了他在文學史中的獨特性，同時又表現出時代氛圍裡的人心共性，這群因戰亂而創造出來的詩人：「因為表面上一個個都是衛國戰士的這批人，實際上不是被抓來的兵，就是在戰亂中為了活下去而不得不投身軍旅的年輕人，他們的年齡大都在二十歲上下。軍營中的歌聲和口號是昂揚的，實際上，他們過的卻是囚徒一般的生活；沒有盼望，也不知道為什麼活著。」[4]因此，戰爭的陰影既是詩人的心靈記錄，更是台灣現代詩史發展的重要因緣，無形中形塑出一種特殊的美學表現，影響了現代詩語言的走向。

　　回頭審視商禽與戰爭的關係，在許多訪談和傳記資料裡，「十五從軍」、「囚禁」、「逃亡」是最常被提及的遭遇，而詩人這段自述則最為完整而深刻：

　　　　回想起來，過往的歲月彷彿都是在被拘囚與逃亡中度過。
　　　十五歲那年，在成都街頭被當地的軍閥部隊拉伕，關在一個舊倉庫裡，一個星期的囚禁竟然將我馴服，原來那裡堆滿了我前此未曾一睹的各種書籍，使我第一次真正接觸到新

---

[4]　尉天驄，〈那個時代，那樣的生活，那些人〉《文訊：商禽紀念特輯》（第298期，2010年8月），頁42。

文學。「野草」和「繁星」便是在那裡所讀。

　　一個月後隨部隊開拔，在將抵重慶之前，我開始了第一次的逃亡生涯，至今猶記得嘉陵江上漁火與嘩嘩的流水之聲。

　　三年後在南國廣州，進行了這一生最大規模的逃亡。

　　原本打算回四川老家的，未料一路上遭到各種部隊的不斷拉伕、拘囚，而我當然也不斷在進行著一次又一次的逃亡。總共怕有七、八次之多，我的腳跡亦隨之踏遍了兩廣、兩湖、雲貴川諸省，不僅未能達到回家的目的，差一點還到了異域。

　　到了最後，那些曾經拘捕與囚禁過我的人，也來了一次集體的大逃亡。

　　來台之後，曾無逸樂可酖，都由於城鄉距離的縮短以及語言的不適應，人的軀體已失卻了逃亡的機會，我只能進行另一種方式的逃亡：我從一個名字逃到另一個名字。然而，我怎麼也逃不出自己，姑無論是「門或者天空」抑且「夢或者黎明」。

　　一個人之為內心所拘囚確是夠悲哀的。[5]

　　在這段剖白裡，有幾點線索應詳析：被拘囚與逃亡經驗烙印的人生記憶、戰亂中的文學種子、從身體的拘禁與逃亡延伸至心靈層次、無法真正自由的人生體悟。簡而言之，戰爭－囚禁－逃亡，是理解商禽詩作背景的重要關鍵，同時統攝了其詩作主題與語言表現。

---

[5]　商禽，〈「夢或者黎明」增訂重印序〉《夢或者黎明及其他》（台北：書林，1988），頁1-2。

若再深究，許多批評家所指出的商禽擅用「意識寫實」或「散文詩」的特點，莫不與戰爭陰影的心理書寫有關。早期的研究者，如香港評論家李英豪，他以「變調的鳥」來詮釋商禽的逃亡情結，「詩人從有限的我，逃亡，逃向超我的我；如鳥，如一隻『變調的鳥』，欲飛脫囚籠之現象界，翱往不可觸及的凍結的詭秘天空——一個內在的宇宙。」所以「我以為商禽的詩不折不扣是詩的，是心靈的一種極致。他的詩不是去敘述，而是挖出隱藏在意識深處心象的『原型』（Archetype），赤裸撈起變形的內象。」最後，李英豪認為，「商禽是中國現代詩詩壇中一個作品較難去『析』的詩人。」[6]商禽之所以難「析」在於慣用超脫現實表象的心象。李英豪的觀點，後來也有許多討論者呼應，如李瑞騰也同意：「『編結你的髮辮』之『困難』，正是一個無力研究商禽者的真誠告白。」「『逃亡』恆是可以做為切入探索商禽早期詩的角度」，「而主體，不管是『我』，是『他』，是『那人』，總歸是商禽自己，以及和他同時代所有被囚禁而想逃亡的人。」[7]這些評皆將關鍵議題與意義回歸到戰爭中的囚禁與逃亡。焦桐則不僅看見了內容主題，也發覺了形式問題，「囚禁／逃亡，是您詩作最撼人的母題」，「作詩即作夢，夢境提供了逃亡路徑，再通過創作語言的『逃亡』和『抗暴』，乃開拓出一條美學路徑。」「您的詩表露了曲折、變形的逃亡路線。為了成功逃亡，您早期的詩作相當晦澀，有些詩甚至頗為費解」[8]。同樣的，察覺「逃亡」意識對詩人的特殊意義，

6　李英豪，〈變調的鳥——論商禽的詩〉《夢或者黎明及其他》（台北：書林，1988），三句引語分別為頁165、167、176。
7　李瑞騰，〈編結你的髮辮是多麼困難啊〉《中國時報》第37版，1998年10月10日。
8　焦桐，〈叛逆的美學路徑——商禽《商禽：世紀詩選》〉《中央日報》第21版，2001年1月15日。

而「叛逃」成為一條美學路徑。翁文嫻的論述更是明白具體的指出商禽的特殊性:「商禽的詩語言明顯地異於其他詩人。多是散文體,卻完全不是散文的敘述,那些畫面的呈現,像是一剎那放出的白日夢,個人小小的存在變成一點游離中的意識」,「任何可能削薄真實性的途徑,他盡量避開,所以,『不得已』出現了散文詩。」「『現代性,與生活性』確是商禽強調的。他的『現代』並不單表現在時代物品而已,而是直接挖入現代人的內心,有著表裡分裂、潛意識不自覺跑出來的狀態。」[9]潛意識的竄出,是商禽詩作最懾人最動人最難解的特質,而散文詩形式的使用,既是對現有語言框架的逃脫,也是深層意識的忠實呈現。

綜合上述,戰爭・囚禁・逃亡確是商禽揮之不去的寫作情結,本文試圖聚焦於商禽詩作裡如何面對與書寫這些精神創傷,如何以詩來進行創傷暴露,並進行自我寫作治療。在佛洛依德(Sigmund Freud)的精神分析學說裡,將「創傷」視為:「一種經驗如果在很短的時間內,使心靈遭受非常高度的刺激,以致無論用接納吸收的方式或調整改變的方式,都不能以常態的方法來適應,結果最後又使心靈的有效能力之分配,遭受永久的擾亂,我們便稱之為創傷的經驗。」[10]依佛氏的說法,心靈裡的固著情感即是一種創傷經驗的展現。

至於戰爭陰影為何縈繞不去?巨大的歷史事件對人性人生有著如何極端殘酷的斷傷?身處二十一世紀的讀者早已遠離上世紀的世界戰事,又該如何重新理解這些強烈的情感經驗?我們應該先讀商

---

[9]　翁文嫻,〈商禽──包裹奇思的現實性分量〉,《當代詩學:台灣當代十大詩人專號》第二期(2006年9月,頁116-128),三句引語分別為頁118、121、123。
[10]　佛洛依德著,葉頌壽譯,《精神分析引論・精神分析導論》(台北:志文,1997),頁264。

禽的〈醒〉，跟著詩人，回到歷史現象，觀看詩人的身心遭遇：

> 他們在我的臉上塗石灰
> 他們在我的全身澆柏油
> 他們在我的臉上身上抹廢棄的剎車油
> 他們在我的兩眼裝生發血光的紅燈
> 他們把齒輪塞入我的口中
> 他們用集光燈照射著我
> 他們躲在暗處
> 他們用老鼠眼睛監視著我
> 他們記錄我輾轉的身軀

> 出竅而去。我的魂魄。
> 邂逅過各種各樣的願望，恐懼與憂傷；我的魂魄，自夢的鬧
> 市冶遊歸來，瞥見躺在床上的，被人們改造得已經不成人形
> 了的，自己的軀體；不出所料，開始時，我確被他們的惡劇
> 怔住了；然而，即使被塞以利刃的，我自己的雙手，亦不能
> 嚇阻我，自己的魂魄，飄過去，打窗外沁入的花香那樣，飄
> 過去把這：廝守了將近四十年的，童工的，流浪漢的，逃學
> 時一同把快樂掛在樹梢上「風來吧，風來吧！」的；開小差
> 時同把驚恐提在勒破了腳跟的新草鞋，同滑倒，同起來，忍
> 住淚，不呼痛的！也戀愛過的；恨的時候，沉默，用拳頭擊
> 風，打自己手掌的；這差一點便兵此一生的；這正散發著多
> 麼熟習的夢魘之汗的，臭皮囊，深深地擁抱。[11]

---

[11] 《商禽詩全集》，頁161-162。

「他們」未必特指施暴者，「他們」也可以詮釋為「是一種體制，是一種權力，是一種壓迫」，[12]甚至可以視作那固著於心靈的戰爭陰影，而今仍然戕害著詩人。而商禽如何面對這樣無法喘息的迫害，他的主體在詩中發揮「解離」[13]（dissociation）作用，以魂魄的出竅來避免施暴場景的再現，在「飄」了將近四十年，終於與「差一點便失此一生的」肉體再次擁抱結合。全詩展示了詩人的創傷身心靈，而詩就是一張自我診治的病歷表，看著自己的傷口，探查心靈的各種情感，體察靈肉分離的狀況，因抒發與理解而得以平衡。

商禽的詩不僅為台灣詩壇勾勒了一幅奇異的風景，更是一幀個體心靈世界的栩栩特寫，得以映照出精神世界與書寫行為的關係，更帶出歷史事件對應小我存在的影響力。本文認為要解讀商禽詩作的核心意象、中心主題以及形式美學，必須從其戰爭陰影的創傷書寫開始。戰爭是商禽詩作裡巨大的「心埋創傷」、反覆出現的母題，可佐以深入的精神分析知識來理解。寫詩於商禽的意義，不僅是許多論者所言的「逃離現實的手段」，也是一種「創傷再現」，寫詩是「治療」，而非「逃避」。換言之，商禽所慣常被理解的「超現實主義」，未必只是美學層次的問題，自動書寫其實是心靈記錄，詩作則是壓力表述，在「超越性」之外，更有「心理性」的意義。基於上述的研究立場，本文將依序討論跨學科研究的方法與

---

[12] 陳芳明，〈快樂貧乏症患者——《商禽詩全集》序〉，頁38。

[13] 「解離」，「病理性解離現象的主要症候便是記憶、身分或意識狀態的正常統合功能發生變化或轉變，……解離現象的產生，往往是作為創傷的防衛機制，在針對大爆炸、地震、戰鬥、虐囚或目睹行刑現場等情境所作的研究中，個案發生解離症狀的比例都非常高，這或許是因為解離作用可以幫助我們在極度無助、失去對身體的控制權的時候，在內心維持一種『彷彿一切尚在控制之中』的錯覺。」（葛林‧嘉賓著，李宇宙等人譯，《動力取向精神醫學——臨床應用與實務》台北：心靈工坊，2007，頁396-398）。

意義、商禽戰爭創傷書寫的幾個面向、在「超現實」之外，還能如何討論其詩的特質，以及商禽詩歌美學的獨特之處。本文希望能透過既有的商禽詩作研究與精神分析學說的相互補充，嘗試開拓跨學科對話的研究路徑。

一、精神醫學與文學研究的對話視角

> 我總是堅決相信，由人所寫的詩，一定和人自己有最深的關係。當然，我也同時深信，由人所寫的詩，也必定和他所生存的世界有最密切的關係。[14]
>
> ——商禽〈詩與人〉

　　楊小濱曾有專著討論中國先鋒小說所隱含的歷史創傷訴說，他認為「佛洛依德的理論並不侷限於對個人生活或純粹的性的研究，而是可以被應用於更為廣泛的領域用來詮釋當代中國的文化歷史狀況」[15]。由此，他提出「文革」是一種心理侵襲，並成為每個先鋒作家致力追蹤的精神創傷。筆者認為台灣文學的多元樣貌裡也有自身的創傷書寫，同樣可以從書寫主體的意識內容來理解文學現象，尤其是著重真實情感的詩文類，特別是經過戰火洗禮的軍旅詩人群。

　　在當代，除了佛洛依德的精神分析學說被廣泛的運用於各種學科之外，精神醫學與文學文本的界線也漸次模糊[16]，佛氏的理論

---

[14] 商禽，〈商禽詩觀〉《商禽詩全集》，頁26。
[15] 楊小濱著，愚人譯，《中國後現代：先鋒小說中的精神創傷與反諷》（台北：中央研究院中國文哲研究所，2009），頁51。
[16] 如2003年5月《中外文學》月刊推出了由蔡篤堅所編的《人文、醫學與疾病敘事》專

成為現代精神醫學發展的基石，同時變化、延伸，跨越不同領域，成為普遍的人文思維方式。「精神官能症是現代精神醫學發展最重要的領域之一，包括精神分析和心理治療的理論建立，可以說大部分都來自精神官能症的病理假說。由於這些動力學理論所延伸的研究和治療已經橫跨各種領域，從家庭、社會、文化，乃至於文學都是，人類的科學史和知識典範中大概很少有一種疾病的理論會有這麼大的影響。」[17]所謂「動力學[18]」的精神分析理論為：「現代的精神動力學理論，通常被視為一種以內在衝突之結果來解釋心理現象的理論模型，而這內在衝突則源自兩股力量，一是尋求突圍的強大無意識力量，另一則是持續進行監督、以扼止無意識力量浮現材面的對抗力量。」[19]這個基本理論，讓精神醫學必須在生物與心理之外，還必須放入社會等其他架構來理解。因為一個人的意識之形成，兼含世界與環境的因素，意識的表述也不止於診療室，可能出現於各類文本。

現代精神醫學早已揚棄笛卡兒（René Descartes）的二元論，而是體認到心智其實是大腦活動的展現，而且兩者緊密地互相糾結在一起。所以，「心理社會壓力源，例如人際關係所造成的創傷，

輯，受到廣大的迴響，後集結成專書出版（台北：記憶工程出版，2007）。其中對文本的定義為：「晚近文學批評的發展意味著對文本多元意義的解讀與權力不平等關係的批判，而當文本一詞不再侷限於文學創作技巧與風格的形式指涉，而代表論述形成的媒介與認識世界的可能想像時，舉凡醫療、身體甚至社會等等，人們約定俗成用來理解社會的心智創作成果都可視為文本。」（編者序）收錄的論文中，李宇宙〈疾病的敘事與書寫〉一文展演了醫學與人文對話的可能性。

[17] 李明濱主編，《實用精神醫學》（台北：台大醫學院，1999），頁153。

[18] 至於精神動力取向精神醫學則是一種用於診斷與治療的切入途徑，其特色為「一種關乎病人與臨床工作者雙方的思考方式，包括無意識的衝突、心靈內在結構的缺陷與扭曲，與內在的客體關係等，以及思考如何應用當代神經科學的發現，來整合上述這些要素。」《動力取向精神醫學——臨床應用與實務》，頁30。

[19] 《動力取向精神醫學——臨床應用與實務》，頁29。

也會經由改變大腦功能而產生極大的生理作用……我們的心智確實反映了大腦的活動，但是心智並不能被化約為腦科學研究的結果。」[20]精神內容不僅與大腦的生物性相關，還必須從心智形成的其他網絡加以探察。由於研究參與越戰美軍的心理疾患而提出的精神疾病分類「創傷後壓力症候[21]」（post-traumatic stress disorder簡稱PTSD），便是典型的例證。外來的巨大壓力如災難、戰亂、暴力、目擊凶殺或死亡等，皆可能導致精神失序，少數會慢性化，甚至造成永久人格改變。而其「典型症狀是一方面持續一種心理麻木（psychic numbness）與情緒遲鈍的狀態。但另一方面會反復（flashback）闖入創傷情境與夢魘，對與當時情境類似的訊息特別敏感，會復發驚慌與恐懼反應。」[22]在治療上，除了嘗試抗鬱劑之外，「團體治療被期待比較有助於藉著相互支持傾吐，一方面在認知上重新暴露（exposure）於過去的情境經驗，會有較明顯的治療效果。」[23]

　　以上是從精神醫學角度所定義的創傷心靈，事實上，在文學討論的視角裡，商禽詩作的「創傷性」也已被關注並提及，如陳芳明為《商禽詩全集》作導論時，他頻繁的提到幾個書寫現象：「詩人在緊鎖的空間裡釀造詩，是為了尋求精神逃逸的途徑。他留下的詩，毋寧是奔逃的蹤跡，循著他迤邐的腳印，似乎可以溯回那久遠的、遺佚的歷史現場。重新回到不快樂的年代，等於是回到身體與心靈同樣受到羈押的絕望時期。」「囚禁意象貫穿在商禽早期的詩

---

[20]　同上註，頁31。
[21]　根據1980年美國精神醫學會出版的《精神疾病診斷分類手冊第三版（DSM-Ⅲ）》之後，與壓力有關的「急性壓力反應」（acute stress reaction）和創傷後症候群（post-traumatic stress disorder），成為統稱的焦慮障礙（anxiety disorders）類的精神疾病。
[22]　《實用精神醫學》，頁152。
[23]　同上註，頁153。

行裡。加諸於肉體的囚禁，可能來自政治，來自道德，來自傳統，但他的詩從未有清楚交代。」「很少有詩人像商禽那樣，不斷回到監禁與釋放的主題反覆經營」[24]，明白指出詩人在詩裡重溯創傷情境、囚禁主題與意象的反覆經營，詩人未必是躲在詩語後頭，詩人是自我暴露於詩行之間。筆者無力也無意更不該從醫學的角度作出診斷，但是從文學研究的視野，便能窺見商禽作品裡明顯的固著情感與創傷記憶。商禽呈現出寫實的心靈糾葛，卻一直被視為「超現實主義者」，難怪他要將「超現實」正名為「最現實」。

詩人蕭蕭曾觀察到商禽詩作與精神真實的問題，他先爬梳了超現實主義的淵源與發展，引證說明法國的超現實主義強調「精神本能」：「突出『精神的本能』，認為這才是『高度真實』，亦即超現實。由此出發，超現實主義者熱中於對原始人的神話、瘋子的幻覺、神經官能症患者的幻象、催眠狀態、雙重人格和歇斯底里的分析。」[25]而書寫騷亂意識內容的「自動書寫」與「書寫夢境」則是超現實主義強調的技巧。這兩種技巧都表現在商禽的詩裡，「超現實主義者的詩全是無韻的、無意義的、重複的、簡易而單調的，如商禽〈遙遠的睡眠〉。」[26]然而，蕭蕭試圖澄清超現實主義的原始精神到了日本和台灣社會的脈絡裡，皆產生衍義或轉換，最後，「所謂超現實主義在台灣詩壇，應該只有所謂『自動書寫』這種技巧的變化應用，不過，這種『自動書寫』技巧的變化運用，卻是澈

---

[24] 陳芳明，〈快樂貧乏症患者——《商禽詩全集》序〉，三句引語分別為頁30-31、32、35。

[25] 蕭蕭，〈超現實主義的穿透性美學——商禽論〉，《臺灣前行代詩家論》（台北：萬卷樓，2003年11月，頁291-332），頁297。

[26] 同上註，頁298。商禽〈遙遠的睡眠〉重複同一句法，變換關鍵詞語，節錄如下：「守著聲音守著夜/守著雀鳥守著你/守著戰爭守著死/我在夜中守著你」（《商禽詩全集》，頁113）。

底變化台灣新詩界體質，翻天覆地的大功夫，楊熾昌、商禽、洛夫、蘇紹連等人因而辯證出特殊的美學特質。」[27]「自動書寫」與商禽等人的應合、共鳴，絕非巧合，反覆性的情景與夢魘再現，即是真實性所在，所謂技巧，即是內容。

此外，陳芳明的導讀還指出一個值得深思的議題。他解讀了商禽的荒謬劇般的詩作〈門或者天空〉後，認為：「凡是與他同時走過那樣歷史的朋輩，當可理解門與天空的象徵意義。商禽體會得比任何人還來得深刻，是因為他在軍伍生涯中嘗盡過多過剩的痛苦滋味。」[28]既呈顯詩作的普遍時代意義，又指出商禽之特殊性。在「同時代的軍旅詩人」這個觀察點上，從精神醫學的治療角度，同儕相處，競寫詩作，「今之少年瘋狂於飆車，我輩則醉心飆詩，真的，只有用『飆』這個字才能形容那種熱火朝天的狂態」[29]，不僅能傾訴共同經驗，也是促使將潛意識裡的創傷釋放到話語裡的方式，這是讓商禽釋放壓力，獲得身心自由的路徑。詩作成為最完整的真實心靈記錄。另外，在特殊的逃亡經歷與詩人的個別性上，商禽顯然比同輩詩人更為「超現實」，因為其詩總是在透露囚禁的無力感，總是在探求自由，總是更奮不顧身的跨越語言形式邊界。即使是瘂弦，也曾形容他：「你是去年冬天／最後的異端／又是最初的異端／在今年春天／……／亂夢終會把你燒死／…／你不屬於邏輯／邏輯的鋼釘／甚至，你也不屬於詩」[30]。

甚至，也不屬於詩的商禽，究竟該屬於什麼（或誰）？此節最

---

[27] 同上註，頁305。
[28] 同註24，頁37。
[29] 瘂弦，〈他的詩·他的人·他的時代——論商禽《夢或者黎明》〉，《台灣文學經典研討論論文集》（台北：聯經，1999年6月），頁250。
[30] 瘂弦，〈給超現實主義者——紀念與商禽在一起的日子〉《瘂弦詩集》（台北：洪範書店，1988四版），頁182-184。

後，我們可以細讀〈門或者天空〉一詩，感受商禽走不出自己意識建築的既虛幻又真實的內心監牢，體會其告白：「一個人之為內心所拘囚確是夠悲哀的」。

時間　在爭辯著
地點　沒有絲毫的天空
在沒有外岸的護城河所圍
繞著的有鐵絲網圍
繞著沒有屋頂的圍牆裡面
人物　一個沒有監守的被囚禁者。
被這個被囚禁者所走成的緊
靠著圍牆下
的一條路。
在路上走著的這個被囚禁者
終於離開了他自己腳步所築
的路 他步到圍牆的中央。
他以手伐下裏面的幾棵樹。

他用他的牙齒以及他的雙手
以他用手與齒伐下的樹和藤
做成一扇門；
一扇只有門框的僅僅是的門。
（將它綁在一株大樹上。）

他將它好好的端視了一陣；

他對它深深地思索了一頓。
他推門；
他出去。......

他出去，走了幾步又回頭，
再推門，
他出去。
出來。
出去。

在沒有絲毫的天空下。在沒有外岸的護
城河所圍繞著的有鐵絲網所圍繞著的沒
有屋頂的圍牆裏面的腳下的一條由這個
無監守的被囚禁者所走成的一條路所圍
繞的遠遠的中央，這個無監守的被囚禁
者推開一扇由他手造的只有門框的僅僅
是的門
出去。
出來。
出去。
出來。出去。出去。出來。出來。出去。
出。出。出。出。出。出。出。

直到我們看見天空。[31]

---

[31] 《商禽詩全集》，頁153-156。

二、商禽戰爭創傷書寫的幾個面向

　　當商禽來台後，首次發表詩作時[32]，他已遠離被監禁的年代。詩作裡呈現的創傷書寫，並不能等同於遭受壓力當下的情緒表現。「事後性」正是精神創傷的重要特點，「原初的震驚感是儲存在無意識中的，它的作用並不當即發生，而是被延遲到數年之後，直到出現相關的情景重新啟動創傷的影響。換句話說，這種感受並不直接爆發反而往往延遲許久才產生效應。這就是佛洛依德所謂的『事後性』：『壓抑的記憶只有通過事後性才成為精神創傷。』」[33]原始的創傷與後來書寫的創傷已產生了裂縫，因此本文所論之詩，應視作文學藝術而非純粹的原始意識，然而卻帶有自我暴露的意圖，具有整理與治療內在固著創傷記憶的意義。

　　本文認為若仍沿襲原有的文學批評角度，將商禽詩作裡的創傷情感純然視作象徵或隱喻，或許可能會疏離或淡漠詩人的情感強度，難以集中處理創傷經驗的意義。因此，此節將輔以精神分析學說的論述，試著提出不同學科的理解方法，為精神創傷的內容補充學理根據。然而，如前所述，本文面對的是文學藝術，真正的價值即在於詩人如何以創傷經驗書寫世界。

（一）過於敏銳的神經觸鬚

　　翁文嫻曾如此還原商禽早期當兵經歷的實況：「且再往前推

---

[32] 根據《商禽詩全集》後附寫作年表，「一九五三年 以羅馬為筆名在《現代詩》發表詩作」，商禽當時是二十三歲。
[33] 楊小濱著，愚人譯，《中國後現代：先鋒小說中的精神創傷與反諷》，頁51。

論，回顧商禽自述青少年經歷，十五歲即被軍閥拉伕做兵，而七、八次的大逃亡，四處流竄。隨時，他都需處驚恐中，躲在某陰蔽所在，偷窺，四方八方的訊息，他的神經觸鬚，要比一般人伸張好幾倍，才足以應付環境。」[34]因神經觸鬚之過度伸張，詩人對外在環境具有高度敏感度，因此，翁文認為詩人「每每出神」。「寂天寞地的奔逃中，出神是唯一的安慰，泯除時空，遊走過去未來，自由的意識到達天涯海角，多美妙的時光！到台灣後，壯年至成熟期，他一直維持這逃亡、觀看、與出神的狀態。」[35]「出神」之論，源自葉維廉〈中國現代詩的語言問題〉一文，被理解為「在這種出神狀態中，時間和空間的限制不再存在，詩人因此便能將這一刻自作品其他部分及這一刻之前或之後的直線發展的關係抽離出來，使而這一刻在視象上的明澈性具有舊詩的水銀燈效果。」[36]「出神」即是意識從形體脫離，可與物象結合，也可立於超脫的位置返身自我觀看。這樣的寫作手法，讓葉維廉肯定詩人具有「另一種聽覺，另一種視境。他聽到我們尋常聽不到的聲音。他看到我們尋常所看不見的活動和境界。」

過於敏銳的神經觸鬚為何得以「出神」作為表現，這個聯結關結，在現代精神醫學的研究裡得到解釋的可能。過往皆認為創傷後壓力疾患的嚴重程度，通常與壓力的嚴重程度成正比，然而新近的研究論點認為，應與患者的「主觀」因素相關，也就是說「創傷對受害者意義」。「DSM-IV（美國精神醫學會出版的《精神疾病診斷分類手冊第四版》）顧問委員會成員大多支持修改壓力源的定

---

[34] 翁文嫻，〈商禽──包裹奇思的現實性分量〉，頁127。

[35] 同上註。

[36] 葉維廉，〈中國現代詩的語言問題──「中國現代詩選」英譯本緒言〉，《秩序的生長》（台北：時報文化，1986年，頁215-240），頁228。

義，強調個人主觀上對於事件的反應。」[37]其中特別要考量個人的「心理易感性」（psychological vulnerabilities），面對可怕的創傷經驗，每個人的反應不一，某些人之所以永遠銘記在心，是因為他們主觀賦予事件的意義所致，所以過去的創傷，可能在現今時空的環境中重新被喚醒。

對於敏感的心靈，重新經歷戰爭創傷場景，甚至只是重述，都過於沉痛。商禽在創作時面對再現的傷痛，其處理方式為「出神」（或言「解離」），讓意識分裂，讓魄魂自成另一個觀看視角。前述的〈醒〉，便是深刻的例證。以下〈逢單日的夜歌〉同樣具有抽離藉以解消創傷的描述：

二

請喝我。我已經釀成；
你的太陽曾環繞我數萬遍
病過。我已沐過無數死者之目光
我已穿越一株斷葦在池塘投影的
三角之寧靜
我已經成為寧靜，
請品嘗，猶可海飲你的落日
還有你的島嶼。我要雲吞你的半月

四

如今鳥雀的航程僅祇是黑暗的嘆息

---

[37] 《動力取向精神醫學——臨床應用與實務》，頁379。

而我足具飛翔中之靜止
天上的海，我吻過你峽中之長髮
我穿越你在人間的夢中的變形之森林，
星星之果園[38]

　　「我」已成為與星體對等的「寧靜」狀態，是一個被無數死者
目光所沐過的發光體，不僅能飛翔於大地，也能穿越人間之夢。這
個「我」的視象的確如葉維廉所言的「水晶燈效果」。而唐捐的詮
釋更加具體深入，「在嚴厲的禁錮之下，你唯一的自由，便是極力
操作形神分離的想像，用夢『取消』可怖的現實。……作為一個兵
士，在表層生活中他必須『服從』既有的秩序，但作為一個詩人，
他卻在私底下不斷地演練以文字顛覆世界的陰謀。他頑強地盤據在
幻想的世界裡，以大量的隱喻重構破碎的人生，取消現實、取消命
運、取消時空的束縛。〈逢單日的夜歌〉就是這樣一種柔性的咒
語。」[39]他發現了「形神分離」的敘述意圖，並賦予豐饒的創作意
義，而手法背後的精神性，或許正在於詩人內在意識的防禦機制。
　　然而，也正因為神經觸鬚過於敏銳，詩人「心理易感性」過
於活躍，雖可透過出神來解消殘酷場面，相對的，詩人同樣可能將
「界線」無中生有。

　　　據說有戰爭在遠方。……

38　此處為節選，《商禽詩全集》，頁127-129。
39　劉正忠，〈帶著商禽去當兵——向阿米巴弟弟推介《夢或者黎明及其他》〉，《文
　　訊》第177期（2000年7月），頁38-39。

於此，微明時的大街，有巡警被阻於一毫無障礙之某處。無
何，乃負手，垂頭，踱著方步；想解釋，想尋出：「界」在
哪裡；因而為此一意圖所雕塑。

而為一隻野狗所目睹的，一條界，乃由晨起的漱洗者凝視的
目光，所投射出昨夜夢境趨勢之覺與折自一帶水泥磚牆的玻
璃頭髮的回聲所織成。[40]

　　戰爭在遠方的流言，便讓詩中的「我」開始惶惶不安，苦於越
「界」，而「界」在哪裡？此念頭一出，內心被受縛。最後，有一
隻野狗目睹了「界」，這條「界」來自某人的目光，折射自此人昨
夜監囚之夢境。層層剝繭，卻發現是己身作繭自縛。

（二）重複出現的創傷記憶

　　雖然商禽在許多詩裡表現了「形神分離」的操作術，用以避免
靈魂重新經歷殘酷場面，提防強烈而痛苦的情緒進入知覺中。「然
而，創傷經驗的獨特記憶會使他們一直維持在高度的認知活化狀
態。也因此認知和情感因素可能會彼此衝突矛盾地交互運作，而導
致記憶不斷地在闖入與遺忘之間擺盪」[41]，這些活性狀態可能持續
數十年，創傷經驗會瞬間再現，或以夢魘的形式出現。這些重複出
現的創傷記憶，對個人心靈的平衡具有正面意義，因為「這也表示
心靈嘗試去處理並組織這些令人失措的刺激。」[42]

---

[40]　〈界〉，《商禽詩全集》，頁74-75。
[41]　《動力取向精神醫學——臨床應用與實務》，頁380。
[42]　同上註，378。

商禽曾在接受訪談時，說明詩中許多意象的糾纏，「那些形象來到胸臆時，我深深被它感動，這些形象就會陰魂不散緊緊依附著我。」[43]研究者也發現其詩中的重複創傷，奚密說商禽詩作裡「戰爭是揮之不去的夢魘。」[44]並以〈逃亡的天空〉為例說明，「連鎖的意象並沒有帶來夢魘的解脫，它只能再一次呢喃死的魔咒，再一次將哀掉的心『焚化』在死的悲慘回憶裡。周而復始的循環結構暗示無可遁逃記憶，讀來讓人驚心動魄。」

> 死者的臉是無人一見的沼澤
> 荒原中的沼澤是部分天空的逃亡
> 遁走的天空是滿溢的玫瑰
> 溢出的玫瑰是不曾降落的雪
> 未降的雪是脈管中的眼淚
> 升起來的淚是被撥弄的琴弦
> 撥弄中的琴弦是燃燒著的心
> 焚化了的心是沼澤的荒原[45]

　　〈逃亡的天空〉是商禽的經典之一，跳躍的意象參差接替著，勾勒出一幅幅現實不可能存在的視野，而每一個畫面都張力飽滿，耐人咀嚼，同時也是商禽難以明確解析的作品。因為它如奚密所論，有一種夢魘壓身，無法逃脫死亡的沉重，而非現實無邏輯的意

---

[43] 萬胥亭訪談，莊美華整理〈捕獲與逃脫的過程──訪商禽〉《現代詩》復刊第14期（1989年秋季號，頁23-38），頁28。
[44] 奚密，〈「變調」與「全視」：商禽的世界〉《商禽・世紀詩選》（台北：爾雅，2000年9月），頁13。
[45] 《商禽詩全集》，頁108。

象拼湊，更是令人費解。

　　如本節開始所言，創傷書寫並非創傷發生當下的原始意識，其可能裂縫正是文學得以再現的動力。所以，重複出現的創傷記憶，具有兩種真實：「閃回或創傷的重演同時承載了事件的真實性及其不可理解性的真實。」[46]後者便是文學藝術的真實，難以理解的心靈圖象。難解的真實，還可舉〈躍場〉為例，葉維廉認為管管某些崢嶸的、不和諧的、幻想的詩作，是受到商禽〈躍場〉裡的「神經錯亂」所啟發。「商禽這首詩是在卡夫卡式的神經錯亂介紹到中國之前寫的，是關於一個計程車司機在幻想中看到自己撞入坐在司機位置上的自己，便嚎啕大哭起來。」[47]

> 滿鋪靜謐的山路的轉彎處，一輛放空的出租轎車，緩緩地，不自覺地停了下來。那個年輕的司機忽然想起這空曠的一角叫「躍場。」『題啊，躍場。』於是他又想及怎麼是上和怎麼是下的問題——他有點模糊了；以及租賃的問題『是否靈魂也可以出租……？』
>
> 而當他載著乘客複次經過山裡時，突然他將車猛地剎停而俯首在方向盤上哭了；他以為他已經撞燬了剛才停在那裡的那輛他現在所駕駛的車，以及車中的他自己。
>
> 註：躍場為工兵用語，指陡坡道路轉彎處之空間。[48]

---

[46] 轉引楊小濱著，愚人譯，《中國後現代：先鋒小說中的精神創傷與反諷》，頁57，Cathy Caruth之言。
[47] 〈中國現代詩的語言問題——「中國現代詩選」英譯本緒言〉，頁235。
[48] 《商禽詩全集》，頁68-69。

不管是「夢魘」或「神經錯亂」，都指出某些創傷記憶的活化，而書寫，就表示出詩人「心靈嘗試去處理並組織這些令人失措的刺激。」

（三）內心囚牢的反覆建構

囚禁是人生的極端情境，會引發極大的挫折感、無力和無助感，戰爭期間被俘的軍人就必須忍受這類單獨禁閉數月甚至長達數年之久的情境。當代心理學在討論精神壓力時，發現「研究拘禁的人質、戰俘或是集中營囚犯的報告中指出：面對無任何逃跑希望的挫折感或受創心靈，淡漠及沮喪是正常反應。面對持續性的剝削、折磨及生命威脅，許多囚犯變得孤立、無動於衷，並且無視發生於他們四週的事物；有些囚犯可能因此放棄嘗試克服情境或者繼續生存。」[49]因此，戰俘在囚禁期間的死亡率非常高，能克服厭世情緒而存活下來的也多有心靈受創的現象。許多研究韓戰與越戰的美軍戰俘在囚禁期間的死亡率報告指出，在囚禁期間若能有「溝通」（包括談話、閱讀，甚至是咳嗽、清喉等暗號式的溝通）的行為，便能較有效的克服囚禁的壓力。另一個值得注意的則是年紀與主被動參與戰爭的差別，即心智的成熟度與參與戰爭的動機會影響壓力之高低[50]。

囚禁的經歷對商禽而言，是人生揮之不去的陰霾，是精神創傷的來源。因此他不斷的在詩中整理、重構囚禁情境，只是真實的囚室已走入歷史，而內心的囚牢卻永遠構築於意識之中。前面已引

---

[49] 艾金森（Rita L. Atkinson）等原著，鄭伯壎等編譯，楊國樞校閱，《心理學》（台北：桂冠，1991修訂版）頁690。
[50] 同上註，參考頁690-692的研究報告。

述的〈門或者天空〉，是一齣獨幕劇，像《等待果陀》般的盼著不存在的「天空」，這是意識的囚牢，看守人是自己，象徵出入的「門」毫無意義，「他」（被囚禁者）陷入意識迴路，無法出去，無法掙脫。這首詩在結尾處的反覆中，讓讀者也產生節奏的壓迫感，最後一行「直到我們看見天空」並未豁然開朗，反而更為絕望，因為開頭便聲明這是一個「沒有絲毫的天空」的地點。這首詩的囚禁情境，是商禽有關囚禁詩作中的極端，也是最具震撼力的。

商禽畢竟已度過多次囚禁與逃亡的軍旅生涯，得以重回書寫囚禁的「自由」空間，找到某種形式的「天空」。讓詩人得以克服極端情境折磨的原因，或許是因為文學，因而達成有效的溝通行為。「抗戰勝利前夕，他被軍閥部隊拉伕，關在祠堂內的一間藏書室中，就在那裡他發現了《野草》（魯迅的散文詩集），視若珍寶，每的研讀。之後這本書便綑在他的被包裡陪他挨飢受寒，直到『轉進』台灣之前才忍痛丟棄。」[51]商禽為何寫詩，為何以散文詩為形式依歸，似乎皆可由此來理解，囚禁情境裡的心靈溝通，是讓詩人終於走出孤絕處境的「天空」。

不過，在年幼又被動的情況下，捲入戰事、陷入多次囚禁與逃亡，究竟留下了精神創傷，以致商禽必須反覆書寫，以重構來解構原始記憶的強度。「囚禁」便成了一種象徵。在〈行徑〉裡，「我」的哭泣是自傷，春天的夜裡，卻發生令人痛惜的行徑，一個被潛意識主導的「夢遊症患者」，日間折籬笆，晚上砌牆，在自我構築的圍牆裡，無法看清自己身處的世界。最無奈的是，「我」「你」都無力改變，因為夜裡的荒唐行徑，是來自自己的心靈深處。

---

[51] 瘂弦，〈他的詩・他的人・他的時代──論商禽《夢或者黎明》〉，頁244。

夜鶯初唱的三月，一個巡更人告訴我那宇宙論者的行徑，想
起他日間折籬笆的艱辛，我不禁哭了：「因為你是一個夢遊
病患者，你在晚上起來砌牆，卻奇怪為何看不見你自己的世
界……。」[52]

　　而廣為人知的詩作〈長頸鹿〉則以故事的結構訴說歲月不僅催
人「老」，而歲月本身就是「牢」。年輕的獄卒終有一天也會懂得
自己是在牢籠內，而非牢籠外。

那個年輕的獄卒發覺囚犯們每次體格檢查時身長的逐月增
加都是在脖子之後，他報告典獄長說：「長官，窗子太高
了！」而他得到的回答卻是：「不，他們瞻望歲月！」

仁慈的青年獄卒，不識歲月的容顏，不知歲月的籍貫，不明
歲月的行蹤；乃夜夜往動物中，到長頸鹿欄下，去逡巡，去
守候。[53]

（四）重演逃亡以重獲自由

　　在因壓力導致的精神創傷的臨床治療上，並未達成一致的共
識，除了必要時的抗鬱劑之外，有些主張應以團體治療來相互傾
吐，利用「重新暴露」於創傷情境來達成釋放壓力的效果。但是，
部分心理學者認為「意圖『重演』（reenact）創傷的探索性心理治
療可能會對患者有害。」[54]因為每次都可能引起情緒上的失調。如

---

[52]　《商禽詩全集》，頁51。
[53]　同上註，頁70。
[54]　《動力取向精神醫學——臨床應用與實務》，頁380。

前所述，精神醫學逐漸重視主客體的互動關係，以及主觀認知的影響，因此仍有基本的認同。「今日大多數的治療牽涉到由認知——行為療法發展而來的技術，包含暴露療法、焦慮處理之訓練、認知重建，以及正向的自我對話。」即使無法確保完全的療效，仍有一些線索可循，「沒有任何療法在治療創傷後壓力疾患上是完全令人滿意的。…巨大創傷驅使自我啟動原始的自我防衛機制——譬如否認、淡化與投射式的否定。」[55]自我防衛機制引發的情緒非常多樣，還有憤怒、控訴，甚至將否定投射至更廣大的壓力環境，如國家、體制等。而「罪惡感也可能作為某種防衛機制」，所以，「在一項越戰退伍軍人創傷後壓力疾患的研究中，海丁與哈斯（Hendin and Haas 1991）發現，戰爭相關的罪惡感是自殺意念是重要的預測指標，這些患者中有許多人覺得自己當受懲罰，因為他們已經變成殺人犯了。」[56]

　　精神醫學的研究與論述，給予筆者許多啟發，對於個體心靈內容的討論其實是現代精神的共同性，當我們討論文學作品時，莫不也是在探究文字經營底下的主體思想，而且是細微而轉折的情感變化。當代精神醫學以科學方法與臨床實證提供一種討論的方式，而文學研究則提出另一種洞察人性的視野，目的皆在理解訴說主體。

　　伴隨著戰爭這一夢魘的糾纏，商禽詩作裡的「罪惡感」也夾纏其中，原因究竟是上述的原始心理防衛機制啟動，還是商禽對存在本身的體悟。〈鴿子〉一詩中，詩人不僅自憐自傷，在末節裡，他渴望「釋放」：「在失血的天空中，一隻雀鳥也沒有。相互倚靠而抖顫著的，工作過／仍要工作，殺戮過終也要被殺戮的，無辜的

[55]　同上註，頁381。
[56]　同上註，頁382。

手啊，現在，我將你們／高舉，我是多麼想——如同放掉一對傷癒的雀鳥一樣——將你們從我／雙臂釋放啊！」[57]「鴿子」是和平的象徵，到最後已消失在天空，徒留一雙「手」／一對「傷癒的雀鳥」，牠們既無辜又帶著罪惡，曾受傷而今已治癒，詩人欲釋放的，是自我，也是創傷。

　　沒有一種精神治療法是令人滿意的，詩人提出自己的寫作療法。商禽嘗試以詩中的「逃亡」來逃離壓力與創傷，他反覆書寫逃亡，以期真正重獲心靈的自由。逃亡意象在商禽的詩作裡比比皆是，如〈海拔以上的情感〉：「等晚上吧，我將逃亡，沿拾薪者的小徑，上到山頂；這裡的夜好自／私，連半片西瓜都沒有；卻用我不曾流出的淚，將香檳酒色的星／子們擊得粉碎。」[58]逃亡至山頂，沒有月光的黑夜，卻見「我」深藏的淚取代黯淡星光，這是「海拔以上情感」（高度情感）的脫逃。有天空就欲逃亡，甚至天空也要逃亡，在〈夢或者黎明〉裡，「黑綠的草原無處不是星色的露／乃至陽台　積水的陽台／屋頂上惹有逃亡的天空／而夢已越過海洋／何等狂妄的風呀　穿越／你偃息於雲層的髮叢／而我的夢／

　　猶在時間的羊齒之咀嚼中／穿越／　　緊閉的全視境之眼／（請勿將頭手伸出窗外）」[59]，夢是逃亡的利器，無視於任何時空限制，甚至可穿越意識（緊閉的全視境之眼）。「逃亡」與「夢」是商禽詩作的基本元素，在頻繁書寫這種「超脫」思維之後，詩人的心靈是否真能得到解放，或仍如〈逃亡的天空〉般陷入死亡的迴路，或是如〈門或者天空〉般，根本就沒有天空？

---

[57]　《商禽詩全集》，頁79。
[58]　同上註，頁73。
[59]　同上註，頁137-8。

陳芳明在分析〈夢或者黎明〉的象徵意義時，他說：「無論夢境有多荒謬，凡屬自由的旅行都可得到容許，直到黎明的來臨。」[60]「自由」和「黎明」都是可期待的，因此，夢與逃亡，必須不斷上演。

三、在「超現實」之外

瘂弦將超現實主義在台灣的發展歸功於「一個詩社兩個畫會和一名憲兵」，而那個憲兵就是商禽，瘂弦並且認為：「（在法國）超現實主義的催化劑是戰爭，但該派作家對戰爭的回應卻不夠鮮明」，他們流於形式的耽溺，這種超現實主義缺乏人文意涵，所以「與人道主義者商禽的人格，情志，絕對是違背的，扞格不入的。」所以商禽雖然點燃了超現實主義的火種，但是卻能表現出「更好、更優越的超現實主義」[61]。

瘂弦之外的諸多研究者，在討論商禽時或多或少提及超現實主義的影響，有時是澄清與修正這種影響，此處不再贅述。「超現實」對商禽而言，無疑是創作思想的火種，不管是「更好的超現實」或商禽自言的「最現實」，其探索並肯定潛意識真實的觀點成為商禽詩作的核心。因此，超現實主義的精神與商禽詩作美學最為相應之處，應是心靈寫真，精神的真實，以及形式上「近乎『自動寫作』的夢的記錄、手記體的自我告解。」[62]至於法國或日本超現實主義運動背後的文化脈絡或社會意義，未必成為商禽的思想依據。

---

[60] 陳芳明，〈快樂貧乏症患者──《商禽詩全集》序〉，頁35。
[61] 以上幾句引語，取自瘂弦，〈他的詩・他的人・他的時代──論商禽《夢或者黎明》〉，頁243。
[62] 奚密，〈「變調」與「全視」：商禽的世界〉，頁22。

商禽的詩具有「超現實」精神，卻未必得是「超現實主義」，在「超現實之外」仍有許多值得再探的詩歌特質。

　　如解放分行詩體限制的散文詩形式，便是一種配合靈魂抒情的最佳形式，如瘂弦所言：「波特萊爾在其散文詩集《巴黎的憂鬱》序文中說：『在我們一生許多企望的瞬間中，誰不曾夢想過一種詩式散文的奇蹟呢？無韻無律的音樂性，既柔軟粗獷，又易於適應種種表達：靈魂的抒放，心神的悸動，意識的針刺。』」[63]商禽散文詩的形式美學已獲得許多關注，詩人的確善用此形式，真切的表達主題。然而除了前述翁文嫻提及散文詩對於商禽之「不得不然」，商禽之於散文詩的連結，不僅止於形式層面，更有戰爭遭受囚禁時魯迅散文詩《野草》的溝通力量，更因為散文詩適合心理創傷的暴露與處理，因此大都集中在早期詩作。

　　此外，商禽難析的變形美學，也可以再從不同角度評析。焦桐和唐捐皆認為商禽夢囈式的語言是一種叛逃的美學路徑，以逃避現實或政治高壓；蕭蕭則是以「穿透性美學」論之；奚密以為商禽詩最深刻的意義在於其「變調」的語言風格，以及語言背後的「全視界」。這些評論皆精彩的補捉了商禽詩作的精髓，筆者認為可以再從本文的論點出發，給予不同的詮釋。戰爭既是商禽作品反覆出現的母題，戰爭本質之殘酷，讓詩人面對它時，採取的書寫方式是楊小濱所言的：「對歷史暴力在意識型態與話語方面的強調並不意味著低估現實暴力給心靈帶來的精神創傷的強度。恰恰相反，強化了精神創傷體驗的這種歷史暴力的『話語性』是無法用理性和常規的方法輕易治療的，它必須通過曲折和扭曲的過程來獲得透析。」[64]

---

[63]　同註61，頁246-7。
[64]　楊小濱著，愚人譯，《中國後現代：先鋒小說中的精神創傷與反諷》，頁53。

唯有扭曲、變形更能強化戰爭之暴力與精神之創傷。

因此，在超現實的手法之外，商禽詩作揭示己身之精神創傷，揭露戰爭殘酷之真相，不僅喚醒和清除潛意識中難以追憶的精神創傷，進行個人書寫的心理治療，甚至達成瘂弦所言法國超現實主義者所缺無的戰爭反動性。

然而，商禽的創傷書寫既非試圖建構「理想的道德自我」，也非典型的「復原敘述」。前者在於「這是那些以這種方式來述說或書寫其疾病或創傷故事的人，係投入於『自我的倫理實務』，使自己向他人開誠布公。他們期望能藉此『感動他人，並且使他們在坦露其故事時能有所不同』。以此方式，探詢敘事中的『自我故事』『絕對不只是自我的故事，而是自我/他人的故事』。於是，即使表明疾病或創傷的決定可能包含了個人的道德抉擇，但是它同時也暗示了一種『社會倫理』。」[65]後者則是即鼓勵人們努力為未來奮鬥的信念，強調樂觀與不放棄。相對的，商禽只是暴露傷口，揭示創痛，詩行「去政治化」、「去道德化」。這種書寫意識，表明了對戰爭（國家政策）合理化的無法妥協，反而突顯了戰爭的荒謬、殘暴、非現實化，不是靠個人的治療與復原就可成就其穩固的結構，相對地，商禽解消了戰爭之合法性，視戰爭為殺人的機器、罪惡的陰影、肢解人們的異獸。

在〈戰壕邊的菜圃〉，詩人引用自己的舊作，再次書寫戰爭時砲彈轟炸之荒謬與殘酷：

---

[65] Michele L.Crossley原著，朱儀羚等譯，《敘事心理與研究：自我、創傷與意義的建構》（嘉義：濤石文化，2004），頁304。

升草地為眠床
降槍刺為果樹

——舊作〈逢單日夜歌〉

......
（略）
而在戰壕旁邊
雞雛啄食著母雞的翅羽
牠的頭已被彈片
種植在空心菜的旁邊
而有一個胸膛是空心的
牠歪斜的頭
正對著一株蘿蔔花
老天　牠們的淚
為何是紫黑的

老天
為什麼讓沒身軀的
腿在地上行走
為何讓雛鳥半夜驚啼
為什麼讓沒臉的
微笑在空中飄浮[66]（以下略）

　　在戰爭的世界裡，沒有完整或正常的秩序，「星星在奔逃」、
「渡鴉與砲彈齊飛」、「雞雛身首異處」，所以詩人發問，為何這個

---

[66]　《商禽詩全集》，頁409-410。

世界如此顛倒。這種「肢解」的身體觀也出現在〈用腳思想〉一詩：

> 找不到腳　在地上
> 在天上　找不到頭
> 我們用頭行走　我們用腳思想
> 虹　垃圾
> 是虛無的橋　是紛亂的命題
> 雲　陷阱
> 是飄緲的路　是預設的結論
> 在天上　找不到頭
> 找不到腳　在地上
> 我們用頭行走　我們用腳思想[67]

在經歷過戰事炮火之後，詩人觀看世界的角度扭曲而顛倒，身體破碎，視野凌亂。與此相似的心理經驗，也曾出現在同時代的軍旅詩人管管身上，「有一次管管帶著兵在台北市六張犁山邊的墓地做工，那裡葬有一些在白色恐怖中被殺的人，無家無眷，孤魂野鬼地散落在荒煙蔓草間。有一天竟然有一條死人的腿從黃土中露出來，管管看見了直喊著：『他媽的，這是俺的腿啊，這是俺的腿啊！』他們類似這樣的扎進痛苦中突然激發出來的嘶喊，就成了他們獨特的語言。」[68]

戰爭即是一頭「肢解異獸」，深烙於心靈，成為書之不盡的精神創傷。然而詩，詩是一條逃亡的路徑，「沒有詩，他就找不到逃亡的天空；沒有詩，他就無法解繞自錯誤時代的羈絆。」[69]詩的手

---

[67] 同上註，頁291-2。
[68] 尉天驄，〈那個時代，那樣的生活，那些人〉，頁45。
[69] 陳芳明，〈商禽之秋：紀念他，不如讀他一首詩〉《文訊：商禽紀念特輯》（第298

法再怎麼超現實，詩是「真誠無誤」[70]的，所以，「詩人才是真正的靈魂雕塑家。」[71]

最後，我們可以細讀〈池塘〉這首詩，可以視之為詩人最真誠的靈魂解剖：

> 從汙泥中竄長出來，開過花也曾聽過雨。結果。終還要把種籽撒到汙泥中去。唯有吃過蓮子的人才知道其心之苦。
>
> 父親和母親早已先後去世，少小從軍，十五歲起便為自己的一切罪行負完全的責任了。這就是所謂的「存在」。僅餘下少數的魂、少數的魄、且倒立在遠遠的雲端欣賞自己在水中的身影。
>
> 深秋後池塘裡孑然的一支殘荷。[72]

「一支殘荷」，飽嘗痛苦，卻也理解痛苦於生命鍛鍊之必要，所以再把「蓮心」撒回汙泥。十五從軍後，扛負罪惡感而存在，一種殘魂碎魄的不完整「存在」。然而，這就是存在的真貌，如同蕭瑟至極的池塘裡的孤獨殘荷，孑然屹立。詩人面對創傷心靈，描述它，理解它，接受它，進而將書寫主體內化為現實主體，創傷書寫便產生了自我治療的效用。

期，2010年8月），頁58。

[70] 翁文嫻之語，她說「他（商禽）的動作與意念，在上下文理來看，總是很『可能存在』，『自然必要』，『有這個就可能有下一個』，展現著詩人嚴格操作下，一份至誠之情」。〈商禽──包裹奇思的現實性分量〉，頁124。

[71] 李英豪語，〈變調的鳥──論商禽的詩〉，頁171。

[72] 《商禽詩全集》，頁205。

四、結語

> ……我是那年戰後的跫音,在淩晨四時,回響在一列長廊中
> 驚嚇著自己。
>
> 在低溫的晚上,在蛄螻啃嚙著根鬚,而小蟪蛄吃著子葉。海
> 上的霧鏽蝕著兵士們的槍刺,而淚是更其快的。不管星星或
> 月亮,照著有戰爭和沒有戰爭的地方。[73]
>
> ——節錄自商禽〈哭泣或者遺忘〉

面對創傷記憶不斷返回,強烈的壓力與情感仍留存,應該選擇
哭泣或遺忘呢?不管戰爭還存不存在,它都以「啃嚙」與「鏽蝕」
方式侵擾著。

當商禽於2010年去世時,記者訪問商禽的女兒,「羅珊珊說,
父親最常談起的是童年家鄉的回憶、『少年兵』的經歷、她們沒見
過的爺爺等。『最後這半年來,他的意識更混亂,他說的話有時連
我和妹妹都聽不懂,失去了跟他溝通與互動的橋樑,這是我最遺憾
的。』」[74]另外還訪問了幾位文壇朋友,其中初安民提到:「印象
中,他是個不快樂的人,也因此更能在喧鬧表象下,挖掘內心不為
人知的幽微。」[75]商禽最後的日子苦於帕金森氏症的折磨和身體的
病痛,早年則是戰爭的摧殘,詩作又處處呈現精神創傷的主題,無

---

[73] 同上註,頁157-8。
[74] 林欣誼報導〈悲傷至極的詩人 商禽27日病逝〉《中國時報》新聞稿,2010年6月29日。
[75] 林欣誼報導〈一輩子受苦 商禽瞻望歲月〉《中國時報》新聞稿,2010年6月29日。

怪乎詩人要判定自己是一個「快樂想像缺乏症」的患者。詩人並非無法快樂，只是經歷過龐大而沉甸的壓力之後，世界觀遭到扭曲，創傷深烙不去，難以回復純然的心靈原貌，快樂便顯得不易。

　　本文的研究目的並非在為商禽的詩作寫診斷書，也不在於將文學藝術的創作行為化約成精神病徵，更無踰越文學研究而僭用精神醫療的能力，只是在閱讀的過程中，強烈感受到詩人反覆傾訴關於戰爭、囚禁、逃亡的主題，並且被詩人深沉的苦痛所打動。緣此，筆者認為在心理分析學說或現代精神醫學裡應可提供這種書寫特質的觀看角度。同時，希望透過學科之間的對話交流得以更貼近詩人的精神層面，看到語言之內的抒情主體。

　　商禽的戰爭創傷書寫，以精神真實為最高原則，正突顯其文學作品的獨特價值。唐捐縱觀台灣1950、60年代的軍旅詩人寫作現象後，他認為：「商禽的情形可能最為極端，十五歲就從軍的詩人，三十八歲以上士一級退伍（1945-1968），真是『差點便兵此一生』。由於久沉下僚，他對軍隊體制的扭曲本質體會最深。在舉世滔滔以戰鬥為務的五十年代，他是少數『袖手旁觀』的軍旅詩人，這種抵制世俗權威的藝術自覺，貫串他此後所有的作品。」[76]雖然從軍，跟著國家齒輪往前滾進，商禽的創傷書寫卻在揭露被軋轢的傷痛，而非為了宏大目標而犧牲之必要，所以他難以附和戰鬥文藝之潮流。筆者認為商禽以內心真實為最高價值即是其詩作的最高價值，即使創傷，仍要暴露，真實就是一種倫理。

---

[76]　劉正忠，〈軍旅詩人的疏離心態──以五六十年代的洛夫、商禽、瘂弦為主〉《台灣文學學報》第二期（2001年2月，頁113-156），頁153。

引用書目

李英豪，〈變調的鳥—論商禽的詩〉《夢或者黎明及其他》（台北：書
　　林，1988，頁165-176）。

李明濱主編，《實用精神醫學》（台北：台大醫學院，1999）。

李瑞騰，〈編結你的髮辮是多麼困難啊〉《中國時報》第37版，1998年10
　　月10日。

林欣誼報導，〈悲傷至極的詩人商禽27日病逝〉《中國時報》新聞稿，
　　2010年6月29日。

林欣誼報導，〈一輩子受苦商禽瞻望歲月〉《中國時報》新聞稿，2010年
　　6月29日。

翁文嫻，〈商禽—包裹奇思的現實性分量〉，《當代詩學：台灣當代十大
　　詩人專號》第二期（2006年9月，頁116-128）。

奚密，〈「變調」與「全視」：商禽的世界〉《商禽·世紀詩選》（台
　　北：爾雅，2000，頁10-30）。

商禽，《商禽詩全集》（台北：印刻，2010初版二刷）。

商禽，〈「夢或者黎明」增訂重印序〉《夢或者黎明及其他》（台北：書
　　林，1988，頁1-2）。

張默，〈我吻過你峽中之長髮〉《聯合文學》154期（1996年8月，頁154-
　　162）。

尉天驄，〈那個時代，那樣的生活，那些人〉《文訊：商禽紀念特輯》
　　（第298期，2010年8月，頁40-50）。

陳芳明，〈快樂貧乏症患者—《商禽詩全集》序〉商禽，《商禽詩全集》
　　（台北：印刻，2010初版二刷）。

陳芳明，〈商禽之秋：紀念他，不如讀他一首詩〉《文訊：商禽紀念特
　　輯》（第298期，2010年8月，頁55-61）。

瘂弦，《六十年代詩選》（高雄：大業，1961）。

瘂弦，〈給超現實主義者—紀念與商禽在一起的日子〉《瘂弦詩集》（台北：洪範書店，1988四版，頁181-185）。

瘂弦，〈他的詩‧他的人‧他的時代—論商禽《夢或者黎明》〉，《台灣文學經典研討論論文集》（台北：聯經，1999，頁240-263）。

焦桐，〈叛逆的美學路徑—商禽《商禽：世紀詩選》〉《中央日報》第21版，2001年1月15日。

楊小濱著，愚人譯，《中國後現代：先鋒小說中的精神創傷與反諷》（台北：中央研究院中國文哲研究所，2009）。

萬胥亭訪談，莊美華整理，〈捕獲與逃脫的過程—訪商禽〉《現代詩》復刊第14期（1989年秋季號，頁23-38）。

葉重新，《心理學‧第三版》（台北：心理出版社，2004）。

葉維廉，〈中國現代詩的語言問題—「中國現代詩選」英譯本緒言〉，《秩序的生長》（台北：時報文化，1986年，頁215-240）。

劉正忠，〈帶著商禽去當兵—向阿米巴弟弟推介《夢或者黎明及其他》〉，《文訊》第177期（2000年7月，頁38-39）。

劉正忠，〈軍旅詩人的疏離心態—以五六十年代的洛夫、商禽、瘂弦為主〉《台灣文學學報》第二期（2001年2月，頁113-156）。

蔡篤堅編著，《人文、醫學與疾病敘事》（台北：記憶工程出版，2007）。

蕭蕭，〈超現實主義的穿透性美學——商禽論〉，《臺灣前行代詩家論》（台北：萬卷樓，2003，頁291-332）。

Atkinson,Rita L.（艾金森）等原著，鄭伯壎等編譯，楊國樞校閱，《心理學》（台北：桂冠，1991修訂版）。

Crossley, Michele L.原著，朱儀羚等譯，《敘事心理與研究：自我、創傷與意義的建構》（嘉義：濤石文化，2004）。

Freud, Sigmund（佛洛依德）著，葉頌壽譯，《精神分析引論‧精神分析導論》（台北：志文，1997）。

Gabbard, Glen O. M.D.（葛林‧嘉寶）著，李宇宙等人譯，《動力取向精神醫學——臨床應用與實務》（台北：心靈工坊，2007）。

從詩到人

賦詩言志，重新排練
——論零雨詩作的反抗意涵

摘要

　　本文主要參考克里斯特娃《反抗的未來》之論點，分成三個層面進行零雨詩作的討論。第一，指出賦詩言志的心理意義。賦詩，言志，即是一種反抗現實的行為，因為詩人找到回歸之必要，建構精神烏托邦，同時以詩翻譯內在異質性。第二，回歸女性感性世界。本文所定義之「感性」，是一種抵制理性思想與體制的感官性，是抗拒被表演性質的社會建制所耍弄的本質回溯。在零雨的詩裡，常能摒除文明價值，指向精神、靈魂與原初。第三，重新命名，再次排練。不論是堅持文本的重新再造性，或在詩語空間裡，實踐對既有秩序的重新命名，零雨力求的是精神上的自由。因此，零雨詩作裡明顯的「排練」情節，傳達了其創造性與拒絕被舊規範、舊思想限制的反動力。

關鍵詞：零雨、反抗性、文學體驗、女性書寫、克里斯特娃

從前，詩歌通過回顧詞語記憶並從中萃取出感性時光，一直都懂得大聲說出對自由意志的願望。在我們隱約感覺到衰落或至少是不確定的時代，追問一直是唯一可能的思維方式：一種尚存生機的生命的標誌。……眼下，精神生命懂得，要想獲救，就必須給予自己以反抗的時間和空間：決裂，追憶，從頭再來。[1]

一、零雨詩作的「女性」與「反抗」？

零雨[2]崛起於八〇年代，創作力旺盛，持續探索與建構自身詩歌美學，是台灣詩壇的代表性作家。這幾年對零雨詩作的研究已累積了多元而豐厚的成果[3]，逐漸挖掘出零雨詩作主題集聚於歷史、家族、空間等層面，以及表現美學偏向於冷硬、知性、現代等風格。

筆者在眾家研究與討論文章之間，察覺到一個值得再三思索的問題——評論視框之移位與錯位。評論者對於零雨之定位，究竟是來自於親近後的貼身理解，還是意念先行的論點詮釋？尤其零雨詩

1　（法）克里斯特娃（Julia Kristeva）著，黃晞耘譯：《反抗的未來》（桂林：廣西師範大學出版社，2007年），前言。

2　零雨，1952年生，臺灣臺北人，臺灣大學中文系畢業，美國威斯康辛大學東亞文學碩士，哈佛大訪問學者。曾任《現代詩》主編、《國文天地》副總編輯，現任教於宜蘭大學。1980年代開始詩歌創作，曾以〈特技家族〉獲得1993年年度詩獎。著有詩集《城的連作》（臺北：現代詩社，1990年）、《消失在地圖上的名字》（臺北：時報文化，1992年）、《特技家族》（臺北：現代詩社，1996年）、《木冬詠歌集》（臺北：零雨出版，唐山總經銷，1999年）、《關於故鄉的一些計算》（臺北：零雨出版，唐山總經銷，2006年）、《我正前往你》（臺北：唐山，2010年）、《我和我的火車和你》（香港：香港中文大學，2011年，「香港國際詩歌之夜」叢書，零雨詩選集）、《田園／下午五點四十九分》（臺北：小寫出版，2014年）。

3　可參考最新一本大規模的研究：于瑞珍：《零雨詩的歷史意象與家族記憶》（淡江大學中文系碩士論文，2012年）裡「文獻回顧」的統計與整理書目。

作語言曖昧，主題隱晦，解讀空間範圍極廣。詩評家帶著各式的立場與目的，試圖為零雨的詩佈下種種框架，並力求比前面的框架更深更大更堅，以成為觀看零雨時，不得不看見的「風景」。那麼，零雨的詩就成為某種特定的景色了？筆者無意在此短文裡，進行學術意義的探問或尋求作品與研究協商的可能。然而，希望能以此一研究案例，作為評論者立場映現於詮釋游移性中的提醒，同時作為本文研究意識萌發的說明。

楊宗翰曾撰一文〈零雨的啟示——關於台灣現代詩中性別議題的思考〉，試圖從批判「男性詩人／批評家潛意識中對詞語的竊據」的立場，揭開零雨身上黏滿的「現代主義」標籤，指出零雨詩作裡隱含的「陰性書寫」——「性別身分的曖昧游移、性器象徵的反覆出現、戲劇化的性儀式等」[4]。楊宗翰認為零雨詩作裡的性別議題是有別於所謂「女性詩」傳統的建構，其中更具酷異、流動、嬉戲的性別展演。楊宗翰對零雨的觀察，可說是「平反」了零雨歷來被「去性別/性慾」的評價，並且展示一種細膩的性別詩學之可能。此外，筆者特別注意到楊文中對零雨初登詩壇的描述：

（零雨）並未像許多新世代詩人一樣，以第一本詩集便獲得詩學界的熱烈討論（按：建檔歸類，如夏宇、林燿德等）。八〇年代正逢文學多元化的嘉年華會，諸家無不熱衷對各類題材進行探索，而戒嚴這種政治性大事件也多少都影響著作家尺度與筆下世界…零雨第一、二本詩集分別收創作於1982至1987、1987至1990的詩，兩者間幾乎完全看不到任何政治

---

[4]　楊宗翰：〈零雨的啟示——關於台灣現代詩中性別議題的思考〉，《創世紀》詩雜誌120期（1999年秋季號），頁116。

性題材的探索或創作尺度的驟變，可見解嚴此類政治事件對詩人創作的影響極微。零雨的詩很少（實在可說是沒有）能與任何當下社會新聞、政經動盪直接結合的可能，在八〇年代那種節慶氣氛中自然絕非顯眼。[5]

　　對於楊文提出零雨詩作的去脈絡化（不與社會政經議題結合）的論點，黃文鉅也已為文反駁，試著以「寓言」之筆法，作為溝通之道。「零雨之詩，乍看知性而脫俗，實則寓意連連；萬事彷彿不關心，筆鋒轉折卻留有餘地。……零雨對政治、現實、社會的考量，多半是故作漫不經心式的，從潛意識裡浮現。加上擅用象徵、譬喻，往往使人混淆於詩作表面『虛構的真實』，而忽略了言外之意的『確切的真實』。」[6]黃文再次「平反」零雨在楊文中的評價。

　　在這個評論案例裡，筆者認為評論視框的移位，甚或是「錯位」（A錯讀、B扭回），真正凸顯的並非「詩無達詁」的閱讀開放性，而是評論者藉此映現己身文學看法的投影。

　　楊宗翰不滿於前輩詩人對剛進入詩壇的女詩人畫定界限，並表現刻板的性別看法：「〈昨天的博物館〉以及同類型作品的出現，說明我們的這個年代的女詩人已經邁入新的境界，她們帶給讀者的不再是童話和婉約，而是時間宿命下人的困厄與挫敗。零雨的作品，特別具有前導作用。[7]」以及零雨第一本詩集出版時，書背上的行銷文字：「從第一本詩集《城的連作》起，零雨已經向讀者

---

[5]　同前註，頁112。

[6]　黃文鉅：〈箱女在劫：宿命與地理的黑洞——零雨詩的歷史寓言、空間考古〉，《臺灣詩學學刊》第10期（2007年11月），頁221-223。

[7]　瘂弦：〈小評〉，原收錄於《八十四年詩選》，同時收入零雨：《特技家族》（臺北：現代詩社，1996年），頁101。

展示超越性別、年齡、地域，以追求一種純粹——因而也可以是普遍而共同的——感性經驗之可能。」[8]這類刻意被抹去性別差異的介紹，讓零雨成為冰清玉潔式的脫塵形象。因此楊文指明零雨陰性書寫之處，同時矯正女性書寫的單一視角。但是，當楊文還給零雨「女性」身分之後，卻又去除了零雨的「政治性」，黃文鉅隨後補正，說明零雨確實是關心政治現實的，只是手法較為曲折。「不論是空間流轉的思索，甚或歷史記憶的反芻，在在都呈現了抒情主體如何藉由形上的詩學體系，以寓言化某些現實中難以直說的微言大義。」[9]換言之，零雨不僅關心台灣當代的政治現實，更隱含針貶的立場，亦表達出具有反抗性的書寫。

筆者認為以「現實關懷」或「對政治歷史的反省」作為「大義」的尺度，不論是正寫、不寫，或黃文認為的「寓言化」，詩人詩作皆落入價值高下的視框內。易言之，評論者極力於溝通之際，即透露其本身的文學觀點，或言當前文學體制的思想訓練。正如上個世紀八〇年代之後，若再以「感性」、「婉約」等用語談論女性詩歌，肯定落入被視以男性中心論而遭撻伐，會被認為是對女性寫作評價的局限。去除掉某個視框之後，那個遭唾棄的視域，從此成為「荒野地帶」？

筆者出於以上的觀察與思考，以及對零雨詩作的閱讀經驗，筆者認為零雨詩作不需附會任何「微言大義」或「陰性書寫」，賦詩言志，本身即具有超越性，又隱含反抗意涵。重返「女性寫詩」，許多深層的心理意義即已存在。

8　零雨：《消失在地圖上的名字》（臺北：時報文化，1992年）書背上的「作者簡介」。
9　同註6，摘要處，頁217。

本文將參考克里斯特娃[10]（Julia Kristeva）所著的《反抗的未來》[11]，參照克氏對「文學體驗」、「回歸女性感性世界」、「重新開始」等論點，展開對零雨詩作的精神意義之探討。本文除了援引詩作加以分析，將同時對照零雨談詩的散文或訪談，以及評論文章對零雨之剖析，希望能多方佐證，尋求一種重新看待零雨的視角。

　　身為精神分析學家的克里斯特娃在〈何謂今日之反抗？〉[12]首先發問，如果今日之自由，「只有用遙控器轉換電視頻道的自由，那麼還有誰能進行反抗？」[13]所謂「反抗」（ré-volte），可理解為對既存規範、價值觀和權力形式的一種質疑，克里斯特娃以為「反抗是我們的神祕信仰，與尊嚴同義。」[14]然而，同時克氏也辯明反抗不在於摒棄舊事物，以使用所謂新價值標準取代。「反抗」的真義，在於對自身進行追問，「反抗行動畢竟冒著一種無限『再－創造』的風險開啟了精神生命。」[15]意指將追問引向一種「再也難以平息的衝突性」，尤其人類的精神生活裡的衝突性。所以，克氏在文章結束處重申，「『反抗』一詞：意義和衝動相互回溯，從而揭示記憶、讓主體的生命重新開始。」[16]

　　筆者在閱讀零雨的過程中，認為她的詩作不斷觸及人類精神生

---

[10]　克里斯特娃，臺灣常譯為克莉絲蒂娃，法國當代思想家。專長領域涉及語言學、符號學、政治學、精神分析學、文學、女權主義，並身兼大學教授、精神分析師及小說家。1941年生於保加利亞，1965年留學法國，曾提出出許多深具影響力的學術理論，如互文性、對話性、詩性語言、語言極限狀態、他者、多元女性主義等等。代表作品有《詩語的革命》（1974）、《恐怖的力量》（1980）、《愛的故事》（1983）、《黑色太陽》（1987）、《靈魂的新痼疾》（1993）、《女性的天份ⅠⅡⅢ》（1999，2000，2002）等。

[11]　同註1。

[12]　此文發表於《法蘭克福評論》（1997年1月21日）。

[13]　同註1，頁4。

[14]　同註1，頁3。

[15]　同註1，頁9。

[16]　同註1，頁53。

活的衝突性，並且意欲讓詩作成為深沉心靈的抒發，「我要的是更深沉的抒情，更繁複的抒情，更幽深曲折的抒情，更忍泣吞聲——如鮑照哭路歧的抒情。」[17]。「詩可以描寫生活，但詩不呈現純粹的現實生活表象。詩更適合呈現心靈經驗。」[18]這種深沉精神性的表達，已有評論者察覺，「比起身體，零雨更相信心靈的力量…零雨選擇的『逃離』比起自我麻痺的消極，更多的是帶有折返困頓處境的自省。」[19]同時，零雨詩作慣用的戲劇性演出手法、重新排練式的寫作意念，皆暗合了克里斯特娃所倡之反抗性。

因此，本文將在以下三節分述零雨詩作之「賦詩言志」的意義、回歸女性感性世界的書寫方式，以及重新命名，再次排練的寫作策略。這些章節事實上彼此交疊著寫作、反抗與女性的內涵，以下分列敘述，只為分析之便利，並非截然不相關的三種面向。此外，筆者在引證與分析零雨詩作時，希望能秉持黃智溶談論零雨詩作的理想：「其實，欣賞一首好詩，除了——知（解）之外，最重要的，其實是——感（悟），知感交互運用，才淋漓盡致地暢談一首詩的旨趣，並深入其創作核心——詩人深秘的內在世界。」[20]畢竟，面對零雨這樣一位深沉抒情的詩人，若只從知解的層次理解，將錯失閱讀共感與文學感興的核心質素。

---

[17] 楊小濱：〈書面訪談錄——楊小濱專訪零雨〉，收入零雨：《特技家族》（臺北：現代詩社，1996年），頁163。文中「鮑照哭路歧」應是「阮籍哭路歧」之誤。

[18] 同前註，頁165。

[19] 劉士民：〈零雨詩作中封閉與逃離的思辨〉，《東方人文學誌》8卷1期（2009年3月），頁215。

[20] 黃智溶：〈車廂上的詩人——零雨鐵道系列詩作〉，收入零雨：《我正前往你》（臺北：唐山，2010年），頁91。

二、賦詩言志──文學體驗與異質轉譯

> 我酷愛生命的噴發、揮灑，瞬間的爆開。也許這個命運就是
> 詩。[21]

筆者在大量閱讀零雨相關的傳記與研究資料時，特別注意到一個具普遍性卻又無比強烈的現象，即零雨自言詩歌寫作或詩的意義時，所透露出的命定與救贖意味。詩不只是代言的方式，詩也並非文字的遊戲場，詩就是零雨自己，她是透過詩在認知自身的存在。

這類描述如：「我一邊編詩（《現代詩》），一邊讀詩，一邊寫詩，才知道詩怎麼寫，才看到詩人的形形色色。才知道動人的詩如何敲擊心靈，使人戰慄。我也才能藉著書寫釋放我對大千世界的種種想法與感情，並建構我的另一個世界，我的烏托邦。」[22]「我常以為我是寫詩以後才成熟的。詩使我的美學世界逐漸成型──我愛抽象甚於具象，整體甚於細部，寫詩以後讓我更肯定自己的某些偏好，因此我選擇了詩（其實是詩選擇了我）。」[23]這些敘述呈現出：詩是那個與人生現世並列的另一個世界（可能是更理想的）；詩對人生的穿透力，足以找到真正的自己；詩在我之內，但存在於我之前，詩選擇了我。

這種強烈的文學認同感，不止於創作，在閱讀時，零雨看待文學的角度，也是身心靈的需求，自言：「閱讀經驗於我而言，不是

---

[21] 黃羊川訪談：〈密隱神──零雨〉，《台灣詩學・吹鼓吹詩論壇》第13號（2011年9月），頁151。

[22] 曹尼：〈訪談零雨〉，《歪仔歪詩刊》第7期（賣田出版，2010年春季號），頁21。

[23] 同註17，頁161。

知識的獲取，而是身心的感受。」[24]因此在繼承過往文學遺產時，她要直穿精髓，找出無法具體名狀的那種感動，然後帶著這種文學感動，為自己找出未來該走的路。

> 在詩來說，文字的魔術師，令我讚歎，但我還要再要求一點。這一點，不單靠文字表達，也不是風格，也不是觀念。無以名之，老莊說：「道」，聖經說：「腳前的燈，路上的光。」王國維說：「境界」，王漁洋說：「神韻」，袁中郎說：「性靈」，李商隱說：「欲迴天地入扁舟」，杜甫說：「百年世事不勝悲」，陶淵明說：「此中有真意，欲辨已忘言。」大概是如此。……我一直喜愛經典。更明白說，我時常回到夢中，回到過去，回到古代。喜愛經由時間錘鍊的語言，那種歷史的芬芳氣息，在字裡行間撲朔、滋生。…但我不是要找回去的地方，我要找的是向前邁進的地方。[25]

零雨對詩要求更多的「那一點」，在筆者的看法裡，既是中國詩學裡對抒情與言志關係的呼應：「因之『詩言志』便由以『語言表達個人願望』的簡單觀念發展為『以藝術媒介整體地表現個人的心境與人格』的美學理論。……在這個『言志』傳統中，它的核心義是在個人心境中實現他的理想。」[26]同時，零雨的詩觀也發揚了克里斯特娃所言的「文學體驗」。克氏一向喜愛文學，自言文學是她的生存方式，強調文學體驗的心理意義。她所陳述的體驗內容

---

[24] 同註17，頁167。
[25] 同註17，頁169-170。
[26] 高友工：《中國美典與文學研究論集》（臺北：臺大出版中心，2004年），頁97。

為：「我個人感興趣的則是去呈現『體驗』的層面，而它幾乎可以說成是近乎哲學及神祕的意義，亦即，浮現某些新的、且迄今尚未命名的東西，它們就深植在某種真摯的、激情的及原初的事物裡，而我們亦能夠賦予這些新事物一個意義。」[27]而她以為的文學體驗，更具體形容為「無意識[28]的草稿或被攪亂的無意識：文學體驗」，由於文字能把精神內容的核心區域勾連出來，成為我們得以據以理解的心靈經驗。因此文學是一股力量，能「對讀者的理性、想像界和無意識的呼喚。」這種呼喚絕對是跨越文字或個人的，文學體驗湧現出的靈光，具有人類學的基礎：「母親，需求、欲望、愛欲、厭惡的古老原點。」[29]

克里斯特娃同時兼有小說家的身分，她說明寫作時，身為女性的生存處境，讓她產生：「『我是一個他者』的感受，無疑讓我看到了自己無意識中的一些『黑暗的大陸』，以及明確的意指行為發生之前的一些朦朧意味；那種種的感覺和領會。」將女性原本的社會處境結合人們對於無意識之陌異感，以及原始情感的迴盪，便成為她作品的精神背景。因此，克里斯特娃察覺──「特別在精神生活的探索上，文學經常跑在精神分析學之前」[30]。

克里斯特娃的這些文學看法，事實上，都在零雨的創作裡實踐著。零雨與曾淑美對談女詩人創作時，面對曾淑美提出〈特技家族〉組詩裡「一張口，就吐出／火焰。為了四處的黑暗／為了黑暗

---

[27] （法）克莉斯蒂娃著、納瓦蘿（Marie-Christine Navarro）訪談，吳錫德譯：《思考的危境》（臺北：麥田，2005年），頁87。

[28] 無意識，the unconscious，佛洛依德學說裡，指的是被壓抑、無法知覺的意識內容，臺灣常譯為潛意識，意指潛伏著的意識內容。而潛意識（subconsciousness）一詞，比較接近佛洛依德所言的前意識（preconcsiousness），指接近意識層面，有可能轉化成知覺的無意識內容。

[29] 上述兩句話，皆引自同註1，頁85。

[30] 同註27，頁89。

來得／太早為了／向你挑釁。」[31]這樣的詩行似乎可作政治性的解讀。而零雨並不全然否認（她說「也不無可能」），只言：「這首詩有政治意圖，我倒沒想到」，但更準確的貼近寫作過程，則應該是：「寫作的過程，往往不是作者自己能控制的，也許潛意識牽引著你而不自知。西方有一位詩人曾說過，當我在寫詩時，常常不是我寫詩，而是詩寫我。有時我自己也會有這種經驗。當我在寫作時，不由自主地由潛意識，或別種東西引導，而完成作品。」[32]筆者認為這段話不是在「寓言化」或「象徵化」政治現實，更像是在表達詩人意識深層的牽引力量，以及如何任由這股力量的引導，引至難以具體言說情感的表述之道。

　　同樣收錄於《特技家族》裡的另一首詩〈劍橋日記7〉的第三節：

> 雪下來了。我們讀詩在我們
> 早已盤據的村落，足不出戶
> 只教導兒童升火汲飲
> 以及相對詠歌
> 在幽暗的燈下，我們和衣
> 而臥。諦聽風推窗而入
> 翻動未完成的詩句[33]

---

[31] 零雨：《特技家族》（臺北：現代詩社，1996年），頁5-6。
[32] 零雨、曾淑美：〈談女性詩人的創作〉，《現代詩》復刊第23期（1995年3月），頁57。
[33] 同註31，頁34。

這首詩語意清晰，並非上述所言的讓潛意識衝動帶領詩句，但是這類條理過的文字，也依然直指詩歌作為原始生命樣貌之表述的觀點。大雪籠罩天地，人們不出門，面對自己，面對孩童的純淨思想，不需文明，不需知識，只要升火、汲飲、詠歌，讓肉體與心靈都回歸根本需求，而我們未完成的詩句便交由風來檢閱。詩中世界，儼然是心靈烏托邦。

回歸原始，回歸心靈，順應無意識的驅使，成就了零雨詩作裡的堅實核心。出於具備神祕性與超越性，零雨認為詩歌是一種神聖精神性的存在，但由於這種精神性是每個人類所共有分享的，她個體呼喚，便能全體相應。她（詩人零雨）曾與虛擬的她（日本友人美尾）進行對話，零雨答覆美尾，有關自己的詩：

> 「詩與居住有關。所謂詩，在你的文字中是言寺。指的是一個具有祭儀價值、宗教精神的空間　　所謂人類的終極關懷都在其中。此一精神殿宇是以語言建構而成的。反之亦然。但我更喜歡把寺拆開，就成為寸土之言。這個寸土，更抽象地說，是『心』一樣大的方寸之地。」
>
> 「（詩）一種神聖、神祕、神奇還縈繞心頭──在每個相像的街頭人群中，有一個人回頭，與我們的內在呼喚相應。人類有一種古老元素，不願讓它消亡──」[34]

她認為詩是一個空間，讓文字棲息，也是心之所據，更是人類終極關懷所在，這層層疊疊的指涉，讓詩顯得神聖、神祕而神奇。

---

[34] 零雨：《我正前往你》（臺北：唐山，2010年），〈代序：有美尾、落羽松的雪夜──獻給AC〉，兩段文字各出自頁6與頁11。

若有人回頭，並召喚內在，這就是一種堅持，以及對時間流向的反抗。這個剖白，不正是本文第一節所引述的克里期特娃談「反抗」的意涵：「意義和衝動相互回溯，從而揭示記憶、讓主體的生命重新開始」。詩的書寫能抵制時間對事物的耗損（保留記憶）、回歸原始的情感、揭發現代人精神性的衝突、主體生命的重新開始。

在揭發現代人精神性衝突這一層面，此處更要補充克里斯特娃的「翻譯」論點。她提出文學是一種異質轉譯，「隱秘的內心世界及其超時間性和奇特的赦罪特徵，實際上是在想像的經驗裡特別是在文學裡顯現出來的。」[35]而作家是一個外國人，書寫是一種翻譯，「假如我們並不都是翻譯者，假如我們未曾將自己內心生命中的異質性——對人們稱作民族語言的那些千篇一律的表達規則的違反——不斷進行磨礪，以便將它重新轉換到其他符號中，那麼我們怎麼可能有精神生命？怎麼可能是活著的人？『把自己變成外國人』，變成上述不斷被重新發現的異質性的轉譯者，…『講另外一種語言』其實就是保持生命的最基本條件。」[36]作家必須翻譯自己內心生命中的異質性，才可能有所謂精神生活，而非徒留形體，才能說明自己活著，而非生命的複製。因此，作家必須「講另外一種語言」。

……

某些時候她觀察入微

特別重視釀酒的細節

---

[35]　同註1，頁21。
[36]　同註1，頁91-92。

你可以醉倒在她身旁

（——一整排火車都變成詩人——）

她會一一翻譯你身上

有酒味的詩句[37]

　　這首詩顯示出零雨對自己寫詩一事的感悟，可尤其中來窺知克氏所言之詩語異質性。詩中暗示著寫詩如同釀酒的過程，可轉換事物的樣貌，提煉原料成為純粹。而且，醉倒人們的詩句，同樣可以再被詩人「翻譯」成另一種語言。而詩語成為人類異質性之具體形式，則在〈我們的房間・之八〉還有精闢的表述：

……

從自己體內延伸，又逃離——

一個雙翅的個體，逐漸

長大——從嬰孩到老者

又回復嬰孩……

抑或（——以雙翅為誓）

另起一個異名——稱為詩

或不稱為詩，以天地

神人的心，相互接壤

……以淚眼相認……

……[38]

---

[37]　同註34，〈我和我的火車和你・4〉，頁55-56。

[38]　零雨：《木冬詠歌集》（臺北：零雨出版，唐山總經銷，1999年），頁181-182。

詩中虛構了敘述者與「半嬰孩半老者」在房間（方寸之地）裡邂逅，激動落淚，因為那既是仍存在的自己，也是不斷逃離的自己，有部分是新生，有部分在衰老。這種衝突性事實上在精神生命裡不斷上演，既是「詩」之所源，卻又不限於詩，而是天地神人的交集，是敘述者感動的生命狀態。此詩語調激動，場景詭異，生動表達作者對內在世界之剖析。

　　而前引之〈特技家族〉裡受潛意識驅使的詩行：「一張口，就吐出／火焰。為了四處的黑暗」，事實上也是心靈實景，只是詩歌語言的特殊性，以及經過零雨的轉譯，成就了滿漲的閱讀張力。「她的詩，一伸手，就有股動力，直刺我們的要害，那麼凝聚，那麼深入，使人一陣驚寒，就像看特技表演時遇到的許多危險的臨界點。」[39]

　　零雨更數度在詩裡作出後設式論詩，將詩之語詞視作種種異象與異獸，如〈語詞系列‧10〉：「一個整體從身上變幻／出另個整體／　　／以語詞為名」[40]，把一個變幻成另外一個的魔法，在語言手裡輕易可成；〈語詞系列‧11〉：「語詞飛出──有的鳥身／有的蛇身，有的蛙蛇兼體／有的項生三頭／有的有足無頭／有的手中操蛇／　　／啊莫可名狀。年輕的／語詞，你因此稱做／神靈」[41]，似乎揭陳出這些異類形象，不正是詩語的實貌？

　　此節由克里斯特娃的「文學體驗」談到文學（詩語）是一種異質轉譯，皆可在零雨的自白或詩作裡找到強力的呼應。她在經典裡所找到「向前邁進的地方」，其實並非在遠方，而是在「詩」裡，

---

[39]　向明：〈小評〉，同註31，頁15。
[40]　零雨：《關於故鄉的一些計算》（臺北：零雨出版，唐山總經銷，2006年），頁52-53。
[41]　同前註，頁53-54。

在「方寸之心」裡。賦詩，言志，即是一種帶有反抗現實意涵的行為，因為詩人找到回歸之必要，建構精神烏托邦，同時以詩翻譯內在異質性，堅持「講另外一種語言」。

三、回歸女性感性世界

> 此外，針對把人變為機器、以作秀為特徵、敗壞了反抗文化的社會，女性世界的經驗使我得以提出另外一種選擇，說來很簡單，那就是回歸感性的內心世界。…女性對自己巨大責任的履行應該與恢復感性的價值同步進行。[42]

　　關於女性身分之自覺，以及性別對寫作的影響，前此研究者傾向從「跨性別」或「中性」的看法評論零雨。但是筆者發現零雨與曾淑美對話時，曾表明：「有些女詩人不太意識到自己是女詩人或不喜歡別人稱她為女詩人。我倒覺得無所謂。可能你意識到自己是個女詩人，你所寫的詩就比較有自覺，因而對作品的表達有所助益。」[43]關於身為女詩人的「自覺」，零雨自陳不曾分析，因此很難回答，但是關於作為女人的「助益」，則是指可免除養家活口、飛黃騰達等社會期望的壓力。減少社會壓力，更適於朝向非現實表象的寫作關懷，或許，如克里斯特娃前引文所言，更適於回歸感性的內心世界。而這種回歸，也如同上節所述，對應著零雨的文學宿命觀與詩歌精神價值。

---

[42] 同註1，頁5-6。
[43] 同註32，頁59。

至於「感性」的定義，在克里斯特娃的理論脈絡裡，並非一種軟性語言腔調，而是有別於文明不斷往前往外進展的向內探索，是一種抵制理性思想與體制的感官性，是抗拒被表演性質的社會建制所耍弄的本質回溯。

　　這樣的「感性」書寫，確實閃現於零雨的詩作裡。翁文嫻也曾注意到零雨的寫作是「沿著一切會發出訊息的『物』，她試著追尋物理的真相，人間情意隱藏之底線。」[44]她在〈龜山島詠歎調（二）之三〉詩中，以景物自喻，讓身體成為一種無所不在、沒有界線的存在：

> 舊有的領地在背後漸漸消失
> 前面是一泓藍色的海洋
>
> 用飛翔的速度，跨過
> 潮汐，跨過晝與夜
> 我腳下的這一方舊土已是全新了
> 我要做夢但不睡著
> 我要走路但不用腳
> 我扮演一個角色，不做兒女
> 不做父母，不是善心的教徒
> 不是微笑的鄰居
> 不了，不了……
> 我只是一個泅泳者
> 有一個祕密的航道
> 在這海洋中心，什麼地方

---

[44]　翁文嫻：〈台灣新一代詩人的變形模式〉，《中山人文學報》第13期（2001年10月），頁96。

一架鋼琴發出藍色的聲音
開啟一個方向──與我
游動的方向相接[45]

　　詩中「我」的舊有領地界線已經泯除，面對青藍無邊的內在
海洋，不須再扮演任何固定形體和角色。「我」不遵循日常作息，
但是仍然要作夢；「我」要前進，但不是實體的跨出；我有一個身
分，但不是被規範的角色。真正的「我」是泅泳者，不去乘風破
浪，而是潛入祕密航道，找到海洋中心，在那裡，有個聲響共鳴，
開啟「心的方向」。零雨告別舊領地，潛向幽深的海洋中心，這種
思維的展現，即是克里斯特娃所肯定的回歸感性內心世界。

　　除了思維，在寫作手法上，零雨也嘗試離開現代分行詩的固有
格式，讓文字錯落自由的排列，例如：

我放下書　把頭埋在枕頭裡　屋子裡的少女
都放下書　他們薄薄的翅膀　撐起一個滿月的
窗　馬蹄聲輕輕越過腹地　春草茸茸的腹地
越過張著嘴的露珠　怯怯地　以白衣晃動花
的光彩　你腰間的劍　在林子裡閃爍　月光遲
遲地唱起歌　翅膀一齊飛起　黑暗的屋子裡
一滴淚　遺留在窗櫺上　羽毛散落於闇黃的書
頁　書上記載你來臨的日子[46]

45　同註38，頁141-142。
46　零雨：《城的連作》（臺北：現代詩社，1990年），〈孤獨列傳‧淚〉，頁105-106。

這首詩力求的不是語詞的鍛鍊，而是如何生動傳達出一種神妙的閱讀經驗，因此，以關鍵的意象與符號作暗示，而情感自由流動，文字隨興排列。敘述者放下書，進入冥想，那心靈之悸動，先傳達給報訊的少女天使，然後，神靈降臨，見證了感動的時刻。詩中透過娓娓話語，溯向精神與情感，完全是形上的世界。零雨試圖去呈現的，即是在神人共感中，只要回復感性價值，不需文明或理智介入。

　　這樣的詩行形式在《消失在地圖上的名字》詩集裡，表現得更為明顯，如〈上溯〉一詩：

> 上溯一條隱居的河流　白鳥起飛　靜止於寬容
> 的天空　微笑　拿出臘筆　寫生或讀二行詩決
> 定不要多事去嫉妒別人　拍攝一張微弱光源的
> 照片　一棟隱匿的屋子　窗口模糊的人影　決
> 定不要多事去驚動別人　那人拿出溫和的食物
> 和飲水　讓出貓匍匐過的位置　黃昏面向他面
> 向大海　修改安靜的面容　他繁殖的神話露宿
> 且天足　決定每天例行一次祈禱　面向他面向
> 黃昏面向大海　上溯一條隱居的河流……[47]

　　此詩與〈孤獨列傳‧淚〉一樣，有舒緩的語調，錯落的句式，與神靈溝通的心靈經驗……。然而這首詩更像是心靈原鄉的探尋，對「那條隱居的河流」的上溯，事實上是探向自己，詩中的畫面與事件，是林惠玲（女詩人枚綠金）所釋之「創女紀：零雨的原鄉視景」。林惠玲認為零雨有許多詩：「透過寫作的實踐，企圖聯繫精

---

[47]　同註8，頁17。

神動向一個終極視景，靈魂原初與最終的居所。藉由寫詩，質疑、提議、演練，找尋、試繪一個圖，在無形空間裡，參與真正居所的可能回返途徑。」[48]林文所謂的原鄉，指的是人類所來自的「原初」，可理解為生之原鄉與靈魂原鄉。

　　筆者非常認同林惠玲的觀察，讀零雨諸多詩作，皆可還原至其對生命本質的勾勒，並非現實實景的寫真。林惠玲在述及零雨〈創世排練第一幕〉一詩時，更凸顯零雨的女性身分的視角：「創世排練的創世以女性個人生命的思考與聖經創世紀互為連繫，或有重複，表演般創造個人歷史的質素，但更重要的是女性創作中，書寫個人精神／靈魂視景的練習。」尤其第一行的設問「是要重新排練的時候嗎？」可理解為：「鼓動一次又一次的努力，指向未來，同時也指向從前所來自的原初。」[49]

　　　　是要重新排練的時候嗎？
　　　　我走到巷子另一頭碰到一個人。並且知道
　　　　我再也不會碰到
　　　　另一個人
　　　　他們是要從我身上誕生
　　　　……
　　　　我轉過巷子，看到
　　　　最初的那人
　　　　等在最初的位子

---

[48]　林惠玲：〈體內地誌與原鄉視景：論台灣女詩人吳瑩與零雨空間書寫〉，《挑撥新趨勢──第二屆中國女性書寫國際學術研討會論文集》（臺北：臺灣學生書局，2003年），頁335。
[49]　同前註，頁339。

我們歡然相逢

讓他進入我的體內[50]

　　在這種結合兩個個體的創世過程中，「我」（誕生者，女體）顯然具有主導的地位，而且我走到那個「最初的位子」後，歡然「讓他進入我的體內」。這個「我」並非只是詩人的「我」，更是衍生「他們」（人類）的起點，也是和「他」（創世者）共生的場域。女性身體的創生能力，即是宏偉創世紀的縮影。

　　零雨最新出版的詩集《田園／下午五點四十九分》，著重於描寫田園與生存美學的關連，其中女性意識與生命力緊密相關。例如在〈盆栽〉一詩裡，她指出一種詞語置換結構：「樹是上帝／母親／故鄉／這些詞的縮寫」[51]，直言母親（女性）不僅是創生者，也是孕育者、庇護者。另一首詩〈太平洋〉中也寫著：「這時／我也有了一個兒子／你在。我的懷中／吸吮」[52]，詩中的「我」以滋養大地的母體口吻，預言來來去去的時間潮汐裡，人們將會逝去、重返，不斷「轉身」，「我」也將會再次生育、餵養下一代。零雨筆下的女性總是在理性、體制、文明之外，探向更內在的意義，當母者「拿出乳房餵養他，用一塊布／纏裹他在背上，待他如嬰兒。繼續奔跑／向昨日的前方／奔跑」[53]，她所企求的是探向更原始的時間向度。

　　零雨曾在訪談中表示，談「女性」，必須從詩美學著眼，「現代人談女性詩、女性文學，通常從社會學的角度去談，而不採用詩

---

[50]　同註38，〈創世排練第一幕〉，頁21、24。
[51]　零雨：《田園／下午五點四十九分》（臺北：小寫出版，2014年），〈盆栽〉。
[52]　同前註，〈太平洋〉。
[53]　同前註，〈游牧故事〉。

的角度，或美學的角度。這種談法，對人格的成長、女性的意識，或有助益；在詩的範疇中，卻無特殊進展。」[54]她自身確實讓書寫回歸到女性特有的生理與心理經驗，不僅是內心感性思維的回歸，更呼應上一節所談的文學召喚性，重申女性的身分雜揉了：「母親，需求、欲望、愛欲、厭惡的古老原點。」此外，還可從下節要討論的秩序重組加以審視，因為詩中：「這個包容了『他』的『我』以男女同體的方式重組了任何性別中心的秩序，成為創世或誕生的基礎」[55]。

四、重新命名，再次排練

> 所有東西重新命名
> 之前我將保持
> 靜默[56]
>
> 這一次（我知道）不
> 需要刀了
>
> 我將重新命名
>
> 而或許　他將啼哭
> 而或許　我亦將啼哭[57]
>
> 石頭——

---

[54] 同註17，頁162。
[55] 楊小濱：〈序：冬日之旅——讀零雨詩集《木冬詠歌集》〉，同註38，頁4。
[56] 同註40，〈編號（29 33 37 38）‧37〉，頁96。
[57] 同註40，〈編號（29 33 37 38）‧38〉，頁97。

裡有城市。街道。人的骸骨

　　如今，以詩的形式隱匿[58]

　　承接上節，零雨在此詩中恣意展演著秩序重組、重新命名、再次排練等意圖，而這種嘗試不需要「刀」，沒有流血的救贖，只要重新命名，屆時，他、我、眾人或許皆能啼哭著新生，而世界也會成為另一種形式。「重新命名」的意圖也反應在〈這個詞〉詩中，「……這個詞。故鄉／奔跑。／被埋葬。被埋葬的／石頭。河。木柴／部分手臂。生殖器／心的赤道。極區／　　／旋轉。崩坍。一個新詞／出土／流向哪裡」[59]，詩中以斷裂破碎的節奏羅列一些單字和詞語，而這些詞組之間看似互不關聯卻又有彼此影射的意味，當詞語秩序開始混淆、意義被「埋葬」時，詩人宣稱「一個新詞」出土了。

　　前引零雨自言閱讀是一種身心感受，她熱愛前人作品裡的歷史芬芳。但執筆寫作時，即使面對龐大經典文本遺產，零雨依然堅持文學秩序的重組。因此在回答楊小濱發問她的作品如何用典時，她說：「我比較傾向於重新塑造，另賦新意。並且幾乎是全盤打破再用舊材料做引子，或嵌入其中，僅留一點遊絲餘絮，給讀者追尋，以提供一個更為寬廣遼闊的想像天地。」[60]

　　不論是堅持文本的重新再造性，或在詩語空間裡，實踐對既有秩序（思想、宗教、生命）的重新命名，零雨力求的是精神上的自由。

---

[58]　同註51，〈三貂角之2〉。
[59]　同註51，〈這個詞〉。
[60]　同註17，頁166。

自由，在佛洛依德（Sigmund Freud，1856－1939）的界定裡，自由指的是被人類群體生活的必要性（文明）所束縛住的內在衝動之發作，希求自由便是對抗文明。「自由經過文明的進化而受到限制，…在一個人類團體中感覺到的那種對自由的渴望可能是對某些現存不公正的一種反抗…對自由的渴望也可以在個性的原始本質中找到它的起源，雖然在那裡也受文明的影響，它卻仍然是自由的，這樣，渴望自由就成了和文明對抗的一個根源。」[61]而在後起的精神分析學家的補充與演繹後，「『自由』就相當於『有待重新創造的內在性』」，「獲得自由不是為了抵抗本能欲望和外部現實這兩個暴君，而是為了將外部內在化」，即是永遠可以「選擇」與「開始」[62]。把自由從佛洛依德處的「與文明對立的原始情感衝動」，延伸為更具積極性與能動性的「內在創造」、「主體選擇」。

　　由此，零雨意圖為事物重新命名，意欲讓秩序重新開始，即傳達了對自由的追求，在此同時，對外部現實的反抗性也油然而生。

　　她的詩作所常見的「排練」情節，即在建立一種可以「重始開始」的思維。[63]例如〈龍場〉組詩裡，詩人先租下一間「黑暗」房間（內在），然後讓黑暗進行排練：

　　4

　　鏡子裡

　　黑暗起得很早

---

[61]　（奧）弗洛依德著，王嘉陵等編譯：〈文明與不滿〉，收入《弗洛依德文集》（北京：東方出版社，1997年），頁57。
[62]　同註1，頁45。
[63]　臺灣詩學界有前行學者曾關注到零雨對事物重組的寫作傾向，如翁文嫻述及零雨「在曲折輾轉的『變形』過程中，幾乎接近到鮑照『忍泣吞聲』的境界。」同註44，頁96。

畫第一道口紅，又擦掉

已經沒有多少時間趕第一班車

到劇院

坐下，重新妝扮自己

黑暗酷愛濃妝

坐下　翻開

經典最後一頁。彷彿

熟悉的所有人們

──尤其那些不相關的

都遲到

已經沒有多少時間排練。彷彿

所有事情

都發生

又擦掉[64]

　　「黑暗」是內在的自己，平常習於遮掩，所以酷愛濃妝。到了劇院（人生劇院），經典與前人都不來了，只有在場的人要排戲上演。詩人意識到時間急迫，但這一切，過去與現在的，一場場的戲，都可以在此時，再次演出，又擦去，重來。儘管詩人焦慮於前無所據，但是對於可重新再來的可能性，「黑暗」若有所思、若有所悟。

　　〈創世排練第一幕〉則有最鮮明的「重新排練」意念，零雨在詩中主張萬物秩序皆可重新再來：

---

[64]　同註8，〈龍場〉，頁92。

是要重新排練的時候嗎？

⋯⋯

我會在沙灘遇到人

把他們集合起來成為船

把船排列好成為島嶼

把島嶼做成跳板成為村落

⋯⋯

我會發明風箏把身體

架在上面並發明一種角度

從上方俯視，還有一個梯子

隨時從口袋取出回到地上

⋯⋯

有一種聲音也能取悅我

是上帝的語言，他老是

在搖籃裡不長大的時候

一切聽我吩咐

我走到河邊就有了橋

我走到田野就有了犁耙

我生出的眾人佔有了世界

流下眼淚，我們以彩虹彼此

招呼[65]

---

[65] 同註38，頁21-23。

詩的開頭即設問：「是要重新排練的時候嗎？」如前所述，有個人精神與原初所由的回歸意義，同時也召喚著重組秩序的行動。原本由上帝所安排的這個世界並沒有長大（「他老是／在搖籃裡不長大」），因此「我」扮演著創世者角色，以截然的語調，敘述我將進行的作為。「我」重新排練事物，甚至重新生出萬物。當「一切聽我吩咐」時，自然（河邊、田野）和文明（橋、犁耙）彼此相應相生，不再衝突相爭，「我」的創生能力將人類行跡擴散、廣佈於世，血緣相親的「我」的子民，以彩虹的絢璨彼此招呼。零雨在詩中以「我」來開創一個自然而美麗的人類世界，強調通過精神的創造來召喚現實的自由。

　　在本文開始處，曾援引克里斯特娃對詩歌的高度期許，她認為詩歌最能說出自由意志的願望，因為詩語的想像性與自由形式，也因為詩歌最具精神生命。在此同時，她肯定當代思潮裡精神分析之重要性，「除了精神分析以外，任何現代的人類經驗都沒有為人提供重新開始自己的心理生命，因而也就是重新開始生命本身的可能性……只有精神分析學反對被稱作生物『命運』或歷史『命運』的那種沉重的觀念，只有它打賭自己能夠讓人的生命重新開始」[66]。筆者認為克里斯特娃的論點，在零雨詩作裡淋漓盡致的發揮出來，她敢於以自由的詩語，表達自由的意志，更大膽的讓個體生命、群體秩序，都可以在文字裡重新命名、再次排練。

---

[66]　同註1，頁47。

五、結語

> 我們需要另一種文明的火把,加以延續、引用、混合、變
> 化,成為新世紀的精神產物。我以為那就是詩了——理性與
> 神祕之間的無邊詭譎——詩人以他的敏銳、率真、癡情,與
> 對時代的浸潤感,以詩點燃游戰的烽燧——即使那火是隱匿
> 的——但必然是藏不住的——足夠引出一條又一條新的路
> 線,新的視角,新的釋放,新的跨越。[67]

　　零雨上述這段話出現於詩集《我正前往你》的前序,可作為寫
詩多年來的詩觀總結。零雨看待詩的意義,正如本文的研究意圖。
筆者在此文試圖以零雨詩作的精神性為例說明:作品的反抗性,不
需限制於如何具體互動政治‧歷史‧現實的視框,詩人在表述精神
性衝突與心理異質時,事實上已蘊藏詩歌無窮的寫實動能,而透過
書寫,對於秩序的重新命名與啟動,重創的自由意念已透顯對文明
之不滿。而女性書寫,也不必然依據其是否為荒野地帶之題材或能
否跨越性別疆界,回歸女性的感性世界,便能指出本質,抵制機器
文明的進化。

　　因此,本文透過三個層面進行零雨詩作的討論。第一,指出零
雨賦詩言志的心理意義。她曾表述詩歌書寫的命定觀,強調文學體
驗的心理經驗,讓寫詩不只是代言方式或尋常抒情,也非文字的遊
戲場,詩就是零雨自己,她是透過詩在認知自身的存在。零雨對自

---

[67] 同註34,〈代序〉,頁15-16。

己要「向前邁進的地方」，定位於「詩」，在「方寸之心」裡。賦詩，言志，即是一種具有反抗現實意涵的行為，因為詩人找到回歸之必要，建構精神烏托邦，同時以詩翻譯內在異質性，堅持「講另外一種語言」。

第二，回歸女性感性世界。本文所定義之「感性」，不是詩歌風格論裡的軟性腔調，而是有別於文明不斷往前往外進展的向內探索，是一種抵制理性思想與體制的感官性，是抗拒被表演性質的社會建制所耍弄的本質回溯。零雨曾提及身為女性的助益，在於社會期許較低，由此可以較不仰賴體制價值觀。在她的詩裡，她對女性個人生命的思考，便常能摒除文明價值，指向精神、靈魂與原初。

第三，重新命名，再次排練。筆者認為不論是堅持文本的重新再造性，或在詩語空間裡，實踐對既有秩序的重新命名，零雨力求的是精神上的自由。而自由之渴望是對抗文明的根源，也是主體得以選擇、精神生命得以重新開始的表述。零雨詩作裡明顯的「排練」情節或「創世演練」，皆深刻傳達了她的創造性，與拒絕被舊規範、舊思想限制的反動力。

最後，筆者必須再次重申，上述三個章節雖然分析重點不同，但彼此牽連互涉，論點深處交響著共鳴之音。

引用書目

于瑞珍：《零雨詩的歷史意象與家族記憶》（淡江大學中文系碩士論文，2012年）。

向明：〈小評〉，收入零雨：《特技家族》（臺北：現代詩社，1996年），頁15。

林惠玲：〈體內地誌與原鄉視景：論台灣女詩人吳瑩與零雨空間書寫〉，《挑撥新趨勢—第二屆中國女性書寫國際學術研討會論文集》（臺北：臺灣學生書局，2003年），頁325-341。

馬友工：《中國美典與文學研究論集》（臺北：臺大出版中心，2004年）。

翁文嫻：〈台灣新一代詩人的變形模式〉，《中山人文學報》第13期（2001年10月），頁85-101。

曹尼：〈訪談零雨〉，《歪仔歪詩刊》第7期（賣田出版，2010年春季號），頁19-28。

黃文鉅：〈箱女在劫：宿命與地理的黑洞—零雨詩的歷史寓言、空間考古〉，《臺灣詩學學刊》第10期（2007年11月），頁217-267。

黃羊川訪：〈密隱神　零雨〉，《台灣詩學‧吹鼓吹詩論壇》第13號（2011年9月），頁150-153。

黃智溶：〈車廂上的詩人—零雨鐵道系列詩作〉，收入零雨：《我正前往你》（臺北：唐山，2010年），頁65-91。

楊小濱：〈書面訪談錄—楊小濱專訪零雨〉，收入零雨：《特技家族》（臺北：現代詩社，1996年），頁161-170。

楊小濱：〈序：冬日之旅—讀零雨詩集《木冬詠歌集》〉，收入零雨：《木冬詠歌集》（臺北：零雨出版，唐山總經銷，1999年），頁3-14。

楊宗翰：〈零雨的啟示—關於台灣現代詩中性別議題的思考〉，《創世紀》詩雜誌120期（1999年秋季號），頁111-119。

零雨：《城的連作》（臺北：現代詩社，1990年）。

零雨：《消失在地圖的名字》（臺北：時報文化，1992年）。

零雨：《特技家族》（臺北：現代詩社，1996年）。

零雨：《木冬詠歌集》（臺北：零雨出版，唐山總經銷，1999年）。

零雨：《關於故鄉的一些計算》（臺北：零雨出版，唐山總經銷，2006年）。

零雨：《我正前往你》（臺北：唐山，2010年）。

零雨：《我和我的火車和你》（香港：香港中文大學，2011年）。

零雨：《田園／下午五點四十九分》（臺北：小寫出版，2014年）。

零雨、曾淑美：〈談女性詩人的創作〉，《現代詩》復刊第23期（1995年3月），頁55-61。

劉士民：〈零雨詩作中封閉與逃離的思辨〉，《東方人文學誌》8卷1期（2009年3月），頁201-226。

瘂弦：〈小評〉，收入零雨：《特技家族》（臺北：現代詩社，1996年），頁101。

（法）克莉斯蒂娃著、納瓦蘿（Marie-Christine Navarro）訪談，吳錫德譯：《思考的危境》（臺北：麥田出版社，2005年）。

（法）克里斯特娃著、黃晞耘譯：《反抗的未來》（桂林：廣西師範大學出版社，2007年）。

（奧）弗洛依德著，王嘉陵等編譯：〈文明與不滿〉，收入《弗洛依德文集》（北京：東方出版社，1997年），頁28-99。

神格人物，人格理想
——試探林梵詩作的神明書寫

摘要

　　本文的研究方法在於參照、互釋林梵的詩作與傳記資料，試圖從心理分析的角度，討論其詩作裡的神明所隱含的民俗、文化與心理層面的意義，再嘗試回返人格結構的基本論述，立論其詩作裡的「神明」，事實上是由詩人內在底蘊浮現的一種「道德人格」，藉由書寫神明，詩人展露了內在的心理傾向。本文發現當林梵對詩的社會功能和自己於社會歷史的位置有所期待時，其創作意識從自身的文化底蘊，選擇了最具神聖、道德與救贖意義的「神明」來書寫。因此，文中試圖印證「神明」即是林梵的「超我」，既是道德自我，也是一個最理想的人格典型。當理解了林梵這個獨特的書寫傾向之後，本文藉此解釋前行論者所見其「人間性」與「寫實關懷」詩風之所由來。

關鍵字：林梵、神明形象、心理分析、超我、人格

吾蜷臥眠床

萎縮，一體

子宮嬰兒

扭曲的型符

吾是無人可解讀的

原生密碼……

——林梵，〈遺悲懷〉[1]

一、前言

「神明」[2]的思維與形象是林梵[3]（1950－）詩作顯著的特徵。林梵在詩中表現生命始終現象、存在的終極意義、愛與自然、社會與民俗等思索，其採用的書寫角度，除了哲學論辯、典故重釋、史筆評判、心境直抒等等，還經常透過神明形象來觀看。其詩作裡普遍可見的神明書寫，常被研究者歸因於詩人的歷史素養與社會關懷風格[4]，然而更深層的意義應該連結至林梵對生命本質的觀

照，以及他對神明／人格位置結構的意義賦予。

　　楊翠曾指出：「林梵的自然書寫，不是知識系統的鋪排拼貼，也不是地景地誌的白描，而是他自身心靈地圖的映影。」[5]本文非常同意這個觀點，並且認為不僅是自然書寫，林梵的神明書寫，與其從外放的社會關懷著眼，無寧更需有內攝的心理層次探討。然而，「神」與「神明」在林梵詩中的意義不可一概而論。前者泛指造物者之類的超越性存在，是一抽象的概念；後者則是神格化的歷史或傳說人物，並在台灣民間信仰裡成為崇拜的具體對象。本文將展開討論的是後者如何被林梵援引入詩、寫作意義為何？以及神明書寫背後的心理現象。至於前者，在林梵的作品裡也有不少著墨，在「神」之下的哲思與生命觀，則應屬另一研究命題。

　　本文認為具體而明顯的「神明」形象刻畫，既顯現出林梵詩作底蘊的特質，又與本土民俗、台灣歷史、台灣社會、詩人位置交織出一幅複雜的詩作景觀。這樣的特質在林梵第一本詩集《失落的海》便已浮現，當時其弟林尹文以詩為此詩集作跋，他寫道：「於是到天后宮去叩醒／那巍峨的廟門，曾經／是明寧靖王的故居啊／蛻變后是一個寂寞／的臉端坐著／　／不用卜筶的撕下／十二排的籤詩／就這樣地蒐集／一疊的民俗／放在被遺忘／與被遺忘的櫃子裡／成為歷史」[6]，導引讀者注意林梵神明人物書寫的傾向。本文認為這個書寫傾向，不僅是對民俗與歷史的描摩，更是建構自我人格內容的方式，因此希望由此展開一條心理分析的研究路徑，試探林梵詩作神明書寫的心理意義。

---

[5]　楊翠：〈渴光的靈魂──閱讀林梵《青春山河》〉，林梵，《青春山河》，頁191。
[6]　林尹文：〈詩箋：跋詩〉，林梵，《失落的海》，頁228-9。林尹文為林梵之弟，本名為林瑞文。

二、書寫再現神格人物

　　台灣民間的神明信仰，有其歷史來源的脈絡：「漢人到台灣墾拓時，都會帶著地方的守護神，待稍微安頓後，即建廟供奉，不論平時或族群械鬥時，廟宇都是信仰中心也是凝聚力量的地方，當械鬥告一段落，為表示族群融合的誠意，廟宇會供奉不同族群的守護神，另外也供奉不同功能的神明，讓同一間廟宇祭拜多種神明成為特色。」[7]此外，敬拜神明的文化所內含的意義與象徵，則如鄭志明所分析：「今日的台灣民間可以號稱為神話再創造的原鄉，靈感思維依舊是民眾深層的心理結構，建構了一個以鬼神崇拜為核心的文化空間。在社會基層的人文景觀中，鬼神的神聖崇拜依舊是族群成員共同遵循的秩序規範」[8]，這種具有歷史縱深的生活方式，即使在今日高度現代化與科技化的時代，仍未被摒棄，迎神廟會依然風行，各種典儀式背後仍有鞏固的意義價值體系。

　　在林梵述及神明形象的二十首詩[9]裡，本文發現，神格化的傳說人物裡越是偏向宗教信仰的超越存在，在林梵詩中的形象表現越是抽象或超脫。如出現三次的「佛陀」，在〈尋〉一詩呈現出造物者的旁觀姿態：「晚安　佛陀／　／我是雲游的浪人／名字鏤刻雲上／已倦於飄泊／　／雪寺寒心／孤獨的佛陀／人呢？」，佛陀是相較於人的一種形而上的存在；而在〈月與寺廟〉之二的佛陀形象則清明、超然：「廟埕／上空・月亮／冷靜・如／佛陀／的／

---

[7]　葉倫會：《希望之光——台灣神明的故事》（台北：蘭台，2007），頁11。

[8]　同上註，頁5。

[9]　這二十首詩的發表時間、詩題、所書寫之神明、詩行脈絡，請詳見文後附錄。為避免頻繁引詩造成註腳瑣碎重複，此節不再贅述引詩出處。

臉」，佛陀之存在如同大自然裡的月亮，永恆卻高高在上；另外如〈靜靜走過的光陰之四〉一詩，佛陀依然微笑以對人世間的種種善惡事件，不涉世事：「古廟燃燈／夜黑之后／老鼠來，偷油／佛陀微叩雙手打坐／依然微笑／老鼠來／黎明去」。「如來」則曾出現兩次，其一於〈之人之囚〉詩中，如來是統攝存在萬物的形象：「抬頭三尺搜尋／觀音觀自在／孫猴子終翻不出如來掌心／囚人盼望什麼？」；其二是〈鹿港龍山寺〉一詩，詩人在詩作結束處，以「如來」印證某種心靈明淨：「如來含笑／青空大放光明」，「如來」象徵世間秩序。

其實「佛陀」、「如來」的稱呼，在佛教傳統裡都是指佛教始祖釋迦牟尼，後來在民間信仰裡被以「佛祖」的具體形象供奉。祂代表一種生命境界，清明、睿智、超脫，對比出「我」之塵世雲遊、執著。相對於「佛陀」與「如來」的統攝性，「達摩」更具現實的「神力」，相傳達摩撰寫《易筋經》，創造少林七十二絕技，被民間奉為「達摩祖師」。林梵以強烈的傳奇色彩書寫達摩，如〈狂流〉一詩：「淼淼洪波，逼／吾人不得橫渡／渡者，非達摩／皆，滅頂身亡」；〈未名事件〉：「面對挺峙不動如山／與現實生命對決／幾番出生入死／終至無我無人／只有偶而一隻烏鴉／飛起簷角／挑動靜夜／如來如去／遂起身／以達摩的姿態／臨風過河」，詩人回溯歷史傳說，想像達摩以神奇力量「一葦渡江」，見證某種奇蹟，同時表達某種反叛性[10]。

相對於佛陀、如來如達摩，神格化的歷史人物，則通常被詩人賦予較強烈的人間關連。最明顯的形象是「國姓爺」，林梵根據

---

[10] 相傳達摩與梁武帝的佛教理念不合，遂「一葦渡江」止於嵩山少林寺，於寺中面壁九年。

實際的歷史資料，將國姓爺與現實交映，如〈某個時間的對位法〉裡的地理位置交疊：「風與海輕輕招呼／我們騎著腳踏車／前往郊區，尋訪／國姓爺登陸的地點／春天挾著魚塭鹽田／撲面推開新鮮的風景／整整經過三百二十年／台江內海浮了上來／昔日地形已一無可尋」；以及時間的堆疊，古往今來，國姓爺的視野仍不變，〈疊景〉詩中寫著：「三百年，海埔新生地／層層堆疊了悠悠歲月／……／而國姓爺憤怒的眼睛／依然高懸，天天／游移於赤嵌王城間／燃燒即逝的落日／猶煽動生命遺燼」；另外，長篇史詩〈國姓爺〉則寫出明末歷史與台灣命運的交雜：「處身永遠脈動／不絕的歷史長流／我們台灣的運命／最是艱苦，脊骨／受擊於鐵砧／每每強遭外力／扭曲本來的面目／但我們永遠記住／我們是國姓爺精神的／後裔，是反抗強權的／骨肉同胞兄弟」，詩人將歷史與人間苦難交織於國姓爺的書寫之上。除了國姓爺，寧靖王也從歷史人物轉為台灣民間供奉、信仰的神明，歷史內涵在詩中重現，映照當下時空，如〈寧靖王故居〉裡感嘆今日仍存舊日情懷：「燕子飛簷前／冷月靜觀人間／寧靖王府，偶而／傳來一聲長嘆／明末遺民／擎起的燭火／依然閃亮／在我赤裸的眼」；而〈祀典武廟小景之三
老梅〉一詩也述說著靖王曾立足於歷史時間的某一點，並成為現在的永恆：「火神廟中庭的老梅／傳說明寧靖王手植／或許也沒那麼長哪／看盡世間繁華興衰／政治紛爭過眼即散／愛永留了生命光彩」。舊日的王爺，今日的神明，詩人除了感懷時空移轉，也有世間繁華興衰之嘆，更以「詩眼」鍛接、承續歷史的光燦，「在我赤裸的眼」中「依然閃亮」。

　　林梵筆下的歷史人物「入世」較深，民間傳說人物亦與世情較近。例如「土地公」與鄉土的緊密連繫，歷久不衰，〈土地公〉一

詩寫著：「狗尾巴草風中搖動／寧靜村落小小一角／一株蒼老的古榕／殘破風簷裡端坐／清寒的土地公」；而賞罰分明的「城隍爺」則以戲劇性的角色入詩，〈城隍爺〉詩中搬演著：「城隍老爺子／心懷不忍亦怒／　／記下，判官，記下／弱者的控訴」；而帶著史詩與傳奇色彩的〈媽祖婆〉一詩，敘述「林默娘」的生平與事蹟，以及神格化之後，神靈落腳於台灣民間的各個角落：「媽祖的耳目靈活／緣由關愛紅塵／……／救苦救災難／人間的天上聖母／可親可近的神／割香分靈，遍佈吾土每一個角落」。到了〈神聖的母性〉詩中，更以親切的口吻敘述「媽祖」的愛與祝福普遍庇佑著每個台灣人：「我們每個平凡人／都有媽、有祖、有婆／安靜陪在身邊／道成肉身的女性／羽化昇天，化身／為大家的媽祖婆」。這些親民的神明形象與台灣土地有緊密的連結，而詩人林梵便從民間信仰的思想脈絡出發，再次以詩筆崇敬、膜拜祂們。

即使是文學人物，也有在歷史進展中神聖化者，如屈原和孔子。林梵在詩中「召魂」屈原，詮釋其「為國興亡」的情懷，其〈五月五〉一詩表達出對屈原的致敬：「穿透無盡的時空／屈子依然凝眸／國憂，哀傷的眼色／望斷斜陽歸路／後人再三誦念楚辭／人間飛揚不朽的音符」。詠歎歷經兩千多年，春秋大義早已不復存，孔廟雖在，孔子太息，因此〈孔廟〉一詩寫出：「夫子仰望泰山／太息長嘆／泰山其崩乎／四書五經，甚者／遺落的斷簡殘篇／處處皆瀰漫著／荒蕪的臉」，藉古喻今。

綜合上述，這些神格化的人物，在林梵詩裡各有不同的姿態與意義，詩人以書寫再現的是祂們最富光輝的人性（幾近於神的品質），如佛性、殉國、慈悲、忠貞、獻身等。台灣神明傳說背後人們所信仰的便是這些「人格化」的內容，「就『百神』的信仰形

態來說，『人格神』的崇拜可以說是後來居上，將自然力投射到『人』的身上，『人』體悟了超自然力，轉而成為超自然力的象徵，即『道』的化身，由此，深信『神』是由『人』淨化而成。某些人的生命經由神聖的轉化，獲得人們普遍的認同，不僅成為萬世的楷模，也成為信仰的主神，廣被民眾所崇奉，將其神聖形象，作為現實生活行為的指導與價值的定向。」[11]人格中的完美性，成就了神格，而凡人對神所敬所拜之因，又來自於人性之淨化，同時透過信仰或膜拜，希冀能以淨化洗滌自身。這是一個詮釋循環[12]。

當林梵再次以書寫重申這些淨化的品質，神明成為詩人注目與發聲的位置，神明之形神透顯出詩人之眼，詩人是否另起一條詮釋循環之徑，讓書寫成為追隨與膜拜的香燭？

此處欲進一步再論神明救苦救難的形象，如何重現於林梵詩中。神明雖然來自於人，其神性被定位後，自然被賦予許多保佑或救贖的功能。「神明傳說多有一個共通的特性，即強調神明愛民惜物的救難精神。台灣神明傳說這種此岸性宗教功能大約有下列三個特性，第一：神明傳說滿足人們心靈深處的情感需求，比如人們對神祕天命的畏懼心理與修鍊成仙的渴望心理。第二：神明傳說滿足人們現實生活的生存需求，比如國泰民安的保證與各種災難的解除。第三：神明傳說有助於社會價值體系的組合與重整，比如人際關係的維護與個人生命的安頓。」[13]換言之，神明並不只是長存心

---

[11] 鄭志明：《台灣神明的由來》（台北：中華大道文化，2001），頁439。

[12] 「詮釋循環」（Hermeneutic circle），為詮釋學裡的重要觀點，強調詮釋者在詮釋的過程中，以一種不斷在文化與個人之間往返的循環性來進行反思，因此對文本或社會現象的理解最終指向自我理解。可參考海德格（Martin Heidegger）的《存在與時間》（王慶節、陳嘉映譯，台北：久大桂冠聯合出版，1993）。本文此處強調的是人們賦予神明意義時，所投射之意念，事實上皆指向自身心靈的某種面向。

[13] 同註11，頁286。

中的理念，更有解除實際困厄的象徵效用。因此，林梵在刻畫民間性較強的神明時，常預設神人二元對立的關係結構，神端是拯救者，而人端充滿苦難。如〈逝〉一詩裡的：「普濟殿的神明／難道不再來了嗎？／只有神案的香火／延燃著／渺茫的希望」，人們供奉香燭，持續微弱的祈望，而神明卻無形無聲。〈城隍爺〉詩中也有對正義的期待：「城隍老爺子／心懷不忍亦怒／／記下，判官，記下／弱者的控訴／七將軍八將軍／……／惡人膽破心顫／怯望眾神怒目／宿怨啊宿怨／終須償還／千年如是／如是千年」，人們相信城隍爺，即相信一種公平正義的法則，能懲惡揚善；〈媽祖婆〉一詩明白說出神明的「效用」：「媽祖的耳目靈活／緣由關愛紅塵／……／救苦救災難／人間的天上聖母／可親可近的神／割香分靈，遍佈吾土每一個角落／出凡而入聖／誓為一切有情／消除三災五濁／吾民精神寄託／敬愛的親婆／千百年來長呵護／紛紛萬家獻香火」，民間四處林立的媽祖廟，象徵了一種安定人心的力量，因為人們需要「關愛紅塵」的英雄，既有神力辟邪又能慈悲愛民。相同的，同樣書寫媽祖婆，〈神聖的母性〉一詩的結尾，以精神療癒的角度說明「信神」在於「安神」：「信人也要信神／三支清香祈膜拜／偶爾指點心中迷津／忐忑不安的心／才能安神哪」。

　　因此，對詩人林梵而言，神明既是他個人在困厄時所期待的救援象徵，如〈家書〉一詩所坦露對父親腿疾的無奈心境：「江湖郎中也得找／總是一線希望哪／而眾神啊皆沉默／翻讀夜夜失眠的／日記，每天凝望／時間如繭的憂傷／不斷反芻著痛苦／難解的生命哲學／生存與死亡／過程多麼恐怖啊」[14]。另一方面，詩中的神明

---

[14] 林梵：《未名事件》，頁185。

形象與林梵心境相疊合，他讓神明關懷世情之眼，普照社會，他讓憂心忡忡、充滿苦難的人們，找到可倚靠的對象。林梵立於這個書寫位置，具有雙面性，他既是林梵，仰望神明之民眾，又是神明的「代言人」，闡述神明之親民愛物、守護庇佑。在此意義之下，書寫本身即是一種精神寄託，以重現來表達相信，而相信即有希望。

三、文化・人格・超我：理想人格的建構

> 我們也是星星的
> 孩子，十界升沉
> 於今嬉遊人間
>
> 笑彌勒袒開胸膛
> 露出肥碩的乳房
> 傾流滿腔歡喜
> 四大天王，護法
> 神情十分威嚴哪
> 恍惚燈火裡
> 也漾盪著笑意
> 歡愛的我們
> 是未完成的佛

——林梵〈夜訪法華寺〉[15]

---

[15] 林梵：《失落的海》，頁151-2。

台灣民間的神明信仰來自於歷史、神話與傳說，經過祭典或民俗節慶的長期演練，漸次融入文化體系，成為民眾的精神內容，反映出一個社會的價值觀與宇宙觀。在宗教儀式之外，文學作品的複述同樣為文化建構立起一根堅固的樁。其象徵意義也不局限於宗教，如鄭志明所言，「故神明傳說是民間人文意識與終極關懷的統合點，已很難單單地停留在宗教的超越意義上，必須進入社會人生的意義範型裡統整民眾集體的經驗。」[16]本文即認為林梵的神明書寫不應只放置於宗教情懷、歷史重釋或社會關懷的層次來檢視，應該由此深探神明書寫所體現的文化心理、集體意識，以及詩人在此中的主體認同議題。

（一）林梵神明書寫的創作軌跡

　　林梵在《失落的海》詩集後記提到自己從十三歲第一次接觸到現代詩，十六歲開始摸索寫詩。迄今，詩人的創作年歲已將近五十年，其間的風格與主題幾番更迭。宋澤萊以「象徵主義」、「寫實主義」、「浪漫主義」等幾種走向來概括其風格演變。本文所論的神明書寫同樣在詩人的創作歷程中表現出不同的意涵。

　　第一本詩集《失落的海》[17]表現出詩人敏感而多情的心志，其對人生的探問多為存在主義式的孤獨心眼，集中並無明顯的神明意象，多有「神話」、「神祕」、「童話」、「傳說」等詞彙，「神」以各宗教的造物主形象出現。如〈風景〉：「耶和華六天的時間創造宇宙／……／於是神刀一揮／刻就了溪流、急湍、九曲洞與燕子口」（頁9）；〈變奏〉：「自我放逐一如北歐的神祇／暴

16　鄭志明：《台灣神明的由來》，頁280。
17　此詩集裡的多首作品，後收入《流轉》與《未名事件》。

風雨籠罩的黑翼裡」（頁51）；〈東海吟〉：「吾曾靜靜地／以十字架之姿／純潔無辜的／躺在堂前的方型廣場／兀自交感宇宙的精神」（頁156）等。詩人對時間與生命是敬畏的，同時也是無奈的，如〈歷程〉：「終於生命探身問吾／孩子，你怕什麼？／吾忍不住哭了／奧義的你如何參悟？／下一章如何翻開？／……／除了響亮獨自走動的腳步聲／鼓盪一空的意符抗議／恆、不、安、於、死、亡！」他探索生命真義、不安於死亡；對於時間尤為敏感，〈生之過程〉：「聽見／時間擦身而過的／響聲嗎？／追逐我們／進入絕境」（頁152-3）。所以，楊翠在評論此集時，她看到的是「生命本體」內容與「純潔浪漫」的文字：「1970年代初期，台灣政治氣候猶仍凝重，當時的林瑞明是一個熱衷於寫詩的文學青年，詩人林梵是詩壇新亮的光芒，他曾出版詩集《失落的海》，在詩神祕而廣闊的海域中，林瑞明試著追求生命本體既純粹又多變的質素，當時的詩人林梵，純潔而浪漫地在詩的文字與意象中，釀造並掬飲甘醇的文學汁液」[18]。

十年後，在同年出版的兩本詩集《流轉》與《未名事件》裡，神明形象頻繁出現，詩人由內在探索轉向外在歷史與社會的關照。宋澤萊歸因於一九七七年台灣文壇所爆發的鄉土文學論戰以及一九七九年的美麗島事件，他以為：「林梵在受影響下，轉向史詩寫作，從歷史的素材中提煉堅強的台灣意識」[19]。此時期也被視為林梵作品最成熟的時期，「不過就1980年後台灣戰後第二波鄉土文學運動而言，他的貢獻還是在於他的寫實詩及史詩。…他的『國姓

---

[18] 楊翠：〈以詩心沃灌文學土壤——林瑞明與台灣文學研究〉，《第三屆府城文學獎得獎專輯》（台南：台南市立文化中心出版，1997），頁80。

[19] 宋澤萊：〈台灣象徵主義文學的標竿——試介林梵的新詩〉，林梵，《青春山河》（台北：印刻，2009），頁202。

爺』尤其提出了堅強的台灣意識，鼓勵了我們不懼孤立海東必要堅決對抗強權，實是1980年後，台灣作家最內心的話。」[20]

　　第四本詩集《青春山河》幾乎沒有特定神明出現在詩中，是因為詩人林梵不再相信神明了？還是神明已不著痕跡的化入意識？相對的，之前少有的原住民「祖靈」思想反而三番兩次的浮現（如〈台灣俳句之生〉），自然景觀與社會風景的素描成為詩人主要描寫的對象。詩人的生命觀與宇宙觀趨向原始的生命規律，詩人信仰的彷彿是秩序，而非神明。如〈大地〉一詩，面對出殯隊伍，死亡不再是恐怖陰影，詩人以冷靜的語調說：「生前耕耘的大地／曾經提供了衣食溫飽／現在又收藏了遺體」（頁170），生命如大地，全在循環之中。宋澤萊以為這個轉折是因為林梵在一九九七年意外罹患急性腎衰竭，瀕臨死亡的經驗，讓他轉向「歌讚大自然美景及生命的實在，向著浪漫主義的路線而去」[21]，這個轉向是一個回返，「病，似乎使他又回到年輕時代的東方主義的世界中去了，他原本有的優美的宇宙觀、自然觀、生命觀、愛情觀彷彿在不知不覺中又被召喚回來了。」[22]換言之，當林梵透析生命本質時，其作品便復返早期的自然觀點。

　　至於最新出版的詩集《海與南方》則與《青春山河》類似，在神明思維上回到泛靈思想，「祖靈」、「神靈」、「原始」等用語頻現。在〈如同放映影片〉詩中，詩人鼓勵自我勇敢撐過難關，因為：「磨練心性之所必須／唯其如此，靈魂脫俗／才能免於恐懼生命／才能得到神靈的祝福」（頁157-158），信仰生命之中終極

---

[20]　同上註，頁241。
[21]　同上註，頁202。
[22]　同上註，頁236。

造物者的存在；〈穿透〉一詩交織了原住民的泛靈思想與生物演化論，說明人必須面對原初的本能：「穿透鏡子的表象／將密碼還給原始」（頁254）；而在〈生命的脈動〉詩裡，依然將存在思維置放於生物學上的演繹，而「神」是其中演化規則的制定者：「神話信仰的靈伽／一再穿透、回歸母神／盡情釋放出能量」（178）。本文認為最能反映林梵近期的「神」性思維的作品是此集中〈愛與死〉一詩：

> 生與死
> 只在呼吸之間
>
> 只有時間停格
> 囚禁於身體的牢籠
> 靈魂，解體而出離
> 終於破繭飛翔
> 回過頭，凝視
> 生命的虛空與飽滿
> 死是與表象的質地
> 恰恰相反的字眼
> 顯現神性的反光（頁250）

　　飽滿而簡潔的短句，緩緩帶出存在二元對立的本體論，生與死，身體與靈魂，虛空與飽滿，死是內在的，顯現出「神性的反光」。此詩意謂跨越生的界線，即見神性，神性本質是光源，其刺眼的反光是世人畏懼的死。這樣的生命觀點已迥異於上述的神明觀點。

在這樣的詩人創作軌跡中，本文發現顯著的神明書寫特色與詩人往外寫實的詩風緊密相關，也因而得到歷來評述裡社會關懷與台灣意識的評價。然而，神明書寫與詩人的社會道德觀有何關係？詩人在選材時為何以神明形象入詩？本文認為文化心理學（culture psychology）[23]與容格（Carl Jung）的集體潛意識（collective unconscious）說法，可以提供理解的背景。

（二）文化作為人格的底蘊

　　「文化是『意義的社會組構』，亦即文化是長久透過時間的歷史生成而有一套意義系統（語言的組合、理念）」[24]，以此觀察台灣神明信仰的「文化意義」，即在探索深植於台灣傳統文化且牢刻在人們心中之潛意識深處之基本且具特色的思維與行事理路模式。依余德慧的觀點，並非由文化來形塑人格，而是人格中即見文化，文化是人的底蘊。所以，林梵的神明書寫，不是來自於外在塑成，而是身處文化中的自動浮現。林梵並非真的「再現」神明信仰的種種，而是若沿著神明書寫的線索，可以發現詩人在文化中的「位置」，發現他如何在此位置理解神明信仰。

　　此種文化心理學的觀點主要承襲海德格（Martin Heidegger）現象學的精髓，「海氏為文化的心理學所設想的基礎乃在人的存在『早就在文化之中』。『早就在了』（already-beingi-in）在文化心理學具有最根本的作用：即文化不是被預設的，也無關乎命題與理

---

[23] 有關文化心理學的演變與派別主張，可參見余安邦〈文化心理學的歷史進展與研究進路：兼論其與心態史學的關係〉。而本文所據為余德慧所提出之詮釋現象學論述，他的基本觀點為「文化心理學以文化為其論述背景而不是以文化為其論述對象。」（余安邦，25）

[24] 余德慧：〈本土心理學的基礎問題探問〉，葉啟政主編，《從現代到本土：慶賀楊國樞教授七秩華誕論文集》（台北：遠流，2002），頁164。

論，而是人的本體底蘊（ground）」[25]。所以如果欲展開對自己的理解，必須回到背景底蘊去賦義。同時，余德慧提出「者」的概念，來取代傳統主體：「自我」（self）。「我們不用『性格』這個語詞，因為它預設了一種不變的核心，以為人是依著這個核心與他人互動的，以為人是『自成模式』的實體……相反的，『者』是具有它自身的背景的熟悉及技能（skill）而進駐社會；『者』的本體一定要加『事實性』的帽子，如『作者』、『旁觀者』……才現其身」[26]。如同後結構理論所辯析的主體性「位置」。「如果自我是由存在於社會組織中的思維方式以及理解－觀察方式所構建的，如果這些業已組織化了的自我反過來又根據這些同樣的方式製造文本，那麼，文本和自我之間將不可能存在著對立的關係，因為它們都是同一認識可能性的產物，而且必然彼此相關。」[27]換言之，林梵在歷史與傳說的民間信仰裡浸潤，其思想便源自此文化意含，那麼當他寫作神明時，他所寫出的既是文化裡的神明，也是「林梵所認識」的神明。創作並非無中生有而顯得特殊，而是經由「林梵」這個位置發聲，便顯出意義深刻。文化心理學的研究方法，在於立足於：「述說資料是經驗的重構，而重構的歷程需要詮釋的循環。」[28]對讀者與批評者而言，詮釋是一種出發必回返的意義循環，詮釋作品在於詮釋自己；對創作者而言，詮釋世間事物，同樣具有「經驗重構」的循環，作者所重構的是主體心靈圖象。

文化心理學將人格內容從私人而固定的論點釋放出來，讓

---

[25] 余德慧：〈文化心理學的詮釋之道〉，楊國樞主編，《文化心理學的探索》（台北：台灣大學心理學系本土心理學研究室，1996），頁149。

[26] 同上註，頁156。

[27] 費什（Stanley Fish）著，文楚安譯：《讀者反應批評：理論與實踐》（北京，中國社會科學出版社，1998），頁63。

[28] 余德慧：〈文化心理學的詮釋之道〉，頁160。

「者」具有變動的潛能性。也就是說，人格得以形塑。若以文學為文化心理學的研究現場，文學展現出來的文化意義，便得以讓研究者反窺作者的發言位置，繪測創作主體的人格內容。

　　除了文化心理學的底蘊觀念以及詮釋循環的看法，容格分析心理學裡的集體潛意識理論也可以在此提供分析論據。集體潛意識指的是原本既存的共同心理經驗，如同文化心理學的見解，容格也預設了一種在個人之上的心理結構，屬於民族的、強烈的原始思維。「它們（原型[29]）為我們祖先的無數類型的經驗提供形式。可以這麼說，它們是同一類型的無數經驗的心理殘跡。它們為日常的、分化了的、被投射到神話中眾神形象中去了的精神生活，提供了一幅圖畫。」[30]然而，除了這種內在的制約與秩序，容格在討論分析心理學與詩歌的關係時，同時指出創作衝動之動力：「我們最好把創作過程看成是一種扎根在人心中的有生命的東西。在分析心理學的語言中，這種有生命的東西就叫做自主情結（autonomous complex）。它是心理中分裂了的一部分，在意識統治集團之外過著自己的生活。」[31]「自主情結」不被意識所控制，能依照主體自身固有的傾向顯現或消逝。也就是說，一個人的特質之形成也必須考量其原本而獨特的品質，「自主情結就依靠從人格的自覺控制中汲取的能量而得到發展。」[32]這個自主情結在容格的理論脈絡裡，指的是幻覺型的詩人深受潛意識所驅使，總是寫出理性無法控制的

---

[29]　「原型」（archetypes），原意為原始的形式，指的是客觀事物的形上理念，後來在文學研究中，原型一詞被等同於：「普遍的象徵」（universal symbols）、「原始心象」（primordial images）等詞。

[30]　容格著，鴻鈞譯：〈論分析心理學與詩歌的關係〉，《榮格分析心理學——集體無意識》（台北：結構群，1990），頁106。

[31]　同上註，頁99。

[32]　同上註，頁105。

內容。然而，此處也可以延伸解釋自主情結除了是潛意識的運作，也可能在主體的控制與察覺之外，自主情結汲取思想與能量，發展出個人傾向強烈的人格。文化心理學的思考路徑，指向了文化作為人格底蘊的心理分析方式，讓人的存在是存在於文化之中，透過主體位置的詮釋與觀看，主體的心理內容更加清楚的顯現。而集體潛意識的立論，則讓文學說出更深層而共同的語言，並非一人之言，「我們不再是個人，而是整個族類，全人類的聲音一齊在我們心中回響。個體的人不可能充分發揮他的力量，除非他從我們稱之為理想的集體表象中得到援助。這些理想釋放出所有深藏的、不為自覺意志接納的本能力量。」[33]

（三）超我，理想人格的建構

然而，即使文化是人格的底蘊，並非相同文化便會發展出相同的人格，集體潛意識所驅使的創作共象，如上所述，也會有個人的傾向與態度的差異，因此，本文認為必須再討論詩人的傾向性與特殊性。

本文認為重返佛洛依德（Sigmund Freud）的人格理論，將能解釋林梵神明書寫之心理意義。「人格」，字源義為「『人格』（personality）源自希臘字persona，指戲劇中演員所戴的面具。」[34]至於由面具字義延伸發展出來的「人格」定義則有幾種解釋：為在人前的表現而非真實的面目、是一個人表現在生活中的一部分、是合乎為人品質的總匯、是特點和品格，如作家寫作的格調或風格

---

[33] 同上註，頁107。
[34] 賈馥著：《人格心理學概要》（台北：三民，1997），頁11。

等[35]。在心理學裡，「人格」的意涵可總結成：「人格是指個人在生活情境中，對一切人、事、物所表現持續的獨特人格特質。所謂人格特質，是指個人在各種生活情境中，所表現的性情。」[36]二十世紀初，佛洛依德為人格心理學奠定基礎，其所闡揚的心理分析學說仍為目前心理治療學科的重要參照理論，儘管已有所超越與補充。佛洛依德將人格的組織分裂為三種主要的系統，即本我（id）、自我（ego）與超我（superego），這個說法被普遍接受並廣泛運用於心理分析論述、藝術與文學理論，據此探索個人心靈的內容。

依佛洛依德的學說，本我是人格結構中最原始的本能，包括生之本能（飢、渴、性、睡）與死之本能，依循快樂原則，是初級的思維過程。自我，則是是由本我分化而來，遵循現實原則，也就是說能依循社會規範、禮儀、習俗、法律等作理性思考，是次級的思維過程。超我，是人格結構中最高層次的部分，源於個人接受父母教養、學校教育、社會文化等道德規範，逐漸內化形成超我。超我包括良心（conscience）與自我理想（ego ideal），遵循完美原則，是人格結構中的道德與自我理想部分。

雖然佛洛依德在區分以上結構之後，申明：「我們無法把心靈的特徵，以畫圖或原始人的圖畫般的、線條分明的、正當合適的加以描繪，反而只能以現代藝術家所展現的各種顏色彼此混合交融的圖畫來代表。」[37]超我在人格結構裡的分裂性，仍然是他強調的重點。「顯而易見的，世上再沒有比我們的良心，更規律地與我們的自我分開，並且可以相當輕而易舉地反對自我。……我們很少使

---

[35] 同上註，頁12。

[36] 葉重新：《心理學（第三版）》（台北：心理，2004），頁372。

[37] 佛洛依德著，葉頌壽譯：〈心理人格的分析〉，《精神分析引論・精神分析新論》（台北：志文，1997），頁507。

自己對這種超我的觀念，有更深入的理解熟悉；這超我享有若干程度的自主自動性，依照自身的意向行動」[38]。超我的自主性行動，如同前述容格所論之「自主性情結」，能自行發展出內容。而超我與道德意識息息相關，佛洛依德解釋，過往觀念以為道德來自於上帝，然而其實是屬於「吾人內在」的東西，在深植於內心之前，超我曾受到外在力量的影響。「如父母的權威，開始形成塑造的。…假若父母曾經真正的以嚴厲態度，強制表現其權威，我們就可以十分容易地了解，孩子也會隨之發展出一嚴厲的超我。」[39]超我是內在的監控者，道德意識則是表現在外的人格特徵，兩者為體用關係，超我對心理之影響為：「超我把最嚴厲的道德標準加諸於無依無助的自我身上…它代表了道德的主張，同時我們立刻會明白，我們道德上的罪惡感，仍是自我與超我之間的緊張表現。」[40]佛氏以此解釋「罪惡感」來自於心理結構分裂的衝突。

本文提出重返佛洛依德人格理論之必要，在於筆者參閱林梵傳記作品《少尉的兩個世界》[41]時，訝然於詩人所坦露的誠實而豐富的心理內容，正可提供理解詩作的重要而直接的線索。林梵無畏於剖析真實的內在，「我的道德意識太強了，主要是源於家庭的保守。……我終究是心懷野性，心中被囚的野獸，不時咆哮，無以馴服。」（頁98）此一緊張的拉扯，在書中數處提及，他的自我清明的面對本我的動能：「蛇的慾念緊緊地糾纏我的意志。青春的苦

---

[38] 同上註，頁491。
[39] 同上註，頁493。
[40] 同上註，頁492。
[41] 此書之內容，依作者所述為：「是服役階段的記事，時在一九七七年十月八日至一九七九年八月六日。大抵反映了美麗島事件以前，一個已不算年輕的文學青年處身軍旅生活中內心的感觸，來回於現實與理想的兩個世界，也在記事裡追憶了童年往事與憧憬的愛。」（〈自序：昔日的鏡子〉）

悶。」（頁185）

　　「我的靈魂需要烈火的燃燒。」（頁193）自我同時要面對現實的社會價值觀，「這是一個注重『錢格』的世界，堅守『人格』，有時不免自隔於世了。」（頁102）自我秉持著現實原則、理性態度，分析思考。而超我，那浸潤於文化、家庭、民族的思想，則讓他蓬勃的發展人格的道德意識。林梵自身本具強烈的超我傾向，在家庭責任上，他的超我遠遠凌駕自我與本我：「一早趕車，與瑞文於車站分手。如果我們兩兄弟該『犧牲』其一，應當是我。」（頁248）「我個人的犧牲算得了什麼呢？」（頁341）「面對現實，想到以後諸多事項，由不得自己了。…我再也不能尋求浪漫的愛了。」（頁346）面對台灣當時的社會情況，他的熱情澎湃，意欲承擔重任，「福爾摩莎，妳的命運即是我的命運。」（頁271）「眾生的病是我的病。拒絕獨自進入天堂。」（頁318）

　　當時的林梵，人在軍中，仍積極評論時政、編述《台灣文學全集》、以手記記錄社會與個人的現實細節。除此，「寫詩」這件事，也是他堅守「人格」的重要方式。他思索，「由於讀書太多雜的『障礙』，使我沒辦法成為一個游唱詩人，否則來吟誦一些民俗題材，當更加有風味。那麼，我如何來取得一個適切的角度來歌詠台灣呢？」（頁295）他自許，「突然憶起胡風的一句話：『詩人和戰士是一個神的兩個化身。』恍惚之間，我俯覽苦難的眾生，命運，真是神奇啊。」（頁134）

　　如此道德感強烈的詩人，其寫作抱負仍秉持自我分析與批判的傾向，他的「自我檢討」[42]文章〈叱喝一地荊棘讓路〉：「在我學

---

[42] 此文後記提及此文寫作時間約在成大任教之初（按，林梵1979年退伍，同年任教於成大），後於1998年於《笠》詩刊194期發表。文中有「這麼簡單的自我檢討，實在不

生時代的詩集《失落的海》，卷三『不象亦象』，性與死亡的意念隨時出現，充分顯示了我大學末期的苦悶。」（頁87）「我的另一個缺點，是觀照自己太多，關懷社會太少」（同上）；「詩也應當傳達社會的訊息，我曾借用歷史的、民俗的體裁表現，這還不夠，還需走入現實的，社會的核心，撞擊出聲音來！」（頁90-91）。

因此，我們可以說當林梵對詩的社會功能和自己於社會歷史的位置有所期待時，創作意識從自身的文化底蘊，選擇了最具神聖、道德與救贖意義的「神明」來書寫。「神明」可視為林梵的「超我」，既是道德自我，也是一個最理想的人格典型。這些超凡入聖的神明，來自於人，淨化成神。儘管超我具有自主性，同時被文化所建構，然而，「林梵」個體的傾向與姿態終究成就了其書寫的特殊性，這也就是前行評論者所見之「人間性」與「寫實關懷」的詩風。

四、結語

　　從心理學出發來探討一個歷史人物，方能深入肺腑心腹[43]

　　這句話是林梵對詩歌創作的期許，也成為本文研究意圖的根源，然而，不管是否為「歷史人物」，每位作家獨特的書寫傾向，應可展開心理分析式的探問，以求深入作家的「肺腑心腹」。至於

夠深入，就算是一個開始吧。最後容我再引述米洛舒（Gzeslaw Milosz 1980年諾貝爾文學獎得主）前引詩的幾句，做為結束。『我要好詩而對它並無了解，／最近我發現它那有益的目的，／在這點，只在這點，我找到了救贖。』」林梵對詩歌抱負與詩歌理想表露無遺，同時不滿於自己的表現。

[43]　林梵：《少尉的兩個世界》，頁123。

本文開頭所援引之詩作，是否能透過心理學的討論，解開詩人自喻的「扭曲型符」、「原生密碼」，以排遣詩人之「悲懷」？

　　本文發現林梵神明書寫最明顯的階段，也正是《少尉的兩個世界》寫作時間的前後，在傳記與作品的兩相對照中，本文試圖從心理分析的角度，討論詩作裡的「神明」之民俗、文化與心理意義，再嘗試回返人格結構的基本論述，立論「神明」其實是詩人內在底蘊浮現的一種「道德人格」，藉由書寫，詩人同時展露了內在的心理傾向。

　　然而，「神明」──「超我」，終究應放置於象徵層面來檢視，並且認知到文學與心理學隸屬不同的學科關懷。對於林梵詩作的「神明」，我們要注意的是形象之上的意義。禮拜神明，「是經由虔誠的心理邁入道的世界，當下遠離了衝突矛盾的人事糾紛，將現實的利害世界轉換成理想的價值世界。這種價值世界的內在本質是精神性的心靈完成，簡單可以用『真善美』三字來作說明，即『真善美』是精神淨化與超越的象徵，是宇宙的法則，同時是神存在的基本內涵。」[44]神明所象徵的就是自然法則與真善美的價值。至於「超我」更深層的心靈意義也近於此，「我們尚需要再提到一種功能，我們把它賦予於超我之上。它也是自我理想的推動者，憑藉這一理想，自我衡量自身，並與之競爭，並設法努力滿足實現它對永遠不斷擴大的完美性之要求。」[45]佛洛依德以譬喻的角度詮釋，社會的神明即是人格的超我，兩者皆是人們追求完美價值的象徵。所以，林梵不見得在宗教信仰上相信「神明」，但他相信禮拜神明的心靈象徵，「夜晚上廟，祈禱父親康復。我不信神，亦行

---

[44] 鄭志明：《台灣神明的由來》，頁444。
[45] 佛洛依德著：〈心理人格的分析〉，頁495。

禮如儀。」[46]。至於書寫,書寫是林梵顯現心靈、表達情感、期許自我的場域,他既在此傳達了他對台灣歷史、現實社會的觀照與關懷,也形塑自我理想人格的表徵,讓讀詩者共感於這種書寫的文化內涵、集體意識。

就此書寫意義而言,容格所說的「超越人格性」更是本文應再深論的,「因為一部藝術作品並不是一個人,而是某種超越個人的東西。它是某種東西而不是某種人格,因此不能用人格的標準來衡量。的確,一部真正的藝術作品的特殊意義正在於:它避免了個人的局限並且超越於作者個人的考慮之外。」[47]換言之,從「林梵」這個位置所表達的「神明」思維,除了可提供個體心靈結構的探索之外,書寫背後的七〇、八〇年代台灣社會文化氛圍、華人的神明信仰之集體心靈意識、人類對於神/人關係結構之思考方式等等,也許可以作為本文更深厚的背景支撐,可惜限於篇幅與論點集中,有待日後延伸再論。

最後,在獲致以上結論後,本文必須試解林梵近期作品為何趨向自然秩序與原始神靈的書寫,是否意謂其「超我」勢力已消退?還是台灣社會已步入所謂的「民主」,「眾生之病」稍減?抑或是詩人年紀漸長,自我本我的緊張感已不再?

楊翠曾透析林梵筆名之來由:「詩人年輕時即以『梵』為名,似乎發願此生將追隨佛音,清靜持心,將自己引渡彼岸,然而,好朋友都知道,詩人林梵可以論佛經、說哲理,但他對彼岸救贖沒有太大的仰望。他此生的宿命,正是強烈的人間性。」[48]若據此言,

---

[46]　林梵:《少尉的兩個世界》,頁346。
[47]　容格:〈論分析心理學與詩歌的關係〉,頁95。
[48]　楊翠:〈渴光的靈魂——閱讀林梵《青春山河》〉,頁186。

詩人對於完全超脫世情並無興趣，那麼其人間修行的方式從「神明代言人」，到「神性即在人性之中」的轉變，是否可以視為詩人人格之完整和諧，不再需要分裂？當本我自我超我統整成一個「林梵」，那麼「林梵」終於得以清唱「梵音」……

> 一群信女善男
> 虔心地梵唱晚課
> 聲音從大雄寶殿
> 盈滿了天地人間
>
> 微笑弧度的飛簷
> 一輪幽靜的月球
> 恰好行經龍山寺頂
> 就停在正上頭
>
> 如來含笑
> 青空大放光明
>
> ——林梵，〈鹿港龍山寺〉

引用書目

林梵：《失落的海》（台北：環宇，1976）。

林梵：《流轉》（台北：鴻蒙文學，1986）。

林梵：《未名事件》（台北：鴻蒙文學，1986）。

林梵：《少尉的兩個世界》（台南：台南市立文化中心，1995）。

林梵：〈叱喝一地荊棘讓路〉，《笠》詩刊第194期（1998/10），頁86-91。

林梵：〈林梵初履二首〉，《鹽分地帶文學》第13期（2007/10），頁222-3。

林梵：《青春山河》（台北：印刻，2009）。

林梵：《海與南方》（台北：印刻，2012）。

宋澤萊：〈台灣象徵主義文學的標竿—試介林梵的新詩〉，林梵，《青春山河》（台北：印刻，2009），頁200-242。

余安邦：〈文化心理學的歷史進展與研究進路：兼論其與心態史學的關係〉，楊國樞主編《文化心理學的探索》（台北：台灣大學心理學系本土心理學研究室，1996），頁2-60。

余德慧：〈文化心理學的詮釋之道〉，楊國樞主編，《文化心理學的探索》（台北：台灣大學心理學系本土心理學研究室，1996），頁146-202。

余德慧：〈本土心理學的基礎問題探問〉，葉啟政主編，《從現代到本土：慶賀楊國樞教授七秩華誕論文集》（台北：遠流，2002），頁155-183。。

佛洛依德著，葉頌壽譯：〈心理人格的分析〉，《精神分析引論・精神分析新論》（台北：志文，1997），頁488-509。

林尹文：〈詩箋：跋詩〉，林梵，《失落的海》（台北：環宇，1976），頁226-229。

苦苓：〈歷史與生命的觀點—讀「未名事件」〉，《大眾報》，1986/9/5。

容格著，鴻鈞譯：〈論分析心理學與詩歌的關係〉，《榮格分析心理學—集體無意識》（台北：結構群，1990），頁93-109。

費什（Stanley Fish）著，文楚安譯：《讀者反應批評：理論與實踐》（北京，中國社會科學出版社，1998）。

葉重新：《心理學（第三版）》（台北：心理，2004）。

葉倫會：《希望之光—台灣神明的故事》（台北：蘭台，2007）。

楊翠：〈以詩心沃灌文學土壤—林瑞明與台灣文學研究〉，《第三屆府城文學獎得獎專輯》（台南：台南市立文化中心出版，1997），頁79-82。

楊翠：〈渴光的靈魂—閱讀林梵《青春山河》〉，林梵，《青春山河》（台北：印刻，2009），頁185-199。

賈馥茗：《人格心理學概要》（台北：三民，1997）。

鄭志明：《台灣神明的由來》（台北：中華大道文化，2001）。

附錄　林梵詩作裡的神明書寫列表（依發表時間先後順序）

發表時間	詩名	出處	頁數	神明	詩句摘錄
1969/11[49]	〈林梵初履二首之二尋〉	《鹽分地帶文學》第13期	223	佛陀	雪寺寒心／孤獨的佛陀／人呢？
癸丑暮冬（1973）	〈之人之囚〉	《未名事件》	97	觀音、孫悟空、如來	抬頭三尺搜尋／觀音觀自在／孫猴子終翻不出如來掌心
乙卯暮春（1975）	〈逝〉	《未名事件》	171	普濟殿（池府王爺）	普濟殿的神明／難道不再來了嗎？
1976/2	〈月與寺廟〉之二	《流轉》	22	佛陀	廟埕／上空·月亮／冷靜·如佛陀/的/臉
1976/7	〈狂流〉	《流轉》	177	達摩	渡者，非達摩／皆，滅頂身亡
1977/10	〈土地公〉	《未名事件》	19	土地公	清寒的土地公／守護斯土／ ／守護著鄉靈
1977/10	〈城隍爺〉	《未名事件》	23	城隍爺	城隍老爺子／心懷不忍亦怒
1979/1	〈未名事件〉	《未名事件》	84	達摩	以達摩的姿態／臨風過河
1980/3	〈靜靜走過的光陰〉	《流轉》	31	佛陀	佛陀微叩雙手打坐／依然微笑
1980/4	〈媽祖婆〉	《未名事件》	27	媽祖	媽祖的耳目靈活／緣由關愛紅塵
1980/4	〈孔廟〉	《未名事件》	41	孔子	夫子仰望泰山／太息長嘆
1980/8	〈國姓爺〉	《未名事件》	55	國姓爺（鄭成功）	我們是國姓爺精神的／後裔，是反抗強權的／骨肉同胞兄弟
1980/9	〈疊景〉	《未名事件》	88	國姓爺	而國姓爺憤怒的眼睛／依然高懸

---

[49] 此詩根據發表時的後記所載，原於1969年11月15日投稿《幼獅文藝》，後被退稿，在2007年重新發表於《鹽分地帶文學》第13期，取名為「林梵詩初履二首」。

1981/3	〈寧靖王故居〉	《未名事件》	47	寧靖王爺	寧靖王府，偶而／傳來一聲長嘆／明末遺民
1981/7	〈某個時間的對位法〉	《流轉》	145	國姓爺	前往郊區，尋訪／國姓爺登陸的地點
1981/7	〈五月五〉	《未名事件》	33	水仙王（屈原）	屈子依然凝眸／國憂
1983/5	〈夜訪法華寺〉	《流轉》	150	彌勒、四大天王	笑彌勒袒開胸膛／…／四大天王，護法／神情十分威嚴哪
2008/12	〈神聖的母性〉	《海與南方》	164	媽祖	化身/為大家的媽祖婆/神聖的母性，昇華／后德配天而長存
2009/2	〈祀典武廟小景之三老梅〉	《海與南方》	73-74	寧靖王爺	火神廟中庭的老梅/傳說明寧靖王手植
2011/4	〈鹿港龍山寺〉	《海與南方》	224	如來	如來含笑／青空大放光明

「四面都是敵意」
——論魯迅〈復讎〉二首的原罪觀念

摘要

　　魯迅散文詩集《野草》被評為「憂鬱寫作」與「精神自傳」，其中〈復讎〉二首更集中處理魯迅最揮之不去的醜惡人性夢魘：旁觀他人痛苦之淫狎心理。兩首詩同樣使用宗教典故，卻有意抗衡宗教對人心之拯救意義。因此，本文認為由此兩首詩，便能窺探魯迅「四周都是敵意」的黑暗思維與人性原罪觀點，並以此理解時代變局之中，魯迅殷殷切切欲改革國民性的焦躁與無力。本文將採精神分析式的探問，佐證旁觀他人苦痛之理論，說明觀看者內在的幾個心理層次，以此理解魯迅詩中人性原罪觀念的內容，以及魯迅對原罪人性的抗拒、闡釋與自剖。

關鍵詞：魯迅、復讎、旁觀他人的痛苦、原罪觀念

在中國，君臨的是「禮」，不是神。

———魯迅〈陀思妥夫斯基的事〉[1]

我自己總覺得我的靈魂裡有毒氣和鬼氣，我極憎惡
他，想除去他而不能。

———魯迅與許廣平之書信[2]

一、前言

　　魯迅（1881-1936）文學的研究在當代中國學界蔚然可觀，其對
中國現代化的深遠影響以及獨特的文學風格，固然是研究熱潮的核
心，政治附會與其對國族性格的直剖，更增添其革命者的色彩，吸
引文學外圍的種種討論。魯迅早期便有「文學救國」的宏願，曾對
北洋軍閥和國民黨政權作過猛烈的抨擊，並一貫秉持著現實戰鬥精
神和政治理想，展開對「國民性」、「流氓地痞」、「幫閒文人」
的批判，展現他的人性觀察。魯迅去世後，毛澤東讚譽他為：「魯
迅是中國文化革命的主將，他不但是偉大的文學家，而且是偉大的
思想家和偉大的革命家」[3]，這個被欽定的形象，讓魯迅成為中共
世界裡香火最鼎盛的文學家，對於他的文學評價似乎無法與歷史切
割開來。

1　轉引自李玉明：《「人之子」的絕叫：《野草》與魯迅意識特徵研究》（北京：北
　　京大學出版社，2012），此書以魯迅此文代題辭，頁1-2。「陀思妥夫斯基」即俄國
　　文學家杜斯妥也夫斯基（Фёдор Михайлович Достоевский，1921-1881）。
2　魯迅：《魯迅書簡》上冊（北京：人民文學出版社，1953），頁5。
3　毛澤東：〈新民主主義〉（1940），轉引自葉維廉：〈兩間餘一卒、荷戟獨徬徨——
　　論魯迅兼談《野草》的語言藝術上〉（《當代》68期，1991/12，頁100-117），頁
　　101-2。

因此，歷來關於魯迅文學的研究，便於文學內外之間擺盪，難以擺脫時代背景。關於魯迅文學研究的傾向，多有學者呼籲應回到魯迅文學本身，盡量淡化政治色彩，如李歐梵認為當魯迅被提煉成一種「政治思想」，魯迅著作便淪為政治宣傳品：「為他做傳的人似乎並非著眼於他『平凡』的一生，而是為了要發揚他的『精神』，奉為民主的鬥士、青年的導師、革命的偉人，把他的著作視為經典，吹噓他對於身外社會上惡勢力的博鬥，讚揚他為『左聯』成立及發展的功勞。」[4]鄭明娳也認為必須辨明魯迅被掩蓋的文學真義，因為「『魯學』成為中國大陸的顯學，汗牛充棟的著作都在做曲解魯迅的工作」[5]。而陳曉林則主張讓魯迅的作品自己說話，由於：「中國大陸將魯迅捧抬為『時代的舵手』、『青年的導師』，固然是以政治手段扭曲了魯迅作品的真正精神；台灣多年以來視魯迅為『洪水猛獸』、『離經叛道』，不讓魯迅作品堂堂正正出現在讀者眼前，也是割裂歷史真相的笨拙行徑。」[6]這些觀察指陳了魯迅研究的嚴重失焦，以及錯位[7]，並試圖「矯正」詮釋魯迅的政治視差。

　　縱覽魯迅整體著述，他或許不欲採取群眾運動來改造中國，然而他確實將生命最核心的價值放諸於文學，而筆端批判最屬、關切最殷的則是改造國民的靈魂。因而，談論魯迅，絕對無法避免他

4　李歐梵：〈《野草》與魯迅〉，收於魯迅：《野草》（台北：風雲時代，2010，附錄一，頁99-185）頁99-100。

5　鄭明娳：〈讀魯迅散文〉，收於徐少知編，《魯迅散文選集：《野草》《朝花夕拾及其他》》（台北：里仁，2002，序1-6），頁1。

6　陳曉林：〈還原歷史的真貌──讓魯迅作品自己說話〉，收於魯迅：《野草》（台北：風雲時代，2010，出版小引，頁5-7），頁5。

7　葉維廉語，他說：「大陸的魯迅研究最大的問題是無視歷史的錯位」，見氏著：〈兩間餘一卒、荷戟獨徬徨──論魯迅兼談《野草》的語言藝術〉上（《當代》68期，1991/12，頁100-117），頁105。

所處的時代，那個新舊交替，文化交集，各種觀念板塊劇烈震盪的年代。在身為文化與人性啟蒙者的角色上，魯迅確是一個戰士，只是，這個戰士所扛的戰旗是筆。因此研究魯迅必先回到其筆下的世界，再回映政治。即使魯迅在一九二七年之後，漸次轉向更積極的政治介入，仍無法接受當時鼓吹革命文學的理論，不滿其思想之粗糙，他聲明不是所有的宣傳都可視為文學。魯迅努力在「社會介入承諾與超乎社會而入乎淵默的藝術活動之間取得一個中樞地帶」[8]。這個中樞地帶便成了魯迅獨特的革命美學，或稱之黑暗詩學。

李歐梵對魯迅生平與作品的研究不遺餘力，他曾用魯迅自己的話：「批評家觸到我痛處的還沒有」[9]來為魯迅抱屈，由此欲從魯迅的「靈魂」上找做論的材料，希望能與魯迅「鬼魂」求得一息相通，能抓到魯迅的幾點癢處或痛處。[10]李歐梵所謂的「靈魂」，即是魯迅對人性與自我所深探的意識內容，也正是魯迅自我剖白之欲除之而後快的東西：「我自己總覺我的靈魂裡有毒氣和鬼氣，我極憎惡它，想除去它而不能」[11]。李歐梵由此撰述幾篇深具份量的討論文章[12]，將魯迅的生平傳記資料與文學著作交叉印證論述，細論魯迅受到傳統禮教、父親死亡、中國現代化需求、當年文藝圈友人、家庭等種種生命歷程因素的影響，導致作品重演了許多精神傷

---

[8]　同上註，頁108。

[9]　此句話為魯迅對馮雪峰所說，見馮雪峰：《回憶魯迅》（北京：人民文學出版社，1952），頁20。

[10]　李歐梵：〈《野草》與魯迅〉，頁100。

[11]　魯迅：《魯迅書簡》上冊，頁5。

[12]　這些討論包括李歐梵：《鐵屋中的吶喊》（*Voices from the Iron House: A Sttudy of Lu Xun*，尹慧瑉譯，石家莊：河北教育出版社，2000）、李歐梵：〈《野草》與魯迅〉（收於魯迅：《野草》，台北：風雲時代，2010，附錄一，頁99-185）、李歐梵：〈《野草》：希望與失望的絕境〉（收於魯迅：《野草》，台北：風雲時代，2010，附錄二，頁187-221）等文章。

痕與內在吶喊。李歐梵自認做的是「內傳」的研究，唯有如此內在的探索，方能捕捉魯迅的靈魂。

本文即欲以李歐梵的研究作為基礎，延續其對魯迅「靈魂」的理解，剖析魯迅散文詩集《野草》裡〈復讎〉二首的創作意識與藝術表現，深入魯迅更內在的精神真實。本文試圖描繪魯迅對人性（包括自己）的看法，解釋他的黑暗人性論。當指出魯迅作品的人性黑暗面時，同時也可理解魯迅一貫所批判的「國民性」，即是通過時代背景而被投射出來的一種人性觀。文筆則是魯迅推動中國現代化、批判國民性，以及去除靈魂鬼氣與毒氣的工具。

本文選擇《野草》裡〈復讎〉二首作為研究對象，原因在於諸多學者皆已指出的，《野草》不論是寫作年代、呈現主題或藝術形式，皆是魯迅最幽暗的表現。楊澤甚至直指《野草》是魯迅「憂鬱寫作」的高潮，是魯迅的「精神自傳」，在其中可發現「魯迅遙指人間、人心為地獄，他再三地回到自我，試圖從黑暗、絕望裡走出一條來。」[13]據此，若要深入魯迅認為的人心地獄，描述其中景觀，必須談《野草》。但是，限於研究規模，本文只選擇〈復讎〉二首來細讀、闡析，因此這兩首詩可視為同一主題的異體，集中處理了魯迅最揮之不去的醜惡人性夢魘：旁觀他人痛苦之淫狎心理。兩首詩同樣使用了宗教典故，在救贖人心的宗教性之下，魯迅在詩中有意抗衡宗教對人心之拯救意義。因此，本文認為由此兩首詩，便能管窺魯迅「四周都是敵意」的黑暗思維與人性原罪觀點，並以此理解時代變局之中，魯迅殷殷切切欲改革國民性的焦躁與無力。「原罪」一詞，雖是基督教用語，可呼應《聖經》脈絡的人類宿命

---

[13]　楊澤：〈恨世者魯迅〉下（《聯合文學》12卷5期，1996/3，頁92-9），頁95。

論，本文更希望彰顯此詞的表義，原初、原本的罪惡，以此解釋魯迅對人性看法。本文將採精神分析式的探問，佐證旁觀他人苦痛之理論，說明觀看者內在的幾個心理層次，以此理解魯迅詩中人性原罪觀念的內容，以及魯迅對原罪人性的抗拒、闡釋與自剖。

二、創作背景：「旁觀他人的痛苦」與《野草》之產生

（一）日本仙台留學之影片事件

在魯迅的作品裡，有一幕場景，如夢魘，如固著的創傷，即楊澤所觀察到的「砍頭」與「旁觀」：「不可諱言，魯迅一直對『砍頭示眾』的場景有份不可思議的迷執；在他的小說、散文裡，我們看到他反覆地回到此一受難的原址，徘徊不去。……而魯迅無疑是中國文學史上最深諳各種肉體與精神torment（『酷刑』、『拷問』）的作家。在那份對torment的著迷裡，我們可嗅出魯迅靈魂裡的『毒氣與鬼氣』」[14]。楊文暗示著，探索魯迅獨特文風之源頭，必須先理解魯迅此一執著，鬆開「砍頭」情結，細探究竟，方能見出魯迅一再將自己與讀者帶至文字刑場的原因。

魯迅傳記中最聞名的「砍頭示眾」事件，即歷來研究不斷指出之日本留學觀影經驗，論者多以此解釋魯迅為何棄醫從文，如何意圖以文筆救中國，而本文將轉換角度，試圖深論其中的人性心理。這個事件在魯迅《吶喊・自序》與《朝花夕拾・藤野先生》皆有陳述：

---

[14] 同上註。

我已不知道教授微生物學的方法，現在又有了怎樣的進步了，總之那時是用了電影，來顯示微生物的形狀的，因此有時講義的一段落已完，而時間還沒有到，教師便映些風景或時事的畫片給學生看，以用去這多餘的光陰。其時正當日俄戰爭的時候，關於戰事的畫片自然也就比較的多了，我在這一個講堂中，便須常常隨喜我那同學們的拍手和喝彩。有一回，我竟在畫片上忽然會見我久違的許多中國人了，一個綁在中間，許多站在左右，一樣是強壯的體格，而顯出麻木的神情。據解說，則綁著的是替俄國做了軍事上的偵探，正要被日軍砍下頭顱來示眾，而圍著的便是來賞鑒這示眾的盛舉的人們。

　　這一學年沒有完畢，我已經到了東京了，因為從那一回以後，我便覺得醫學並非一件緊要事，凡是愚弱的國民，即使體格如何健全，如何茁壯，也只能做毫無意義的示眾的材料和看客，病死多少是不必以為不幸的。所以我們的第一要著，是在改變他們的精神，而善於改變精神的是，我那時以為當然要推文藝，於是想提倡文藝運動了。[15]

　　（中國人）給俄國人做偵探，被日本軍捕獲，要鎗斃了，圍著看的也是一群中國人；在講堂裡的還有一個我。『萬歲』都拍掌歡呼起來。這種歡呼，是每看一片都有的，但在我，這一聲卻特別聽得刺耳。此後回到中國來，我看見那些閒看鎗斃犯人的人們，他們也何嘗不酒醉似的喝采[16]

---

[15] 魯迅：〈自序〉，收於氏著：《吶喊》（北京：人民文學出版社，1979初版，2012第14刷，頁1-7），頁2-3。
[16] 魯迅：〈藤野先生〉，收於徐少知編：《魯迅散文選集：《野草》《朝花夕拾及其他》》（台北：里仁，2002，頁141-8），頁145-6。

這一事件被周蕾稱為「一部改變中國現代史的新聞片」[17]，周蕾認為這一幕不僅改變了魯迅的志向，更讓知識分子力促中國追上現代化的腳步。然而，她也指出歷來文學研究者只將此事視為魯迅個人傳記的資料，忽略了畫面視覺性的衝擊效果，也忽略了幻燈片與行刑之間契合關係的最終指向：極權的法西斯主義，以及中國當時受壓制的處境。另外，周蕾提醒，「國族的自我意識不僅只是看『中國』被呈述在銀幕上，更精確的說，是觀看作為電影、奇觀以及總是已經被看的東西的自我」[18]。換言之，魯迅的憤怒，部分源自於不管受刑者或旁觀者皆與同為「中國人」的自我有某種迴盪。

本文非常認同周蕾強化影像視覺性對魯迅與中國國族意識衝擊的看法，更期待她能因此展開魯迅作為一個觀看主體如何與被看者（包括看客與囚犯）之間的認同或排拒心理的論述，但是由於周文論述重點並不在剖析個人精神，而是強調視覺性與現代性的關連。然而，若是過於輕忽此事件在心理層面的意義，一味轉向外在層次的批判，恐將無法「看見」魯迅的「看見」，一個見證人性黑暗的關鍵現場。張慧瑜在長文〈「被看」的「看」與三種主體位置：論魯迅「幻燈片事件」的後（半）殖民解讀〉裡，不斷轉換看與被看位置的流動意義，作出精闢的解釋，最後定論魯迅的寫作為「自我病理化」的書寫，因為魯迅把外部的侵略（日本對中國）轉移為一種內部批判。「正如幻燈片事件中，魯迅看見了被砍頭者的被殺，卻通過對看客無動於衷的內在批判，把這種被殺轉移於禮教的吃人」[19]，於是乎，魯迅藉由文學創作譴責國民性與庸眾，並且讓封

---

[17] 周蕾：〈現覺性、現代性以及原初的激情〉，收於氏著：《原初的激情：視覺、性慾、民族誌與中國當代電影》（台北：遠流，2001，頁21-95），頁22。
[18] 同上註，頁28。
[19] 張慧瑜：〈「被看」的「看」與三種主體位置：魯迅「幻燈片事件」的後（半）殖

建禮教成為罪魁禍首。張慧瑜以為「看客」是魯迅「國民性批判」的靶心[20]，本文則認為除此之外，更值得討論看客與魯迅（更高一層的看客）之間所存在的某種共通性（筆者於引文畫線處），而這正是魯迅不安、騷動，欲除之而後快的內在幽暗面。旁觀者的麻木，甚至產生快感的複雜心理，其實不過源於人性。魯迅的人性黑暗論，成為他自我折磨的源頭，因為如此不堪，又如此真切，以至宗教也可能失效，因為魯迅不相信宗教可以滌清與救贖人心。

如果魯迅與看客，單純是啟蒙者與被啟蒙者的位置結構；如果作為同居於鐵屋子[21]的人們，魯迅與看客，只是清醒者與熟睡者的區別，那麼魯迅不會經常將黑暗指向自身，如上引之言，「我的靈魂裡有毒氣和鬼氣，我極憎惡它，想除去它而不能」；或是魯迅答許廣平關於《野草》時，說：「但我的作品，太黑暗了，因我常覺得惟『黑暗與虛無』乃是『實有』」[22]。換言之，本文認為魯迅在批判中國人的國民性的同時，物傷其類，銳利的刀刃由外轉向解剖自己內在的黑暗面。

讓魯迅憤怒的看客，為何會表現出「賞鑒」或「酒醉似的喝采」？而無同情心？蘇珊・桑塔格討論攝影的作品《旁觀他人之痛苦》解釋出許多人性的皺摺面，「大部分表呈暴虐受創之軀體的圖像，都會撩起觀者心中的淫邪趣味。」[23]當我們抗拒這種論點，意

民解讀〉（《文化研究》7期，2008/12，頁105-148），頁127。
[20] 同上註，頁143。
[21] 魯迅：〈自序〉，頁5。魯迅認為中國如一間鐵屋子，絕無窗戶而萬難破毀，熟睡的人們不久就會悶死了，若大嚷起來，叫醒了幾個較清醒的人，反而讓這不幸的少數活受臨終的苦楚。
[22] 魯迅：《兩地書・四》（收於《魯迅全集》第十一卷，北京：人民文學出版社，1982），頁21。
[23] 蘇珊・桑塔格（Susan Sontag，1933-2004）著，陳耀成譯：《旁觀他人之痛苦》（*Regarding the Pain of Others*）（台北：麥田，2011，二版），頁109。

圖爭辯時，桑塔格再揮刀深挖，「把這種心態稱為『病態』，似乎是將之視為罕見的越軌意慾，然而人們受到這類場面吸引的情況卻不罕見，那是一股會致人內心矛盾的不竭泉源。」[24]她讓在心靈深處或邊緣的內容，那一向被排擠的東西，得以攤開被檢視，然後聲言這些內容具有某個程度的普遍性，它們不是「病」，是原本即內於人心的。桑塔格進一步旁徵博引，如舉柏拉圖在《理想國》（The Republic，或譯為《共和國》）的第四章所述，「蘇格拉底敘述人的理智如何可以被低下的慾望降服，令人的自我對其本性的某些部分心生憤慨。」[25]而蘇格拉底以亞格利安（Aglaion）之子里安提亥斯（Leontius）的故事為例，說明人具有這樣的嗜好：「以眼饕餮別人的卑辱、痛苦及傷殘。」[26]此外，桑塔格更引艾德蒙‧柏克（Edmund Burke）之言一再重申「旁觀他人痛苦」之「慾望」：「我深信，面對真正的災禍和他人的痛苦時，我們會有某種程度的欣喜，而且不只一點點……我們最熱切的追尋，正是旁觀異乎尋常的、淒慘的禍害。」[27]證實人有天生的暴戾傾向，而且人性對暴戾的愛戀，與惻隱之心相同，都是與生俱來的。這些引據與觀點，解釋了「旁觀者」的心理之複雜性。視覺慾望確以「賞鑒」或「酒醉似的喝采」的姿態，夾雜著多樣情緒，勾動著內在衝動與本能。

甚者，在旁觀他人的痛苦時，人心某種內在的狂喜會被召喚出來，達到宗教犧牲與救贖的意義。最典型的例證是情慾理論家喬治‧巴他以（Georges Bataille）自曝的生活細節。他在每日皆可看到的地方（書桌上）擺放了一幀1910年攝於中國的照片，是一名犯

---

[24] 同上註，頁110。
[25] 同上註。
[26] 同上註，頁111。
[27] 同上註。

人遭受凌遲處死的場面，「這照片在我生命中有決定性的影響。我對這幀照片的沉迷從不稍懈：這痛楚的影像，令人狂喜又難以承受。」[28]巴他以解釋並非看到酷刑而欣喜，而是：「極度的痛苦超越了痛苦本身，而成為一種轉化的經驗。這種對受難和他人之痛苦的看法，深植於宗教思維當中，把痛苦與犧牲相連，把犧牲與亢奮相結。」[29]這種看似矛盾的情緒確實可以解釋為何宗教上的受難圖如此盛行，又如此有效的達成啟發人心的作用。受難本身，帶給觀者乍見時的恐懼與害怕，又因悲憫，而對受難者心生感佩，認同其犧牲所帶來的救贖意圖，進而因自身被淨化的可能而產生狂喜。基於這樣的心理層次之發展，說明了宗教性受難圖的筆觸（或視角）總是帶著煽情式痛苦，因為痛苦愈劇，犧牲價值愈高，震撼觀者的力量愈大，觀看本身即是一種淨化行為。

由此看來，在「旁觀他人痛苦」的慾望裡，既存在著本能式的淫狎，也存在著藉由觀看他人軀體的極度痛苦，轉化為宗教性犧牲的想像，進而產生救贖可能的狂喜。

依此觀點，魯迅對於幻燈片裡的看客之憤怒，緣於看客們觀看時視覺慾望之本能快感，這時他是站立於一個觀看他人之旁觀者（革命者、清醒者、先覺者）的批判位置。至於「在講堂裡的還有一個我」的迴盪心理，則表現於他對自己靈魂深處的剖白，而觀看行刑或受難所產生的宗教式救贖與犧牲，則未被魯迅所強調（詳見下文的討論）。

---

[28] 同上註，頁112。此照片收錄於巴他以《愛慾之淚》（*Tears of Eros*, 1961）裡。
[29] 同上註，頁113。

（二）黑暗勢力之精華——《野草》

如果說仙台留學的觀影經驗，成為魯迅見證人性幽暗的第一個衝擊點，魯迅日後不順遂的生活與遭遇則不斷加強這個衝擊的效力，而《野草》（1927）正是寫成於魯迅生命最黑暗最低潮之時期。

根據魯迅自言，《野草》是「這二十多篇小品，如每篇末尾所注，是1924至26年在北京所作，陸續發表於期刊《語絲》上的。大抵僅僅是隨時的小感想。因為那時難於直說，所以有時措辭就含糊了。[30]」

此處所謂「難於直說」之內容，已有諸多魯迅研究者作了詳實的背景分析，本文不再一一爬梳，綜合來看，大抵是幾次人生波折，其中包括：1923年7月與兄弟周作人決裂，從此不再聯絡；1923年9月大病一場，延續三十九天；一1925年，因為支持北京女子師範大學反校長封建保守的學生運動，而被章士釗免除教育部僉事職；1926年，發生了段祺瑞政府槍殺愛國請願學生的三一八慘案。一連串的事件，讓當時四十餘歲的魯迅感覺挫敗，所以他說《野草》是「碰了許多釘子以後才寫的」。這部作品在思想上有揮之不去的陰影，反映當時他對社會與人性的看法。

至於「措辭含糊」，則是因為魯迅本身的筆調即沈鬱晦暗，加上《野草》大量運用夢、潛意識以及諷刺手法，讓詩義朦朧，並多有寓言、象徵主義的色彩。另外，《野草》採用的是散文詩的形式，緣於魯迅開始創作《野草》期間，受到當時已譯介的屠格涅夫（Иван Сергеевич Тургенев，1818-1883）和波特萊爾（Charles

---

[30] 魯迅：〈《野草》英文譯本序〉，收於徐少知編，《魯迅散文選集：《野草》《朝花夕拾》及其他》（台北：里仁，2002），頁69。

Pierre Baudelaire，1821-1867）等人的散文詩影響；加上魯迅當時正在翻譯廚川白村的《苦悶的象徵》，此書將文藝的根源歸之於心理的創傷，明顯隱含佛洛依德學說的藝術觀，引導了魯迅的寫作傾向；更因為上述「難以直說」的前提，因此採用文類曖昧的散文詩體。除此，《野草》甚至雜入現代小說的手法，如性格刻畫、對話、視角變換等，因此李歐梵認為「《野草》確已達到真正的現代『非通俗化』的效果。當時中國的文學作品大都是限於現實主義，這個集子卻放射獨特的意味。」[31]

　　《野草》現在已成為魯迅研究[32]的一個核心命題，許壽裳認為《野草》「可說是魯迅的哲學」[33]，李玉明則直指此書是魯迅己身意識的裂變、調整與聚合，是「一部爆發於靈魂深處的魯迅內心世界的博鬥『史』。」[34]換言之，魯迅靈魂最深處的剖白，以及他對生命或人性的最終看法，全已淬煉為《野草》的思想與形式。至於他對許廣平談論此書時，所言之「黑暗」或「虛無」的自評，確實是此詩集之整體氛圍。無怪乎，夏濟安解析魯迅心中的「黑暗勢力」時，歸納黑暗性主要表現在三個層面：鬼怪、死亡、靈魂，而這些黑暗面最澈底實踐的成果，即在魯迅的創作精華《野草》裡[35]。

---

[31] 李歐梵：〈《野草》：希望與失望的絕境〉（收於魯迅：《野草》，台北：風雲時代，2010，附錄二，頁187-221），頁192。

[32] 關於《野草》討論與研究可參見蕭綺玉：《《野草》與魯迅的黑暗思想》（高雄師範大學中國文學研究所碩士論文，1997）裡第一章第一節之「研究概況」的統計與分析，此處限於篇幅，不再重述。

[33] 許壽裳：《我所認識的魯迅》（北京：中國戲劇，2001），頁42。

[34] 李玉明：《「人之子」的絕叫：《野草》與魯迅意識特徵研究》（北京：北京大學出版社，2012），頁3。

[35] 可參見夏濟安：〈魯迅作品的黑暗面〉，收於葉維廉主編：《中國現代文學批評選集》台北：聯經：1976。

如果說魯迅試圖在《野草》裡，演出他靈魂深處的黑暗美學，那麼他所選擇的散文詩體也是為了負載更幽微更複雜的心理內容。魯迅熟讀古書、擅作古詩，而白話新詩也正蓬勃發展，魯迅為何不選擇這兩種詩體？他以為前者過於單純而侷限，後者則流於淺白而天真，在人性書寫上，必須以《野草》的實驗來開拓詩的面向，建立「惡魔詩學」[36]的性格。這不僅是一種詩體的移轉，更是文體價值的重估，詩與非詩的重新釐定。因為歷來詩學傳統講究含蓄，「含不盡之意，見於言外」，要通過「有限」來把握「無限」，可是魯迅走的路恰恰相反，他欲剝開表面，衝撞現實，讓有限的詩語擴充成相互指涉、意義流動、模稜矛盾的未收編符號，讓無意識（unconscious）凌駕理性。唐捐便曾以「非理性視域」來形容魯迅詩學，並試圖研究其詩中「非理性因素如何形成『觀看/思維/書寫』的方法，創造嶄新的詩語，生產銳利的詩意，從而完成一次重大的詩學轉換。」[37]

　　綜合上述，由於《野草》在思想與藝術形式上之獨特性，要觀察魯迅對人性之惡、靈魂之魔的體會與展出，絕對必須細心揣摩這本詩集，方能觸及他的痛處。

三、《野草》之〈復讎〉二首的「原罪」觀念

　　　　人的皮膚之厚，大概不到半分，鮮紅的熱血，就循著那後面，在比密密層層地爬在牆壁上的槐蠶更其密的血管裏奔

---

[36] 劉正忠：〈魔/鬼交融與廟會文體──魯迅詩學的非理性視域〉，《現代漢詩的魔怪書寫》（台北：學生，2010，頁21-80），頁63。

[37] 同上註，頁22。

流，散出溫熱。於是各以這溫熱互相蠱惑，煽動，牽引，拚命地希求偎倚，接吻，擁抱，以得生命的沉酣的大歡喜。

但倘若用一柄尖銳的利刃，只一擊，穿透這桃紅色的，菲薄的皮膚，將見那鮮紅的熱血激箭似的以所有溫熱直接灌溉殺戮者；其次，則給以冰冷的呼吸，示以淡白的嘴唇，使之人性茫然，得到生命的飛揚的極致的大歡喜；而其自身，則永遠沉浸於生命的飛揚的極致的大歡喜中。

這樣，所以，有他們倆裸著全身，捏著利刃，對立於廣漠的曠野之上。

他們將要擁抱，將要殺戮……

路人們從四面奔來，密密層層地，如槐蠶爬上牆壁，如螞蟻要扛鮝頭。衣服都漂亮，手倒空的。然而從四面奔來，而且拚命地伸長頸子，要賞鑑這擁抱或殺戮。他們已經預覺著事後的自己的舌上的汗或血的鮮味。

然而他們倆對立著，在廣漠的曠野之上，裸著全身，捏著利刃，然而也不擁抱，也不殺戮，而且也不見有擁抱或殺戮之意。

他們倆這樣地至於永久，圓活的身體，已將乾枯，然而毫不見有擁抱或殺戮之意。

路人們於是乎無聊；覺得有無聊鑽進他們的毛孔，覺得有無聊從他們自己的心中由毛孔鑽出，爬滿曠野，又鑽進別人的毛孔中。他們於是覺得喉舌乾燥，脖子也乏了；終至於面面相覷，慢慢走散；甚而至於覺得乾枯到失了生趣。

於是只剩下廣漠的曠野，而他們倆在其間裸著全身，捏著利刃，乾枯地立著；以死人似的眼光，賞鑑這路人們的乾枯，

無血的大戮，而永遠沉浸於生命的飛揚的極致的大歡喜中。

一九二四年十二月二十日（〈復讎〉）

　　因為他自以為神之子，以色列的王，所以去釘十字架。

　　兵丁們給他穿上紫袍，戴上荊冠，慶賀他；又拿一根葦子打他的頭，吐他，屈膝拜他；戲弄完了，就給他脫了紫袍，仍穿他自己的衣服。

　　看哪，他們打他的頭，吐他，拜他……

　　他不肯喝那用沒藥調和的酒，要分明地玩味以色列人怎樣對付他們的神之子，而且較永久地悲憫他們的前途，然而仇恨他們的現在。

　　四面都是敵意，可悲憫的，可咒詛的。

　　丁丁地響，釘尖從掌心穿透，他們要釘殺他們的神之子了，可憫的人們呵，使他痛得柔和。丁丁地響，釘尖從腳背穿透，釘碎了一塊骨，痛楚也透到心髓中，然而他們釘殺著他們的神之子了，可咒詛的人們呵，這使他痛得舒服。

　　十字架豎起來了；他懸在虛空中。

　　他沒有喝那用沒藥調和的酒，要分明地玩味以色列人怎樣對付他們的神之子，而且較永久地悲憫他們的前途，然而仇恨他們的現在。

　　路人都辱罵他，祭司長和文士也戲弄他，和他同釘的兩個強盜也譏誚他。

　　看哪，和他同釘的……

　　四面都是敵意，可悲憫的，可咒詛的。

　　他在手足的痛楚中，玩味著可憫的人們的釘殺神之子的

悲哀和可咒詛的人們要釘殺神之子，而神之子就要被釘殺了的歡喜。突然間，碎骨的大痛楚透到心髓了，他即沉酣於大歡喜和大悲憫中。

他腹部波動了，悲憫和咒詛的痛楚的波。

遍地都黑暗了。

「以羅伊，以羅伊，拉馬撒巴各大尼？！」（翻出來，就是：我的上帝，你為甚麼離棄我？！）

上帝離棄了他，他終於還是一個「人之子」；然而以色列人連「人之子」都釘殺了。

釘殺了「人之子」的人們的身上，比釘殺了「神之子」的尤其血汙，血腥。

一九二四年十二月二十日。（〈復讎〉（其二））[38]

這二首詩在同一天寫成，若據標題來定順序，應是〈復讎〉寫成後，魯迅仍有未盡之意，便在稍後寫了〈復讎（其二）〉，第一首化用佛教用語，第二首則且直接引用聖經故事來改寫，兩首皆深具宗教性。因此這兩首不僅因同題異體，更因主題（旁觀他人的痛苦）之延續、宗教意義之對照，必須同時檢視、並置研究。

（一）〈復讎〉：揭發旁觀心理之內在性與復讎方式

在本文第二節第一點處，述及仙台觀影經驗對魯迅心理的衝擊性，輔以魯迅曾針對此詩創作的說明：「因為憎惡社會上旁觀者之多，作〈復讎〉第一篇」[39]；另外，一九三四年五月十六日魯迅致

---

[38] 〈復讎〉二首，所據版本出處為魯迅：《野草》，台北：風雲時代，2010，頁29-34。
[39] 魯迅：〈《野草》英文譯本序〉，頁69。

鄭振鐸信也提到：「不動筆誠然最好。我在《野草》中，曾記一男一女，持刀對立曠野中，無聊人竟隨而往，以為必有事件，慰其無聊，而二人從此毫無動作，以致無聊人仍然無聊，至於老死，題曰〈復讎〉，亦是此意。但此亦不過憤激之談，該二人或相愛，或相殺，還是照所欲而行的為是。」[40]可見〈復讎〉的創作動機在於揭發多數人心裡皆有冷眼旁觀的慾望，而這動機又源於魯迅仙台觀影的創傷現場，魯迅以相同的批判心態視之。

　　〈復讎〉開頭以魯迅醫學訓練下的解剖視角，切入皮膚之下密密層層的血管畫面，接以魯迅獨特的詮釋，他認為血的溫熱會「蠱惑，煽動，牽引」，進而「接吻，擁抱」，直到達到生命原始內在的宗教層次：「大歡喜」。「大歡喜」原是佛學經典的常用語，指的是內心虛空而滿足的境界，如《梵網經》卷上（大二四‧九九七下）有：「爾時，盧舍那佛即大歡喜，現虛空光體性本原成佛常住法身三昧。」。在慧遠的《大乘義章》卷十四所詮釋的「歡喜」義為：「歡喜地，又作淨心地、聖地、無我地、證地、見地、堪忍地。即初為聖者，遂起大歡喜心之位。」達到大歡喜的層次，已是解脫表象人性、見證內在佛性的境界。魯迅在此詩所詮釋的「生命的飛揚的極致的大歡喜」則與原義不同，他將大歡喜的觀念解釋成一種人性原始的情感衝動，一種見血的慾望，並且蟄伏於流動人體全身的血管裡。因此，殺戮行為讓殺戮者受此慾望「灌溉」，讓慾望成為一體兩面的表現：表現在外的茫然人性，以及「沉浸」在內的亢奮衝動。魯迅如此解剖完人性之後，他以詩筆演出一場戲劇，「他們倆」將在眾人面前示範這種愛與死的混雜慾望。於是，「路

---

[40]　見此詩後之註釋1。

人們」比血管更多更密更召喚性的前來，預備「賞鑒」（與仙台觀影自述的用語相同）這場展出。「看客」既不是殺戮者也不是被殺戮者，為何可以「預覺著事後的自己的舌上的汗或血的鮮味」？這即是上述旁觀他人痛苦的心理成因，饕餮別人之痛苦與傷殘之快感由來，正是由於觀者會進入被觀者的位置，同化其經驗，喚起內在原始的驅死與愛慾本能，並且因景象之恐怖感，同時有狎邪的看戲心態。

源於底層慾望湧動的看戲心態，正是魯迅藉以「復讎」的方式，即讓旁觀者「無戲可看」。此處可引魯迅〈為俄國歌劇團〉一文為證，說明魯迅早有此復讎心理，文中敘述俄國歌劇團來中國表演以謀生，魯迅在開演第二天去觀賞，見觀眾席旁有一大群兵聚集。劇團唱歌、舞蹈，美妙而誠實，然而兵士們只在演員接吻時拍手，並且鼓噪，魯迅在席間已是自責（「我是怎麼一個怯弱的人呵」與憤怒（「我唱了我的反抗之歌」）。文後，魯迅說：「你們（指俄國歌劇團）大約沒有復仇的意思，然而一回去，我們也就被復仇了。」[41]筆者特別畫線之處，可印證魯迅並非把自己隔絕於「看客」或「人性」之外，他是「我們」的其中一個。

我們還可以注意到，讓魯迅耿耿於懷的看客「賞鑒」心理，在此詩結尾處，魯迅以倒反的姿態，讓被看者「賞鑒」路人們因無戲可「賞鑒」的乾枯，逆轉看與被看的位置，成就一樁「無血的大戮」。魯迅終於以詩復讎了，一吐心中長期積累之怒氣。

---

[41] 魯迅：〈為俄國歌劇團〉，收於徐少知編：《魯迅散文選集：《野草》《朝花夕拾》及其他》，頁205。

（二）〈復讎（其二）〉：人性黑暗論與反犧牲、反救贖

本文第二節曾分析人性在「旁觀他人痛苦」的慾望裡，不僅有上述魯迅不遺餘力批判的淫狎心態，同時也可能存在著藉由觀看他人軀體的極度痛苦，轉化為宗教性犧牲的想像，進而產生救贖可能的狂喜。此一心理在〈復讎（其二）〉展開辯證。

〈復讎（其二）〉借用《新約全書・馬可福音》第十五章所載之耶穌被釘十字架的情節，鋪演了以「他」為受難者的犧牲景況。許多評論者認為詩中的「他」即是魯迅本人之喻，多讚揚魯迅為啟蒙人心，願作一個犧牲者，以期能解救社會（或文學）之困境。本文卻認為魯迅從根本否定耶穌是神之子的身分，不信服整個基督教核心的受難意義，何以會認同犧牲者或救贖者的角色？

在《聖經》脈絡裡，耶穌即是人，也是神，祂是神的兒子道成肉身，神派祂親自完成為世人犧牲的任務。耶穌被釘死在十字架上，其背後的意義是：「根據更深層的基督教傳統教義，耶穌死在十字架上是代替罪人贖罪，因此現在所有的罪人，……都可算是釘死耶穌的導因。」[42]罪人是耶穌的導因，而犧牲之後，人因原罪被赦免，得以不再犯錯。因此耶穌之死起了示範作用：「死亡是宗教最關注的事情。基督教把死亡當作人的欲望來處理，因為基督的復活即證明，透過神，死亡可以被征服。」[43]在宗教上的意義則是：「在痛苦與壓迫方面，基督受難是信徒想像的焦點。人格化和戲劇化產生了許多殘酷的、虐人的且令人難受的意象，投射在受難的耶

---

[42] 侯碩極（Guy Rosolato）著，卓立、楊明敏、謝隆儀譯：《犧牲：精神分析的指標》（台北：心靈工坊，2008），頁107。

[43] 同上註，頁112。

穌身上。我們可以預期這些再現的形象具有淨化的功能」[44]。侯碩極的論點與上述的巴他以相同，旁觀他人受苦的隱藏深義，便是認同的投射與想像。

然而，改寫此受難精義的〈復讎（其二）〉，明顯將焦點轉移為魯迅重複多次的，「四面都是敵意，可悲憫的，可咒詛的。」此句話在《聖經》並無出現，《馬可福音》第十五章只提到「從午正到申初遍地都是黑暗了」，魯迅將外在時辰轉喻為人心之敵意。此外，魯迅在詩末寫著：「上帝離棄了他，他終於還是一個『人之子』」，而《馬可福音》記載的是，百夫長看見耶穌斷氣後說：「這人真是神的兒子」，魯迅改寫成對耶穌神子身分的否定[45]。

透過這些改寫的線索，我們可以發現〈復讎（其二）〉終究要說的並不是宗教上的犧牲與救贖，相對的，是反犧牲與反救贖。魯迅探討的主題是一貫的旁觀者「玩味」心理。〈復讎〉批判的是路人們，〈復讎（其二）〉指出以色列人更是惡劣，他們不僅是看客，更是加害者。即使如先知者耶穌，即使已自願替世人犧牲受罪，他心裡仍對看客心存「咒詛」，不是由於他缺乏博愛，而是魯迅不斷強調的「四面都是敵意」，黑暗過於黝黑。「四面都是敵意」，已從旁觀者如兵士們、路人、祭司長、文士或強盜，更深入喻指人性，所以魯迅才認為是「可悲憫的，可咒詛的」。而「悲憫」並非來自於原諒或贖清，而只是同情。人性的原罪，讓人們的邪惡窺淫顯得不由自主，雖值得同情，但也由於人性竟無法超越、

---

[44] 同上註。
[45] 魯迅的否定並非在嘲諷基督教，如楊柳所言，魯迅在〈復仇二〉中寫耶穌，絕非「出於對宗教本身的興趣」（〈被釘十字架的「他」：試析魯迅〈復仇（其二）〉對耶穌形象的重塑〉，《漢語基督教學術論評》11期，2011/6，頁177），因此不應從宗教信仰角度加以檢視。

昇華，只能依循、放縱內在惡意，魯迅因而認為是可咒詛的。詩末呼應《聖經》原文的「遍地都黑暗了」喻意亦如此，最黑暗的情況不是因為現實困境的包圍，而是人的內在充盈著黑暗心念。

筆者之所以不認為耶穌形象是魯迅自我的投射，在於魯迅反對沒有成效的犧牲，也反對英雄式的自我主義，更不相信救贖，他認為再神聖的人性在面對壓迫時，仍會有怨懟。所以，最終證明耶穌是人之子，而非神之子，也說明對於不是身負神聖命運的人之子進行殘殺，加劇了殘酷性的程度。如果耶穌並非神之子而是人之子，那麼人的原罪也無法因此被赦免。

因為犧牲仍無法喚醒庸眾，魯迅痛心疾首，文字間帶有深沉的省悟。例如他在〈娜拉走後怎樣〉文中以寫道：「群眾，──尤其是中國的，──永遠是戲劇的看客，犧牲上場，如果顯得慷慨，他們就看了悲壯劇；如果顯得觳觫，他們就看了滑稽劇。北京的羊肉鋪前常有幾個人張著嘴看剝羊，彷彿頗愉快，人的犧牲能給予他們的益處，也不過如此。」[46]竟把犧牲者對等於被剝的羊，只是為了滿足看客們的心理需求。魯迅並且認為犧牲者若是為了己身的適意，也就罷了，我們無權去阻止人做犧牲；若是打著「志士」的名號，意圖對社會對庸眾進行什麼救贖或淨化的話，犧牲的益處太有限，人們很快就會忘卻這稀薄的好處。魯迅還是堅持，「對于這樣的群眾沒有法，只好使他們無戲可看倒是療救，正無需乎震駭一時的犧牲，不如深沈的韌性的戰鬥。」這樣的「悲觀」論調，正是來自於魯迅已經深刻理解到群眾的心理，「四周都是敵意，可悲憫的，可咒詛的」。

---

[46] 魯迅：〈娜拉走後怎樣〉，收於徐少知編，《魯迅散文選集：《野草》《朝花夕拾》及其他》，頁212。

四、結論　文學是對人性原罪的復讎

　　中國人對他人（或國族命運）苦難的無感，甚而是帶著快感的旁觀，無疑是魯迅〈復讎〉二首的創作觸媒。當時魯迅以此批判社會與國民性，時至今日，影像傳播無遠弗屆、氾濫成災，我們經常可能藉由各式影像媒介而「旁觀他人的痛苦」，在這過程的心理複雜性與不變的心理結構，讓當代學者蘇珊・桑塔格的發問與反省，仍與近百年前魯迅一般激憤：「旁觀他人之痛苦究竟是為了謹記教訓，還是為了滿足邪淫趣味？究竟是要我們對生命中不能挽回的傷痛感同身受，還是讓我們變得麻木不仁？面對這些苦難，我們即使心生同情，是否仍舊消費了他人的痛苦？」[47]可見封建禮教時代之後，人性與人心不見得跟著「現代化」、「民主化」，或是「進步」。

　　桑塔格在批判之餘，也同時提醒觀看行為之主觀性，「所有的照片都靜候被文字解釋或扭曲。」[48]魯迅當年觀看著他人的觀看，主客之間未必透明無瑕的，他被幼年之後無數的「黑暗勢力」所籠罩，他見證時代更迭，政治情勢詭譎，國族認同遭受斲傷，了解傳統禮教之愚昧，疾病與死亡纏身，人際與家庭之裂縫……逐漸闇黑了他的視窗。楊澤因此稱魯迅為「一位積壓發作太晚而益形激烈的憤怒老青年」[49]。魯迅急欲改革，並選擇「國民性」作為批判與革新中國的核心議題，並認為中國人「國民性」裡最大弱點，即是

---

[47]　蘇珊・桑塔格（Susan Sontag，1933-2004）著，陳耀成譯：《旁觀他人之痛苦》（*Regarding the Pain of Others*），書後文字。

[48]　同上註，頁21。

[49]　楊澤：〈恨世者魯迅〉上（《聯合文學》12卷4期，1996/2，頁130-137），頁134。

一種摻雜了卑怯、麻木與淫邪快感的旁觀心理。這種黑暗人性論，成就了魯迅的虛無主義與革命性格。楊澤指出，魯迅所言自己靈魂裡的「鬼氣」，可理解為「傳統的幽靈」，而「毒氣」則是人心的「攻擊性」與「侵略性」，並且「『攻擊性』理論並非過去中國任何的『性惡說』所能涵蓋或解釋；它所觸及的其實是一種『非理性』，較接近釋家的『無明』，或基督的『原罪』。事實上，也只有在『原罪』的脈絡裡，我們才能理解，魯迅為何畢生對暴力、對苦難的場景如此著魔。」[50]筆者非常同意這段闡釋，唯有如此理解，方能不輕易將過於樂觀主義或理想化的評述加諸於魯迅身上，甚而「屈解」其為「英勇」、「英雄」等各式超越性陳詞的角色位置。

當魯迅聲明：「我決不是一個振臂一呼應者雲集的英雄。」[51]並非謙詞，因為「英雄」並非魯迅的人格典型。同理，魯迅定位《野草》為：「大半是廢弛的地獄邊沿的慘白色小花，當然不會美麗。」[52]也非謙誚或自貶。魯迅所展開的文學圖象是令人感到不快的，絕非光明願景或繁花盛景，如李歐梵所看到的，「兩篇《復讎》中所表現的，魯迅的人道主義仍是悲劇性的。地上的生活遠非玫瑰色，它比地獄還要壞。[53]」也因此得以深刻探向人性幽微面，驅向精神真實。

正由於魯迅如此深信人心即地獄以及人性之原罪，因而，魯迅對影像裡的看客，投射了種種以「國民性」為名的心理內容，這些內容或許只是普遍的人性，是現代精神分析學說所言之本能或慾

---

[50] 楊澤：〈恨世者魯迅〉下，頁95。
[51] 魯迅：《吶喊・自序》，頁3-4。
[52] 魯迅：〈《野草》英文譯本序〉，頁69。
[53] 李歐梵：〈《野草》與魯迅〉，頁210。

望，卻無形中肩負了造成中國卑弱處境的某種罪過。張慧瑜認為魯迅在仙台觀影事件中，把外部的侵略（日本對中國）轉移為一種內部批判，本文更進一步提出魯迅在內部批判中，本著「原罪」的觀念進行國民性批判，如此一來，勢必形成終究無法改革的命運。因為原罪，因為無法被救贖與淨化，魯迅己身內在騷動、不安，對國家則是焦燥而無奈。「魯迅在為國族驅鬼的同時，卻也對於自己的附魔自憐。」[54]這樣的剖人剖己，便成為魯迅坦承自己與作品很黑暗、靈魂有毒氣的原由。

儘管魯迅作品充盈宗教意涵，他不相信宗教對人心能發揮改革的力量。楊靜欣曾歸納、蠡測魯迅作品的宗教向度之後，她以為魯迅最終沒有以宗教作為安身立命之處，而以批判質疑的方法擺盪於希望與絕望、有神與無神之間。[55]對此，楊澤則斷言，「魯迅並不信神或基督，頂多是一不可知論者」、「與人子耶穌不同，他所教導竟是有毒的『恨的福音』」[56]。

對於人性裡的原罪，屬於魯迅式的獨特因應之道，不是宗教性的犧牲、救贖或淨化，而是「復讎」。魯迅深深認同「復讎」的概念，他的〈女弔〉一文說：「大概是明末的王思任說的罷：『會稽乃報讎雪恥之鄉，非藏垢納汙之地！』這對于我們紹興人很有光彩，我也很喜歡聽到，或引用這兩句話。」[57]他鄙夷所謂「犯而勿校」或「勿念舊惡」的格言，因為他「愈看透了這些人面東西的祕

---

[54] 劉正忠：〈魔/鬼交融與廟會文體──魯迅詩學的非理性視域〉，頁53。。
[55] 參見楊靜欣：《徘徊與擺盪：論魯迅作品的宗教向度》（中原大學宗教研究所碩論，2004）。
[56] 楊澤：〈恨世者魯迅〉下，頁98、99。
[57] 魯迅：〈女弔〉，徐少知編，《魯迅散文選集：《野草》《朝花夕拾》及其他》，頁602。

密。」[58]除了上節所析之「無戲可看」的復讎方式,文學創作實是魯迅另一種復讎的方式。本文前頭所引魯迅答許廣平關於《野草》之自析,「但我的作品,太黑暗了,因我常覺得惟『黑暗與虛無』乃是『實有』,卻偏要向這些作絕望的抗戰,所以很多著偏激的聲音。」[59]魯迅以偏激的聲音,對實存而無法根除的「黑暗與虛無」作抗戰,這種以文字來抵制與區隔的實踐,便是明自己不甘被原罪所全面侵占,努力從黑暗之中尋覓一條脫身之路。

不過,魯迅的文學復讎方式未必對他自己有療效,他也自言《野草》之後,再也寫不出這類作品了。「四面都是敵意」仍是他對人性的體會,不過,書寫仍具意義,「點出一個地獄,當然不能完全告訴我們如何去拯救地獄中的眾生,或如何減緩地獄中的烈焰。然而,承認並擴大了解我們共有寰宇之內,人禍招來的幾許苦難,仍是件好事。」[60]

開頭曾引魯迅對馮雪峰批評研究者之窘境,若將這段陳述再前溯其完整脈絡,將可看見魯迅更清楚的人性觀點與自我分析:「積習之深,我自己知道,還沒有人能夠真的解剖我的病症。批評家觸到我的痛處的還沒有。⋯⋯還沒有人解剖過我像我自己那麼解剖。」[61]魯迅的作品就是他對自己解剖的展示,可惜如前言所述,後世因各種立場因素多有屈解,確實應如陳曉林所言,回到作品本身看魯迅。除此,當魯迅以文筆不斷切開自己時,他即是在攪動內在深藏的黑暗,不讓「牠」安穩蟄伏,這無寧也是一種復讎。

58　同上註,頁608。
59　魯迅:《兩地書·四》,頁21。
60　蘇珊·桑塔格(Susan Sontag,1933-2004)著,陳耀成譯:《旁觀他人之痛苦》(*Regarding the Pain of Others*),頁129。
61　馮雪峰:《回憶魯迅》(北京:人民文學出版社,1952),頁20。

引用書目

李玉明：《「人之子」的絕叫：《野草》與魯迅意識特徵研究》，北京：
　　北京大學出版社，2012。

李歐梵：《鐵屋中的吶喊》（*Voices from the Iron House: A Sttudy of Lu Xun*，尹
　　慧瑉譯，石家莊：河北教育出版社，2000。

李歐梵：〈《野草》與魯迅〉，《野草》附錄一，台北：風雲時代，
　　2010，頁99-185。

李歐梵：〈《野草》：希望與失望的絕境〉，《野草》附錄二，台北：風
　　雲時代，2010，頁187-221。

周蕾：〈現覺性、現代性以及原初的激情〉，《原初的激情：視覺、性
　　慾、民族誌與中國當代電影》，台北：遠流，2001，頁21-95。

侯碩極（Guy Rosolato）著，卓立、楊明敏、謝隆儀譯：《犧牲：精神分析
　　的指標》，台北：心靈工坊，2008。

夏濟安：〈魯迅作品的黑暗面〉，收於葉維廉主編：《中國現代文學批評
　　選集》，台北：聯經：1976。

許壽裳：《我所認識的魯迅》，北京：中國戲劇，2001。

張慧瑜：〈「被看」的「看」與三種主體位置：魯迅「幻燈片事件」的後
　　（半）殖民解讀〉，《文化研究》7期，2008/12，頁105-148。

陳曉林：〈還原歷史的真貌──讓魯迅作品自己說話〉，《野草》出版小
　　引，台北：風雲時代，2010，頁5-7。

馮雪峰：《回憶魯迅》，北京：人民文學出版社，1952。

葉維廉：〈兩間餘一卒、荷戟獨徬徨──論魯迅兼談《野草》的語言藝
　　術〉上，《當代》68期，1991/12，頁100-117。

楊柳：〈被釘十字架的「他」：試析魯迅〈復仇（其二）〉對耶穌形象的
　　重塑〉，《漢語基督教學術論評》11期，2011/6，頁173-201。

楊澤：〈恨世者魯迅〉上，《聯合文學》12卷4期（總號136），1996/2，
　　頁130-137。

楊澤：〈恨世者魯迅〉下，《聯合文學》12卷5期（總號137），1996/3，頁92-99。

楊靜欣：《徘徊與擺盪：論魯迅作品的宗教向度》，中原大學宗教研究所碩論，2004。

魯迅：《魯迅書簡》上冊，北京：人民文學出版社，1953。

魯迅：《兩地書‧四》，收於《魯迅全集》第十一卷，北京：人民文學出版社，1982。

魯迅：〈《野草》英文譯本序〉，收於徐少知編：《魯迅散文選集：《野草》《朝花夕拾》及其他》，台北：里仁，2002，頁69-70。

魯迅：〈藤野先生〉，收於徐少知編：《魯迅散文選集：《野草》《朝花夕拾及其他》》，台北：里仁，2002，頁141-148。

魯迅：〈為俄國歌劇團〉，收於徐少知編：《魯迅散文選集：《野草》《朝花夕拾》及其他》，頁204-205。

魯迅：〈娜拉走後怎樣〉，收於徐少知編：《魯迅散文選集：《野草》《朝花夕拾》及其他》，頁206-213。

魯迅：〈女弔〉，收於徐少知編：《魯迅散文選集：《野草》《朝花夕拾》及其他》，頁602-609。

魯迅：《野草》，台北：風雲時代，2010。

魯迅：〈自序〉，《吶喊》，北京：人民文學出版社，1979初版，2012第14刷，頁1-7。

鄭明娳：〈讀魯迅散文〉，收於徐少知編，《魯迅散文選集：《野草》《朝花夕拾及其他》》，台北：里仁，2002，序1-6。

劉正忠：〈魔/鬼交融與廟會文體——魯迅詩學的非理性視域〉，《現代漢詩的魔怪書寫》，台北：學生，2010，頁21-80。

蕭綺玉：《《野草》與魯迅的黑暗思想》，高雄師範大學中國文學研究所碩士論文，1997。

蘇珊‧桑塔格（Susan Sontag，1933-2004）著，陳耀成譯：《旁觀他人之痛苦》（*Regarding the Pain of Others*），台北：麥田，2011二版。

「唯一可以抵抗噪音的就是靡靡之音」
——從《這隻斑馬This Zebra》談「李格弟」的身分意義

摘要

　　本文試圖從《這隻斑馬 This Zebra》附錄的自剖文章與集中幾首歌詞的分析，整理「李格弟」的身分意義，說明夏宇不斷自我突破的詩歌意圖，事實上同樣實踐於《這隻斑馬 This Zebra》中，發現其嘗試以「靡靡之音」反抗「詩」的歧義與固定位置。本文主要採用佛洛依德精神分析學說裡的「群體心理學」概念，觀察夏宇創作意識的幽微曲折表現，並且對照前行研究的既有論點，從中闢出一條心理分析的詮釋蹊徑。本文認為「李格弟」從詞人的地位、詩人夏宇的創作分身，迄今已逐漸壯大成為足以與夏宇分庭抗禮的另一個主體，最終並被賦予「詩人」身分。

關鍵詞：夏宇、李格弟、這隻斑馬、群體心理學、現代詩與流行歌詞

一、導論

　　「李格弟」，誕生於1984年，當時是寫詩並從事劇場工作的黃慶綺[1]，剛剛自費印行第一本詩集《備忘錄》，應李泰祥之邀，為舊曲〈不要告別〉[2]填新詞，為了區別寫詩的「夏宇」，「李格弟」便正式登場亮相了。「李格弟」第一首歌詞便讓人驚艷，「李格弟保留了三毛的開場句，又留下了『燈火輝煌』這個她認為太美的詞。『在這燈火輝煌的夜裡』改掉兩個字，變成『在你燈火輝煌的眼裡』——唉，這是何等的才氣。」[3]雖然因為沒有經驗，歌詞句式和旋律無法配合，然而詞意之精彩，讓李泰祥決定撇開舊曲，為這新詞另譜新曲，造就了一首全新的歌〈告別〉。從此以後，「〈告別〉開啟了李格弟輝煌的詞人生涯，爾後她還會以『童大龍』、『李廢』等筆名寫下許多當代中文歌史最好的歌詞——」[4]。

　　儘管「李格弟」的出場如此戲劇性、往後成就非凡、所填之詞風靡當代流行樂壇，她（他）卻始終在「夏宇」耀眼的詩作光芒裡若隱若現。夏宇詩學研究已累積眾多成果，而「李格弟」能否被獨立而審慎的看待？而「李格弟」與夏宇之間的創作傾向有何隱密關連？

---

[1]　夏宇/李格弟的本名為黃慶綺，1956年生，原籍廣東省五華縣。其以夏宇為名，發表新詩、小說、散文、劇本，另以童大龍、李廢、李格弟、李格菲等筆名發表歌詞。

[2]　歌曲〈不要告別〉由李泰祥譜曲、作家三毛填詞，1973年由歌林唱片公司製作發行。後因李泰祥欲取回重新詮釋，卻因版權問題無法演唱。在當時法律約束裡，若原曲換成新詞，便可不觸犯著作權法。

[3]　馬世芳：〈告別，不要告別：兩首歌的曲折故事〉，《昨日書》（台北：新經典圖文傳播，2011年），頁82。

[4]　同上註，頁87。

2010年《這隻斑馬This Zebra》和《那隻斑馬That Zebra》[5]出版之後，「李格弟」的意義被凸顯出來，更細緻的討論值得期待。詩人蕭蕭曾從現代詩研究的角度，直接將這本歌詞集視為詩集：「夏宇最新的詩集是雙胞胎似的李格弟/夏宇：《那隻斑馬That Zebra》與《這隻斑馬This Zebra》……認識這兩冊詩集時，不必落實於真正的動物界生態，只要欣賞夏宇的自我實現，求得自我的閱讀愉悅即可，一如夏宇其他詩集的後現代樂趣。」然而，這「歌本」裡的歌詞之創作、發表時間幾乎與夏宇的詩作平行，從1980年代直至今日，實不能從「最新」詩集的角度視之。再者，所謂「後現代樂趣」大概只能用以形容封面版式的設計，內容文字並非詩壇習見的「後現代夏宇風」，而是一首首「認真抒情」之作。不過，蕭蕭進一步解釋，「但在後現代樂趣上，還可以解讀為寫新詩的夏宇終於讓流行歌曲的『李格弟』『出櫃』了，本來各自為政的兩個筆名，分屬雅正與通俗的兩種藝文領域，竟然願意合而為一，共同署名，有如斑馬之黑白格線合成真正的斑紋。……高雅文化與大眾文化之間，不需層次分明，差異終究消弭了。」[6]儘管此論點總結匆促，未進一步再論界線消弭之後，如何重新看待夏宇詩學？蕭文卻指出了非常創新的思索起點：隱身於夏宇之中（或之後）的「李格弟」，在《這隻斑馬This Zebra》的作者欄裡，終於列身於夏宇之

---

[5]　《這隻斑馬This Zebra》封面為黑白條紋設計，收錄163首歌詞，後附〈痛快很痛快很快樂很快貓最重要〉、〈一手寫詩，一手寫詞〉、〈寫歌〉三篇舊文，一篇後記〈十匹騾子交換一個廁混的黃昏──H與L的對談〉，以及歌詞出版的索引資料。《那隻斑馬That Zebra》則是相同的歌詞內容，封面改為色彩繽紛的條紋，並斷開為上下兩欄，可自由配色組合。由於內容相同，本文所討論的歌詞以《這隻斑馬This Zebra》為據。

[6]　以上兩段引文，引自蕭蕭：〈夏宇與陳黎的藤原效應：後現代的自我實現與大我體現〉，「第四屆中生代詩人－兩岸四地當代詩學論壇」（台北教育大學語創系、台灣詩學季刊主辦，2011年）會議論文，頁25。

前，成為——「李格弟／夏宇」。「／」這一斜線符號，興味盎然，究竟如蕭蕭所言，是一種二元對立性的並陳與差異消弭？還是反而強調出兩種身分？抑或是一體兩面？有趣的是，既是「李格弟」為主的創作，為何夏宇之名仍列其旁，[7]意謂著他們既是不同的創作面向又是不可分離的創作主體？

　　這些身分差異性的思考，若先從詩與歌原本就相異的定位談論起，夏宇／李格弟似乎明顯可分的：

> 詩要說性則有說不盡的性：文字性意象性音樂性建築性視覺性繪畫性電影性舞蹈性生活性社會性空無性蘋果性芭樂性唯心唯物性，……歌幸好不談「性」，談的是「位置」，劉德華與伍佰定位有何不同…趙傳受傷辛曉琪療傷，王菲最好一以貫之什麼也不鳥。我以前很天真以為哎不要吧這樣誤導宰制，後來才瞭消費者根本完全識破而且要的就是這個。[8]

　　流行歌手有各自演唱風格，以及聽眾期待認同的「位置」，歌詞以此量身訂作一個相稱的位置。然而，現代詩總是承載著批評者進行各式各樣的意義內涵探索，詩要求歧義，並以歧義為貴。在這樣的文類差異訴求底下，歌詞所結合的大眾流行文化與現代詩所面對的菁英學術生態，將兩者的距離拉鋸開來。因此，前行研究對於夏宇－詩／李格弟－詞的討論，[9]偏重的是強調兩者差異。如林

---

[7]　原因也許在於《這隻斑馬This Zebra》裡有部分歌詞是由夏宇的詩作直接而來或改編而成。

[8]　夏宇：〈一手寫詩，一手寫詞〉，《這隻斑馬This Zebra》（台北：夏宇出版，2010年），無標示頁數。

[9]　如翁嘉銘：〈「生存岩縫」間的小花芬芳——談夏宇成歌的文字作品〉、郭宏昇：〈雙面夏宇——解讀詩人的後現代發聲與流行表徵〉、林芷琪：〈筆名、都市與性

芷琪透過不同筆名的使用梳理夏宇詩／李格弟詞的不同書寫意義，「詩人夏宇用本身女性的觀點發聲，質疑都市現實、主掌愛情的來去，性別在詩中流動而不僵化；作詞者李格弟則以男子之名及聲腔，為廣大唱片聽眾的生活代言，接受都市生活、依賴愛情，強調性別的差異。」[10]林文細心的對照詩詞文本的差異，並提醒著歌詞背後運作著流行文化工業產銷過程，但是論述的眼光仍無法擺脫「文學價值」、「性別正確性」的評判，「在歌詞裡所描寫的愛情顯得典型而刻板，女人總希望男人怎麼樣的去愛，並善於守候而極力配合，等著由男人來定義愛情」。[11]同時，林文認為夏宇展示的是一種切割完全的書寫態度，忽略了夏宇／李格弟之間可能產生的互動或互涉。侯建州則注意到前行研究者對夏宇詩的評價遠高於歌詞，他歸結原因為：「在一般的看法裡，『詩（現代詩）』高於『歌詞』，前者的權力大於後者是常態。然而，這種文藝符號上的權力關係，實可看作創作者在文藝論述領域權力強弱之投射。」[12]侯文立基於詩歌美學容許辯證與探索，認為不該在詩與歌的藝術成就上樹立界線，並且舉例夏宇散文的自述試圖證明「夏宇已突破傳統主流的『詩』高於『詞』之觀點藩籬。」[13]侯文的見解相當精闢，然而研究重點放在藝文場域的權力關係上，對於詩／詞、夏宇／李格弟的創作關係，並未深論，並且在提倡詩／詞應隨著時

  別：論寫詩的「夏宇」、寫詞的「李格弟」的雙聲辨位〉、侯建州：〈詩與歌：台灣華文現代詩與歌詞的關係問題試析〉等。

[10] 林芷琪：〈筆名、都市與性別：論夏宇詩與「李格弟」歌詞的雙聲辨位〉，《異同、影響與轉換：文學越界學術研討會：2005青年文學會議論文集》（台南：國家台灣文學館，2006），頁60。

[11] 同上，頁58。

[12] 侯建州：〈詩與歌：台灣華文現代詩與歌詞的關係問題試析〉，《玄奘人文社會學報》（第9期，2009/7），頁69。

[13] 同上，頁76。

代發展而調整定義時，無形中提醒了詩／詞原本存在著難以溝通的定位。

　　本文無意再整理、爬梳現代詩與歌詞的本源和分合關係，從美學角度作出區別也恐流於主觀，文體之辨在此更會落入先入為主的偏見，一如夏宇之自我辯駁：「當我們早就假設並且證明這些歌是一個寫詩的人寫的另一些字，我只能心虛地說這些就是我的某某傾向另某某傾向之間格格不入的初級示範。可是，詩作為『神祕經驗』，歌就難道是『非神祕經驗』嗎？如果我們把未來詩與歌的結合狀態定義成二千多年前希臘悲劇裡的合唱歌隊的形式呢？」[14]強行區別詩與歌，總會有「同源說」的宿命降臨。因此，本文將先檢視《這隻斑馬This Zebra》附錄之三篇談論寫歌的文章和一篇歌本後記所浮現的創作意識，借鑑群體心體學（Group Psychology）的概念，深入剖析「李格弟」的身分意義，以及夏宇與「李格弟」之間難分難解的關係。接著將引證《這隻斑馬This Zebra》收錄的幾首經典的流行歌曲，說明「靡靡之音」如何制衡與影響「噪音」。本文希望能從歷來對夏宇/李格弟的主體割裂評論裡，重新理出一條解釋與溝通的路徑，說明「李格弟」的身分意義。

二、另一位詩人，「李格弟」

　　「李格弟」的曖昧身分，如同夏宇談論自己的歌本，「我一直想編一本歌本一直沒有編出來就是因為一直在想這個問題：歌

---

[14] 夏宇：〈痛快很痛快樂很快貓最重要〉，《這隻斑馬This Zebra》（台北：夏宇出版，2010年），無標示頁數。

詞可以獨立存在嗎？」[15]意指歌詞需要集體合作如編曲、歌手、製作、行銷等相關配合才能呈現，但是《這隻斑馬This Zebra》終究出版了，是否意謂著以上問題找到了某種肯定的答案，而「李格弟」也能取得某種獨立的「位置」？這個「位置」正期待著一種相對性，「顯然我們等待某論述觀點——相對於我的另一個寫詩的位置。」[16]

　　前文已說明歌詞不談各種意義性，需要的是認同與風格的「位置」。「李格弟」即是夏宇的一個「位置」。這個位置不僅代表詩人夏宇歌詞事業的職業身分，更是代表詩人社會化的位置。夏宇在談到寫歌種種時，總是連帶的指出歌詞創作傾向於集體性：

> 但這些字真的朝生暮死，因為用得太重而不停地自行折損解構而又不停地神奇自我重生。寫曲的人唱的人編曲的方式表演風格的演變乃至某一世代對某些特定字眼腔調親密感的過份強調而導致的集體高潮裡，這個行業沒有一個細節可單獨存在沒有一個螺絲不屬於另一個螺絲。一首最最流行的歌被集體的歇斯底里唱到爛時那種毀滅是那麼輝煌。[17]

　　流行歌曲的製作與流通背後運作的體制[18]如同層層配合的合唱隊，夏宇既看出其消費性與表面化，卻又願意臣服其規則，真心熱愛這集體歇斯底里的輝煌，其中的心理轉折頗富興味。歌詞的創作

---

[15]　夏宇：〈一手寫詩，一手寫詞〉。
[16]　夏宇：〈痛快很痛快樂很快貓最重要〉。
[17]　同上註。
[18]　關於台灣流行音樂體系的運作可參考林欣宜：《當代台灣音樂工業產銷結構分析》（元智大學資訊傳播研究所碩士論文，1999），而流行歌曲的文化意義則可參考鄭淑儀，《台灣流行音樂與大眾文化》（輔仁大學大眾傳播所碩士論文，1992）。

是為了大眾，雖然夏宇說「曰小眾曰大眾，既然我也根本從來沒有明白過眾為何物」。[19]即使不明眾為何物，在流行歌曲裡，夏宇對於字「用得太重」、「親密感的過份強調」、集體性的精神官能症般的沉溺，仍然理所當然的共同趨俗，一起體驗「毀滅」（個體融入集體、文字意義的消解）。

　　「眾」為何物？本文認為要透析「李格弟」的意義，必須先理解「大眾」這個概念。依據描述客觀現象的大眾傳播理論，「大眾」具有幾個特徵：龐大的集合體、沒有差異、主要是負面的形象、缺乏秩序或組織、大眾社會的反映。[20]這些關鍵詞的總括，反應出「大眾」予人的印象，以及大眾傳播過程裡必須關注的群體現象。但是，從心理學的角度，與大眾概念相通的「群體」（Group）一詞，則有著不同意義的陳述：「群體永遠不會渴望真理。他們所需要的是錯覺，並且離不開錯覺。他們總是把不真實的東西看得比真實的東西更為重要。不真實的東西對於他們具有和真實的東西一樣強烈的影響。他們明顯地傾向於對這兩者不加區別。」[21]佛洛依德（Sigmund Freud,1856-1939）所提出的是群體認同問題，群體需要的是心理投射與理想引導，所以某個觀念或領袖都之所以能在群體中產生神祕而不可抗拒的力量，在於群體會看到想看的，忽略不想看到的，逐漸聚攏壯大想像的力量。所以佛氏認為：「群體心理學的基本事實——在原始群體中，情緒得到強化，理智則受到壓抑。」[22]以此可以說明，流行歌詞之所以能滿足群

---

[19]　夏宇：〈痛快很痛快樂很快貓最重要〉。

[20]　馬奎爾（Denis McGuail）：《最新大眾傳播理論（*McGuail's Mass Communication Theory*）》（台北：韋伯文化，2001），頁55。

[21]　佛洛依德：〈群體心理學與自我的分析〉（" Group Psychology and the Analysis of the Ego"），《佛洛依德文學》（北京：東方出版社，1997）頁232。

[22]　同上註，頁234。

體，成為夏宇眼中一種「朝生暮死」、「集體歇斯底里」情緒產品的原因。

然而，群體之所以能持續匯聚，而大眾文化成為流行文化、主流文化，不僅因為錯覺比真理更能滿足渴望，其中還有暗示的力量。群體心理學更感興趣的課題在於個體在群體中體驗到的心理變化現象。

> 毫無疑問，在我們身上存在某種東西，當我們意識到其他人的情緒表示時，容易感染上同樣的情緒。然而，我們不是常常想反抗它，抗拒這種情緒，要以完全不同的方式作出反應嗎？為什麼在群體中就總是被感染所戰勝呢？……我們要說，暗示（更確切的講是一種易受感染的性質）實際上是一種無法還原的最基本的現象，是人類心理活動中的一種基本事實。[23]

佛氏解釋了暗示與感染是一種基本心理活動，無法還原的本能。群體得以蔚為群體，便需要可傳播感染的情緒，流行音樂市場即捕捉了此種心理現象，「歌呢？歌需要煽情和押韻，譬如『我很醜可是我很溫柔』」，[24]以情緒與旋律雙重感染。

夏宇面對歌詞的創作，被要求絕對的「趨群性」，「對面坐著的製作人強調：生活、生活，你知道就是那種要與生活發生共鳴的東西。」[25]在方興未艾的歌詞事業開頭，夏宇顯然仍有些抗拒，

---

[23] 同上註。
[24] 夏宇：〈寫歌〉，《這隻斑馬This Zebra》（台北：夏宇出版，2010年），無標示頁數。
[25] 同上註。

「他把鳴發得那麼重，讓我突然脾氣暴躁，一口氣把咖啡喝完。」畢竟夏宇以手工方式製作、自己出版了第一本詩集（1984年，《備忘錄》）後，她夢想當一位「地下詩人」，就是「自以為擁有一本孤僻、機智，而又甜蜜地偷偷地流傳著的詩集的詩人」。[26]當時對於廉價的大眾文化，她的態度是：「其實我喜歡通俗文化，流行歌、推理小說、立體停車場、墊肩西裝等等，但我就是不想把自己的詩變成椅墊，這不過份吧？」[27]如何讓夏宇／李格弟在同一個主體心靈裡和平相處，「李格弟」之存在有其必要性，「他」（或她）轉移了夏宇的抗拒，自成另一個能與社會、生活共鳴的寫作分身。

然而，群體的暗示與感染力逐漸影響夏宇，儘管台灣現代詩學界已熱烈的討論詩人夏宇的種種主義，[28]汲取出眾多批判性、顛覆性的詩義，她自言，「詩壇論詩時而言及的社會性反映現實企圖等等，寫詩時置之不理，不是不屑，是不解。寫歌時慢慢曲折逼近，有時成功，有時失敗（想要迎合時通常失敗），才發現所謂大眾口味之抽象懸疑，反而變成另一神祕致命之處，怦然心動。」[29]反而是「李格弟」在寫歌時，社會性潛移默化，歌詞迂迴的符合了現實詩觀。這個共鳴傾向並未讓她排斥或抗拒，她確實感受到大眾之動人處，甚至她「同流合汙」，「啊有時候我確實感覺與這城市完全地志同道合沆瀣一氣。」[30]這樣的轉變，不得不歸功於「李格弟」身分之確立。因為「李格弟」所代表的「位置」，接收而消弭所有對群體情緒傾向的抗拒，甚而讓自身也化為群體之一。成功的區隔

---

[26] 萬胥亭、夏宇〈筆談〉：《腹語術》（台北：夏宇，初版1991，四版2010），頁108。
[27] 同上註，頁109。
[28] 可參考李癸雲〈參差對照的愛情變奏：析論夏宇的互文情詩〉一文的整理（《國文學誌》，彰化師大，第二十三期「慶祝創系20週年專刊」，2011/12），頁65-99。
[29] 夏宇：〈寫歌〉。
[30] 同上註。

「夏宇」與「李格弟」之後，他們可自由的順從各自的傾向，可以絕對的不同：

> 我的詩如果最終也不過就是一個不耐煩不專心的人寫的詩，是自以為要出發去某地的途中因為有意或無意而闖入的各個岔路而完全地無法回到原路，我的歌就是我誠心誠意地嚮往那個合唱隊，誠心誠意地列隊，誠心誠意地被消滅在完美的合音裡。[31]

因此，兩者的差異性被夏宇的自剖以及批評家定調了，這樣的說法經常可見：詩要曖昧，歌要煽情[32]、「似乎是夏宇格格不入而李格弟深情款款。」[33]……等。兩者之間的鴻溝看似有不可跨越性，但是夏宇可以接受「李格弟」來寫詩，「夏宇」卻無法去填詞，「因為不知道在寫什麼而且字數太多根本裝不進去，韻押得不夠工整且不說，討厭的是根本找不到副歌」。[34]這種情況並非出於侯建州所言的文藝符號權力強弱關係，也不是楊宗翰所論，「夏宇的讀者則多為中、高階知識份子，屬於社會構成中的金字塔頂端」，[35]而導致的高調姿勢。夏宇難以填詞的原因，在於歌詞需要的，正是夏宇所對抗而驅逐的，也正是「李格弟」的「位置」所必須處理的，群體性。「李格弟」是夏宇的社會面具，唯有將「李格弟」推出幕前來，讓他（她）去與城市、社會同謀，「夏宇」才

---

[31] 夏宇：〈痛快很痛快樂很快貓最重要〉。
[32] 夏宇：〈寫歌〉。
[33] 夏宇：〈一手寫詩，一手寫詞〉。
[34] 同上註。
[35] 楊宗翰：《台灣現代詩史：批判的閱讀》（台北：巨流，2002），頁192。

能真正成為「地下詩人」。因為有「李格弟」，夏宇才能如此「夏宇」。

　　然而，這種簡單的主體分裂分析仍過於粗糙，如同夏宇的自我對話〈十匹騾子交換一個廝混的黃昏——H與L的對談〉裡道出詩與歌的對抗性之後，設想「這樣說不是讓批評家太高興了嗎？」因為創作主體的分裂性是批評家能輕易切入作者心靈以操作分析的論點。但是，「李格弟」不管，他說：「我管批評家高不高興，我自己高興的是，這些歌和你那些詩正式面對我們彼此的分裂」。[36]本文認為應再往下探問，宣告分裂者是「李格弟」，原本只是分身的他，逆轉為強勢發言主體。此處先引錄兩者對話中多處線索，再加以深究：

　　　L：……我慎重地宣布，這會是你的第六本詩集。

　　　H：這這這，不會吧！

　　　L：……如果你沒忘記你寫過的詩的話，你要反抗的就是詩，所以它是一本詩集，用流行歌靡靡之音來反抗你寫過的那些詩。

　　　　　……

　　　L：……而你不覺得，唯一可以抵抗噪音的就是靡靡之音嗎哈哈？

　　　　　……

　　　L：……讓我一次比一次重視這個我賴以為生的行業，我無比慎重地尊敬起這種情感直接抒發的力量，這種或隱藏

36　夏宇，〈十匹騾子交換一個廝混的黃昏——H與L的對談〉《這隻斑馬This Zebra》（台北：夏宇出版，2010年），無標示頁數。

或彰顯的力道。我想我們不好意思的原因是因為這些其實都是真的……我想，祕密在這裡，因為它們全部都是真的，而且非常直接……[37]

　　夏宇讓「李格弟」現身為另一人，帶著戲謔嘲諷語調展開對話，「H夏宇」扮演矜持的詩人，「L李格弟」則是具有主見的詞人。在這段對話裡有著非常有趣的自我違逆現象，兩人對於「詩和歌絕對不是同一件事」有不同程度的共識，但是「李格弟」堅持《這隻斑馬This Zebra》是一本詩集，重點不在於跨界，而在於詩的邊界是容許游移的。因此，《這隻斑馬This Zebra》可視為對上一本詩集《粉紅色噪音》[38]的反動，以靡靡之音廁身現代詩行列，鬆動詩的歧義性之原則。

　　但是依據上述佛洛依德的說法，個體有抗拒他人情緒感染的本能，照理說應是夏宇反抗「李格弟」，為何是以「靡靡之音」來抵制「噪音」？本文認為看似藉著分身「李格弟」在應付群體、社會的夏宇，事實上並未真正把「李格弟」從「夏宇」之中驅逐出來，兩者並非截然分裂，而是一種補充與移位。夏宇真正抗拒的是僵化的位置，真正想促成的是詩的持續流動性，換言之，每一本詩集皆能自我突破、再創新境的夏宇，在《粉紅色噪音》走到歧義（甚至無義）的極限後，《這隻斑馬This Zebra》的直接抒情就是一種反動。「李格弟」長期以來的詩人分身身分，在《這隻斑馬This

---

[37] 同上註。

[38] 夏宇：《粉紅色噪音》（台北：夏宇出版，田園城市文化發行，2007初版）。此詩集以昂貴的透明賽璐珞片製作，全書三十三首詩全是從英文網站摘錄下來的句子，透過翻譯軟體譯成中文，夏宇加以排列、改寫，甚至放回軟體，再翻幾次。閱讀過程，書頁層層疊透，文字彼此干擾，成為意義的「噪音」。

Zebra》出版後成為第一作者，一個詩人主體。反倒是夏宇屈於第二作者，另一個詩人主體。

「李格弟」宣稱《這隻斑馬This Zebra》是一本詩集，而他的「詩風」顯然不同於「夏宇」，他直接而煽情，他懂得群體與情緒，他熱愛靡靡之音。

三、抵抗「噪音」的「靡靡之音」

大眾流傳的「靡靡之音」，具有強烈號召性與感染力的原因之一，在於情緒。流行歌製造煽情的情緒，加上韻腳迴旋反覆的集中與渲染。夏宇曾舉〈我很醜可是我很溫柔〉為例辨析，本文此處便以這首歌詞為例加以探討。

> 每一個晚上　在夢的曠野　我是驕傲的巨人
> 每一個早晨　在浴室鏡子前　卻發現自己活在剃刀邊緣
> 在鋼筋水泥的叢林裡　在呼來喚去的生涯裡
> 計算著夢想和現實之間的差距
> 我很醜　可是我很溫柔
> 外表冷漠　內心狂熱　那就是我
> 我很醜　可是我有音樂和啤酒
> 一點卑微　一點懦弱　可是從不退縮
> 每一個早晨　在都市的邊緣　我是孤獨的假面
> 每一個晚上　在音樂的曠野　卻變成狂熱嘶吼的巨人
> 在一望無際的舞臺上　在不被了解的另一面
> 發射出生活和自我的尊嚴

我很醜　可是我很溫柔

白天黯淡　夜晚不朽　那就是我

我很醜 可是我有音樂和啤酒

有時激昂　有時低首　非常善於等候[39]

「在鋼筋水泥的叢林裡」作為現代都市的譬喻，以「外表冷漠
內心狂熱／白天黯淡　夜晚不朽」刻畫敘述者現實處境與內心情
感的對比，堪稱細膩的寫出雖如鋼鐵，仍有脆弱之處的男性心理。
除了詞意美學，這首歌詞成功之處，在於完全符合趙傳的「位置」
——其貌不揚的搖滾歌手以激昂的歌聲，不斷向聽眾吶喊著「我很
醜，可是我很溫柔」，以親身經歷證實音樂能使人成為巨人，尊嚴
就在舞台上。這些為趙傳量身訂作的詞意，對於初登流行音樂舞台
的他，無疑是化解外表與歌聲衝突的最佳宣傳。只要有好音樂，只
要夠溫柔，外表醜沒有關係。趙傳唱著這首歌時，與其說是在娛樂
聽眾，無寧更像在為自己解釋與打氣。「李格弟」扮演的角色，便
是以文字建構一個音樂巨人及其陰影的形象，並在傳唱間輔以旋律
的渲染、強化，達到說服（或言煽情）的效果。當這首歌廣為流傳
之後，群體被這種情感感染，眾人皆相信醜與溫柔的可能共存性，
甚而後者價值高於前者。雖言這種氛圍是個體（李格弟）為另一個
個體（趙傳）而召喚、形塑，但當經過群體認同之後，歌詞裡的價
值觀，無形中融入集體思想裡，又可能成為原創作者情感的「感染
原」。情緒就在主動與被動的折射中，相互滲透。所以，原本一邊
遊歷各國一邊寫詩的夏宇，花完錢必須回到台北時的心情是，「又

---

[39]　《這隻斑馬This Zebra》第012首，歌曲由黃韻玲作曲，趙傳演唱，收錄於趙傳《我很
醜可是我很溫柔》專輯（滾石，1988）。

要開始生活，沮喪極了，在大街小巷惡形惡狀地走，有一個賣橘子的小販在他的手推車上豎個牌子寫著：『我很醜，可是我很甜』當下與整個城市又言歸於好。」[40]「李格弟」所帶動的價值情緒成為城市標語，其與大眾契合的程度，正可提供「夏宇」足與生活和平相處的動力。

「靡靡之音」流行的原因之二，在於所處理的情緒裡最大宗的是愛情。佛洛依德設法運用里比多（libido，性慾）的概念來研究群體心理學，他認為里比多可以用情緒理論來表述。「我們用能量來稱呼的本能都可以用『愛』這個詞來概括。」[41]佛洛依德所說的愛的核心，當然是性愛，他以為通常所說的愛、詩中歌頌的愛，其目的都是與性的結合。但是他不排除自愛、對他人的愛、親子之愛、人類大愛等，包括對於具體對象和抽象觀念的獻身，無論如何，都可使用「愛」這個詞，他假設愛的關係構成了群體心理的基本成份。雖然佛洛依德從寬大的視角審視群體心理的凝聚力，可是「愛」的核心仍然以性慾為目的「愛情」。

流行歌曲的本質即奠基於愛情，張小虹在討論1990年代的情歌市場時，也曾從精神分析角度闡述愛情的認同心理：「從巴特的《戀人絮語》到克莉絲緹娃的《愛情故事》，做為幻想邊界的愛情總是擺盪在精神分析理論中所謂的想像期與象徵期之間，充滿自戀與理想化的傾向。而愛情的『主體毀滅性』主要來自於慾望的流動不居，模糊了自我與異己的界線」。[42]愛情的幻想特質加上流行情歌的可消費性，讓情歌演唱主體的位置，成為人人可以自我投射、

---

[40] 夏宇：〈寫歌〉。
[41] 佛洛依德：〈群體心理學與自我的分析〉，頁235。
[42] 張小虹：〈紅男綠女：情歌、流行文化與性別顛覆〉，《後現代/女人：權力、慾望與性別表演》（台北：時報文化，1993），頁25。

置入想像的開放性位置。

　　夏宇擅寫愛情，「李格弟」自然也有過人之處，以處女作〈告別〉為例，「李格弟」，巧妙互文〈不要告別〉[43]的原詞，吸收三毛的纏綿悱惻，把燈火輝煌詩化為眼神，卻願意「告別」了，決然與愛人分道。除了轉變挽留成壓抑，並且安慰愛人，不必畏懼，時光會過去，笑容會消失，然後各自曲折各自寂寞，正如愛情尚未開始時，以及愛情完全結束之後。原本三毛〈不要告別〉寫出的是你我眼裡互映的陶醉（我的眼裡有兩個你三個你十個你萬個你），以及面對告別時的怯場與武裝（不要抱歉不要告別在這燈火輝煌的夜裡沒有人會流淚淚流），而「李格弟」讓愛情停留於告別的剎那，此刻的沉默將成永恆的寂寞，告別的殺傷力甚於不要告別。這首歌征服了無數人心，成為台灣流行樂壇的經典，不論聽眾是否曾經經歷告別的情境，皆能在這個故事裡找到共鳴的位置，想像可以填補真實。

　　　　我醉了　我的愛人　在你燈火輝煌的眼裡
　　　　多想啊　就這樣沉沉的睡去　淚流到夢裡　醒了不再想起
　　　　在曾經同向的航行後　你的歸你　我的歸我
　　　　請聽我說　請靠著我　請不要畏懼此刻的沉默
　　　　再看一眼　一眼就要老了　再笑一笑　一笑就走了
　　　　在曾經同向的航行後　各自曲折　各自寂寞
　　　　原來歸的原來　往後的歸往後[44]

---

[43]　這首歌由李泰祥作曲、三毛填詞，最早由李金玲演唱，歌林唱片1973年出版，後有多位歌手重新演唱、出版，如黃鶯鶯、鳳飛飛、劉文正、江玲等。
[44]　《這隻斑馬This Zebra》第001首，歌曲由李泰祥作曲，唐曉詩演唱，收錄於唐曉詩《告別》專輯（滾石，1984）。後來李泰祥曾自己演唱，歌手陳永龍也曾經重新翻唱

奚密曾從女性詩學的角度評論夏宇的愛情書寫：「愛情誠然是夏宇作品中最重要的主題，而且她也從一個女性的視角來書寫它。但是，令我們驚訝的是，在她的作品裡我們找不到一般情詩的元素。她的意象既是日常的、平凡的，也是荒誕而詭奇的，她的語氣既是平淡低調的，也是矛盾而充滿張力的。其作品的取向全然是反（通俗意義上的）浪漫主義的。」[45]而在夏宇有意互文前行文本的情詩裡，也有論者觀察到：「夏宇不欲跟隨一個集體的、覆蓋性的『愛情』，所以她『離題』」。[46]但是「李格弟」不同，他所趨向的是集體性的共鳴，他不能離題，換言之，流行歌曲要求的是純情、專情、痴情，寫歌的「李格弟」在愛情觀上傾向通俗意義的浪漫主義。以下這首歌詞，便刻畫出浪漫的愛情心緒：

　　　　他們說我是冷漠的女子

　　　　彷彿一朵美麗的薔薇帶著刺

　　　　拒絕所有攀折的手勢

　　　　一個春天才浪漫一次

　　　　不要追究一朵薔薇的往事

　　　　當它化身為一個專情的女子

　　　　在熱烈開放後　無悔的枯萎

　　　　一輩子才愛一回

　　　　啊不必嘆息一朵臨風的薔薇

　　（2010《日光雨中》專輯，野火樂集出版）。

[45]　奚密著、米佳燕譯：〈夏宇的女性詩學〉（鮑家麟主編，《中國婦女與文學論文集》，板橋：稻鄉，1999），頁276-277。

[46]　〈參差對照的愛情變奏：析論夏宇的互文情詩〉，頁94。此文主要援用「互文性」（intertextuality）的理論來探討夏宇情詩的獨特性。

當花瓣掉落　像一滴眼淚

　　整整一個春天就浪漫浪漫一次

　　整整一輩子 整整一輩子 才愛一回[47]

　　此詞描寫了女子外在冷漠、高傲的形象，如同帶刺薔薇，然而內在卻是熱烈而浪漫，她有血有肉，複雜微妙，有真實有偽裝。不管是花木的譬喻、痴情的心志，甚至語言的使用，整首詞嚮往著浪漫，並且不忌諱通俗或煽情。

　　除了情緒與愛情之外，流行情歌捕捉大眾心理的原因之三在於，理想自我的安置。回到佛洛依德的論述裡，他認為：「原始的群體中，每一個個體都以同一對象作為自己的自我理想，因而他們都有相同的自我……」，[48]前面所論之「位置」，在此可更精確的說，「理想自我的位置」。由情緒所組成的群體現象，折射了個體自我理想對象的認同與替代，因此佛氏認為個體在此可能同化成相同的自我認同。換言之，當某個偶像身上的「美德特質」（謙虛、奮鬥、孝順…等）被渲染傳播之後，群體之間產生的認同行為（致敬、學習、複製……等），將形成同質自我的形塑。對流行音樂有許多深入觀察的周倩漪曾實際說明這種心理現象：「流行音樂的經驗是一種安置（placing）的經驗，它用特定的方式稱呼它的閱聽人，而在對於一首歌的反應當中，我們被帶入與演出者及其他歌迷們的情緒聯結裡，在此同時，並給予我們關於認同與排異的知覺。朝著這個方向行進，重點問題便會是：流行音樂如何召喚閱聽人織

---

[47]　《這隻斑馬This Zebra》第105首，歌曲由陳玉立作曲，李麗芬演唱，收錄於李麗芬《梳子與刮鬍刀》專輯（喜瑪拉雅，1986）。

[48]　佛洛依德：〈群體心理學與自我的分析〉，頁246。

入其本身所邀約的主體位置？流行音樂建構了什麼樣的社會文化形貌？」[49]

　　如前所述，〈我很醜，可是我很溫柔〉一曲的流行，形塑出一種內在精神勝於外貌的社會價值，讓「一點卑微　一點懦弱　可是從不退縮」的人也可以成為「驕傲的巨人」。在1990年代流行的情歌裡，張小虹曾發現女性形象的理想建構，「都會女性情歌的積極性在於提供了現代女性對愛的渴望，以商品式的情感自慰療治自戀傷口，創造幻想式的圓滿自足，甚至在市場考慮之下，都會情歌有時還能提供正面積極的新女性形象以供消費。」[50]所以，佛洛依德所談的「理想」，可以延伸至情歌具備的療傷效果。藉由傳唱，發洩情傷，藉著群體互享，分攤個體執著，情歌不僅能共鳴、撫慰人心，更有重建信心之心理效果。以新近發行的歌曲〈請你給我好一點的情敵〉為例，即是描述創傷中的自尊，在愛情戰役裡，輸要輸的心服口服，敘述主體以堅強、不服氣來掩飾痛苦。

> 這已經不是我第一次聽到她的名字
> 你是我們共同愛上的旋律
> 只是我並不真的在乎與別人一起佔有你
> 我並不真的介意你的吻也蓋著別人的印記
> 如果這是你不能逃避的宿命
> 就請你給我好一點的情敵
> 至少讓我擁有競爭的樂趣

---

[49] 周倩漪：〈解讀流行音樂性別政治——以江蕙和陳淑樺為例〉，《中外文學》（第290期，1996/7），頁32-33。
[50] 張小虹：〈紅男綠女：情歌、流行文化與性別顛覆〉，頁29。

至少讓我相信被遺棄有被遺棄的道理

這已經不是我第一次聽到她的故事

你是我們共同愛上的主題

其實我並不真的難過與他人一起分享所有

我並不真的害怕你的愛左顧右盼牽牽掛掛

如果這是我不能躲閃的結局

我只要求給我好一點的情敵

至少讓我擁有完美的嫉妒

至少讓我感覺有另一人足以匹配我的孤獨[51]

　　本文試著從以上三個角度剖析「靡靡之音」之特性，接著試圖探尋究竟「唯一能抵抗噪音的是靡靡之音」的原因何在。

　　「噪音」，一語三關，既指夏宇上一本詩集《粉紅色噪音》，又指涉著詩歌曖昧歧義的特質，以及奚密所認為的創造性與批判精神。「作為『噪音』的現代漢詩，代表著斷裂、介入、批判精神……噪音作為一種創造性和啟發性的策略」。[52]奚密認為現代漢詩源於反抗傳統與成規，這種精神仍不斷被傳承，詩的「噪音」正是詩能不斷革新的動力。因此，她認為在《粉紅色噪音》裡，「夏宇極大的企圖心：即超越現存的意指模式的疆界，發掘實現新的表意可能。」[53]《粉紅色噪音》的確達成了詩語革命的任務，夏宇引用網路文字進行翻譯與改寫，借用與轉譯社會文本、文化文本，重

---

[51]　《這隻斑馬This Zebra》第142首，原屬於未發表之列，後由張懸作曲，田馥甄演唱，收錄於田馥甄《My Love》專輯（華研，2011）。歌曲將原詞的「你是我們共同愛上的旋律」改為「你是我們共同愛上的浪子」。

[52]　奚密：〈噪音詩學的追求：從胡適到夏宇〉，《長沙理工大學學報：社會科學版》（第26卷第5期，2011/9），頁45。

[53]　同上註，頁46。

塑為文學文本。此詩集的創作動機在阿翁與夏宇對話的附錄〈問詩
──語言謀殺的第一現場〉有清楚的說明：

> 我就像嗑藥似的玩了一年完成三十三首詩。常常是一封垃
> 圾郵件引起的超連結，無止無盡的英語部落格網站撿來
> 的句子，分行斷句模仿詩的形式，然後丟給翻譯軟體翻，
> 之後根據譯文的語境調整原文再翻個幾次，雙語並列模仿
> 「翻譯詩」。……多麼奇異啊這空中滾翻！而它又是投射
> 的，別忘了它是被「翻譯」出來的，它有一個相對的口齒
> 伶俐的原文，並非無中生有，像我們念茲在茲的所謂「創
> 作」。[54]

　　流行歌詞（主流商業情歌）需要的卻全然不是革命、斷裂、翻
滾，而是情緒、愛情與認同。看似截然不同的兩種書寫，共同之處
在於皆使用文字，都在表達情感，因此同根生的「李格弟」提醒著
夏宇：直接而真實的抒情力量值得尊敬。

> H：你看那濫情、直接、露骨、愛來愛去，恨來恨去，明明
> 　　要分了還不分，明明還沒分已經在那邊很痛苦……，我
> 　　絕無任何敵意，只是詩跟情緒之間我們通常會儘量想辦
> 　　法讓它們離得愈遠愈好……
> L：……讓我一次比一次重視這個我賴以為生的行業，我無
> 　　比慎重地尊敬起這種情感直接抒發的力量，這種或隱藏

---

[54] 收錄於《粉紅色噪音》（台北：夏宇出版，田園城市文化發行，2007初版），此書沒
　　有編頁數。

或彰顯的力道。我想我們不好意思的原因是因為這些其實都是真的……我想，祕密在這裡，因為它們全部都是真的，而且非常直接……[55]

因此，還有什麼比反抗具反抗性噪音詩學更具反抗性的事了？所能抵制距離（意義與情緒的距離）的就是真誠與直接的沒有距離。在噪音詩學另一極端的靡靡之音，彌合了同一創作主體的撕裂，並反叛了斷裂的詩義。夏宇深感「李格弟」與「靡靡之音」之日益壯大，枝繁葉茂，情感趨引[56]，與其以「位置」框限他，不如放他自由，讓他獨立，承認《這隻斑馬This Zebra》也可以是一本詩集。「唯一可以抵抗噪音的就是靡靡之音」意即，唯一可以抵抗革命性格的現代詩，就是匯聚群體情緒與認同的流行歌詞；唯一可以讓噪音不獨佔詩義位置的，就是宣稱靡靡之音也可以是詩。

在本文探尋夏宇創作意識的幽微走向時，發現流行音樂的評論家對詩歌界線遠比詩壇寬容，對「李格弟」的評價也不吝稱許。翁嘉銘主張詩歌不分：

親愛的你在煩惱些什麼呢/雨已經停了所有的星星都亮了/冬天的爭執和謠言都已經遠離/你是否感到微微的暖意/低低的琴音為久遠的愛情伴奏。讀著這樣的文字，我忍不住脫口說：「多麼浪漫的詩啊！」事實上它是首歌詞……詩人直接從事歌詞創作的以夏宇最為突出，文字意象鮮活、情感真摯

---

55 夏宇：〈十四隻騾子交換一個廝混的黃昏——H與L的對談〉。
56 「詩可以寫得不知道哪裡是刀柄哪裡是刀鋒但是歌你最好寫得像一把實實在在的小刀。奇怪的是我從來對寫詩這一行不夠接近，可是很喜歡寫歌這一行。」（夏宇：〈一手寫詩，一手寫詞〉）

且富哲思，修辭自然渾成，並不像部分現代詩那樣奇詭、難澀，又無新文藝腔的酸腐味，很容易得到大眾的共鳴。[57]

　　翁嘉銘從文字表現談起，既模糊了詩歌的分界，又站在歌曲立場直接點名夏宇的歌詞表現，不需借道李格弟，同時泯除了詩人/詞人，夏宇/李格弟之別。對於向來被斥為淫靡或二流的言情歌詞，翁嘉銘與「李格弟」同一陣線，他說「愛情是人類生活中最重要的價值參考指數，唯有傳播愛的真誠、堅執，世界才有和平的基石。詩歌的言情傳統，不無平衡泛政治化價值壟斷的作用。」[58]此話稍嫌言重，然而，對於直接抒發真誠情感的情歌，他們皆堅決捍衛。另外，翁嘉銘與馬世芳不約而同的都提到了歌詞的文學性格與社會使命，「中文流行歌曲竟已變成一門足以承載時代、反映思潮的藝術形式。」[59]這樣的評價無疑暗示著，靡靡之音有鬆動詩歌定義的可能，甚而是抵制與取代，當詩的美學實踐與社會功能，轉移成為歌詞的承載時，「靡靡之音」就是對「詩歌」固定位置的反抗。

四、結語

　　本文試圖對《這隻斑馬This Zebra》附錄的自剖之文與幾首歌詞的分析，整理「李格弟」的身分意義，說明夏宇不斷自我突破的詩

---

[57] 翁嘉銘：〈詩的兄弟，文學的家族——談現代歌詞〉，《聯合文學》（第82期，1991/7），頁81-82。所引之歌詞為〈你在煩惱些什麼？親愛的〉（薛岳、韓賢光作曲，薛岳演唱，收錄《情不自禁》專輯，1987，可登唱片）。
[58] 同上，頁84。
[59] 馬世芳：〈煙花與火焰的種子〉，《昨日書》，頁93。

歌意圖，事實上在《這隻斑馬This Zebra》裡也實現了，以「靡靡之音」反抗「詩」的歧義與固定位置。此外，流行歌詞究竟能否納入詩歌領域來討論，也許本文爬梳夏宇創作意識之後能提供許多思考的線索。本文所採用的研究方法，主要參考佛洛依德精神分析學說裡的「群體心理學」概念，觀察其創作意識的幽微曲折表現，並對照前行研究的論點，補充心理分析式的角度。本文最終發現，「李格弟」從詞人的位置、詩人夏宇的創作分身，逐漸壯大成足以與夏宇分庭抗禮的另一個主體，「李格弟」的歌詞枝葉繁茂，身強體健，滋生蔓延，在城市中傳唱、在歌手間被致敬。[60]這個身分，夏宇最終賦予他「詩人」的身分，他不僅是分身，更是主體，不僅是詞人，更可以是詩人。夏宇以靡靡之音反抗詩的噪音，以自己反抗自己，這是詩人不安於「詩」的一貫態度，也是幽微曲折的心理表現。

最後，筆者應該坦白研究動機，在認識「夏宇」之前，便已曾被「李格弟」的歌詞深深打動，當時不明所謂詩詞界線，只覺那些帶著旋律的文字段落，在在挑動人心，令人咀嚼再三。或許出於這層心理，筆者認為「李格弟」的意義，絕不止於詩人夏宇的另一個名字，希望藉著本文的理解向其致意。此外，撰寫本文的過程，筆者腦海著魔似的縈繞著〈告別〉這首歌，繞梁三日，揮之不去，深刻體會靡靡之音之穿透力。因此，儘管本文試圖剖析的是李格弟身分和歌詞的意義，也許旋律才是關鍵。關於此點，夏宇早就「以詩證歌」如下：

---

[60] 眾多歌手曾在公開媒體上表達對李格弟之肯定，視其為當代優秀並具特色的填詞人，如歌人兼電台DJ林凡、萬芳、偶像歌手田馥甄等。

其實詞根本根本不重要。貓最重要。那第二重要的是什麼呢？是音樂，有詩為證：「音樂確實改變氣氛」。[61]

出於研究領域之區隔，本文對於音樂的處理力有未逮，希望日後能有研究者補足這個面向。

---

[61] 夏宇：〈痛快很痛快樂很快貓最重要〉。

引用書目

李癸雲：〈參差對照的愛情變奏：析論夏宇的互文情詩〉，《國文學誌》
　　（彰化師大）第二十三期「慶祝創系20週年專刊」，2011/12，頁65-99。

周倩漪：〈解讀流行音樂性別政治——以江蕙和陳淑樺為例〉，《中外文
　　學》第290期，1996/7，頁32-59。

林芷琪：〈筆名、都市與性別：論夏宇詩與「李格弟」歌詞的雙聲辨
　　位〉，《異同、影響與轉換：文學越界學術研討會：2005青年文學會
　　議論文集》，台南：國家台灣文學館，2006，頁43-65。

侯建州：〈詩與歌：台灣華文現代詩與歌詞的關係問題試析〉，《玄奘人
　　文社會學報》，第9期，2009/7，頁47-80。

夏宇：《這隻斑馬This Zebra》，台北：夏宇出版，歐氏兄弟發行，2010。

夏宇：《粉紅色噪音》，台北：夏宇出版，田園城市文化發行，2007初版。

奚密著、米佳燕譯：〈夏宇的女性詩學〉，鮑家麟主編，《中國婦女與文
　　學論文集》，板橋：稻鄉，1999，頁273-305。

奚密：〈噪音詩學的追求：從胡適到夏宇〉，《長沙理工大學學報：社會
　　科會版》第26卷第5期，2011/9，頁44-50。

馬世芳：《昨日書》，台北：新經典圖文傳播，2011。

翁嘉銘：〈詩的兄弟，文學的家族——談現代歌詞〉，《聯合文學》，第
　　82期，1991/7，頁81-84。

翁嘉銘：〈「生存岩縫」間的小花芬芳——談夏宇成歌的文字作品〉，
　　《從羅大佑到崔健》，台北：時報，1992。

張小虹：〈紅男綠女——情歌、流行文化與性別顛覆〉，《後現代／女
　　人：權力、慾望與性別表演》，台北：時報文化，1993，頁24-32。

郭宏昇：〈雙面夏宇——解讀詩人的後現代發聲與流行表徵〉《網路社會
　　學通訊期刊》第38期，2004/4。http://mail.nhu.edu.tw/~society/e-j/38/
　　index.htm。

楊宗翰：《台灣現代詩史：批判的閱讀》，台北：巨流，2002。

蕭蕭：〈夏宇與陳黎的藤原效應：後現代的自我實現與大我體現〉，「第四屆中生代詩人－兩岸四地當代詩學論壇」，台北教育大學語創系、台灣詩學季刊主辦，2011年，會議論文。

佛洛依德（Sigmund Freud）：〈群體心理學與自我的分析〉（Group Psychology and the Analysis of the Ego）：《佛洛依德文集》，北京：東方出版社，1997，頁229-258。

馬奎爾（Denis McQuail）：《最新大眾傳播理論（*McQuail's Mass Communication Theory*）》，台北：韋伯文化，2001。

▎《詩及其象徵》各篇發表資料

輯一　詩的療癒

詩人自殺・精神分裂・烈火詩語——再探海子詩作的死亡書寫

原發表於《韓中言語文化研究》第32輯，2013/6，頁279-304。韓國
一級核心期刊。

文學作為精神療癒之實踐——以台灣女詩人葉紅為研究對象

原發表於《清華學報》新44卷第2期，2014/6，頁255-282。THCI
core。

戰爭・囚禁・逃亡——試探商禽的戰爭創傷書寫

原發表於《台灣文學研究學報》第十三期，2011/10，頁243-274。
THCI core。

輯二　從詩到人

賦詩言志，重新排練——論零雨詩作的反抗意涵
原發表於《國文學報》第五十六期，2014/12，頁187-210。THCI
core。

神格人物，人格理想——試探林梵詩作的神明書寫
原收錄於成大文學院主編，《筆的力量：成大文學家論文集》，台
北市：里仁書局，2013/2，頁797-823。

「四面都是敵意」——論魯迅〈復讎〉二首的原罪觀念
原發表於《東亞觀念史集刊》第七期，2014/12，頁363-389。

「唯一可以抵抗噪音的就是靡靡之音」——從《這隻斑馬This
Zebra》談「李格弟」的身份意義
原發表於《台灣詩學》第二十三期，2014/6，頁161-185。THCI。

秀威經典　　　　　　　　　　臺灣詩學論叢04　PG1490

詩及其象徵

作　　　者 / 李癸雲
主　　　編 / 李瑞騰
責任編輯 / 辛秉學
圖文排版 / 周政緯
封面設計 / 蔡瑋筠

出版策劃 / 秀威經典
發 行 人 / 宋政坤
法律顧問 / 毛國樑　律師
印製發行 / 秀威資訊科技股份有限公司
　　　　　114台北市內湖區瑞光路76巷65號1樓
　　　　　電話：+886-2-2796-3638　傳真：+886-2-2796-1377
　　　　　http://www.showwe.com.tw
劃撥帳號 / 19563868　戶名：秀威資訊科技股份有限公司
　　　　　讀者服務信箱：service@showwe.com.tw
展售門市 / 國家書店（松江門市）
　　　　　104台北市中山區松江路209號1樓
　　　　　電話：+886-2-2518-0207　傳真：+886-2-2518-0778
網路訂購 / 秀威網路書店：http://www.bodbooks.com.tw
　　　　　國家網路書店：http://www.govbooks.com.tw

2016年1月　BOD一版
定價：300元
版權所有　翻印必究
本書如有缺頁、破損或裝訂錯誤，請寄回更換

國家圖書館出版品預行編目

詩及其象徵 / 李癸雲著 ; 李瑞騰主編. -- 一版. --
　臺北市 : 秀威經典, 2016.01
　　面 ;　公分. -- (語言文學類)
　BOD版
　ISBN 978-986-92498-1-2(平裝)

　1. 臺灣詩　2. 新詩　3. 詩評　4. 精神詩學

863.21　　　　　　　　　　　　104024959

讀 者 回 函 卡

感謝您購買本書，為提升服務品質，請填妥以下資料，將讀者回函卡直接寄回或傳真本公司，收到您的寶貴意見後，我們會收藏記錄及檢討，謝謝！
如您需要了解本公司最新出版書目、購書優惠或企劃活動，歡迎您上網查詢或下載相關資料：http:// www.showwe.com.tw

您購買的書名：＿＿＿＿＿＿＿＿＿＿＿＿＿＿＿＿＿＿＿＿＿＿

出生日期：＿＿＿＿年＿＿＿＿月＿＿＿＿日

學歷：□高中 (含) 以下　　□大專　　□研究所 (含) 以上

職業：□製造業　□金融業　□資訊業　□軍警　□傳播業　□自由業
　　　□服務業　□公務員　□教職　　□學生　□家管　　□其它＿＿＿

購書地點：□網路書店　□實體書店　□書展　□郵購　□贈閱　□其他

您從何得知本書的消息？

　　□網路書店　□實體書店　□網路搜尋　□電子報　□書訊　□雜誌
　　□傳播媒體　□親友推薦　□網站推薦　□部落格　□其他＿＿＿＿＿

您對本書的評價：(請填代號　1.非常滿意　2.滿意　3.尚可　4.再改進)

　　封面設計＿＿＿　版面編排＿＿＿　內容＿＿＿　文／譯筆＿＿＿　價格＿＿＿

讀完書後您覺得：

□很有收穫　□有收穫　□收穫不多　□沒收穫

對我們的建議：＿＿＿＿＿＿＿＿＿＿＿＿＿＿＿＿＿＿＿＿＿＿

＿＿＿＿＿＿＿＿＿＿＿＿＿＿＿＿＿＿＿＿＿＿＿＿＿＿＿＿＿＿＿

＿＿＿＿＿＿＿＿＿＿＿＿＿＿＿＿＿＿＿＿＿＿＿＿＿＿＿＿＿＿＿

＿＿＿＿＿＿＿＿＿＿＿＿＿＿＿＿＿＿＿＿＿＿＿＿＿＿＿＿＿＿＿

11466
台北市內湖區瑞光路 76 巷 65 號 1 樓

秀威資訊科技股份有限公司　　　收

BOD 數位出版事業部

....

（請沿線對折寄回，謝謝！）

姓　　名：＿＿＿＿＿＿＿＿　年齡：＿＿＿＿　性別：□女　□男

郵遞區號：□□□□□

地　　址：＿＿＿＿＿＿＿＿＿＿＿＿＿＿＿＿＿＿＿

聯絡電話：(日) ＿＿＿＿＿＿＿＿　(夜) ＿＿＿＿＿＿＿＿

E-mail：＿＿＿＿＿＿＿＿＿＿＿＿＿＿＿＿＿＿＿